# Boomerang

De Daniel Chavarría
dans la même collection

*Adiós muchachos* (n° 269)
*Un thé en Amazonie* (n° 302)

dans la collection Rivages/Thriller

*L'Œil de Cybèle*

Daniel Chavarría
Justo Vasco

# Boomerang

Traduit de l'espagnol par
Jacques-François Bonaldi

*Collection dirigée par*
*François Guérif*

Rivages/noir

Titre original : *Contracandela*


106, boulevard Saint-Germain – 75006 Paris

ISBN : 2-7436-0481-6
ISSN : 0764-7786

## NOTE DES AUTEURS

Fin 1983, encouragés par le succès du premier roman que nous avions écrit à quatre mains – *Completo Camagüey* – nous nous décidâmes à tenter de nouveau notre chance dans le même concours, dont le règlement, que nous acceptions alors sans rechigner, prévoyait explicitement une approche didactique de la lutte contre le crime et les criminels à Cuba et un traitement louangeur des forces qui y faisaient face. Voilà comment nous écrivîmes *Primero muerto*... qui décrocha à son tour le premier prix du concours et qui, tiré à quatre-vingt-cinq mille exemplaires, disparut des librairies en un peu plus de deux semaines, vanté par les critiques et les collègues. Certains allèrent jusqu'à dire que son protagoniste, Tony Santa Cruz, était le meilleur personnage (négatif, bien entendu) du roman policier cubain. D'autres...

D'autres, lecteurs complices, de bons amis ou de moins bons, vinrent nous dire carrément ou en tournant autour du pot ce qui les turlupinait tous : le triomphe de la loi sur Tony Santa Cruz, sa capture, sa condamnation et son exécution ne signifiaient pas le triomphe de la justice au sens moral. Le seul personnage – bien que le moins coupable – sur qui retombait tout le châtiment de la société était justement celui qui, au fil du roman, finissait par gagner en dignité et par refuser son animalité de délinquant acculé. Bref, Tony Santa Cruz était victime d'une « approche didactique » et d'un « traitement louangeur des forces de l'ordre ».

Presque dix années, plusieurs romans et une crise du papier appelée à se prolonger à Cuba plus tard, nous avons vieilli comme auteurs et perdu de notre naïveté. Nous n'envoyons plus de romans à des concours soumis à des exigences didactiques ou laudatives. Et il y a beau temps que nous nous sommes rendu compte qu'il existe, non des personnages « positifs » ou « négatifs », mais des hommes purement et simplement plongés dans des circonstances aussi variées et dissemblables que l'existence humaine en soi.

C'est à partir de ces présupposés et – nous le reconnaissons – très influencés par le nouveau roman policier en langue espagnole où la vérité l'emporte la plupart du temps sur les vœux pieux ou les préceptes, que nous nous sommes décidés à reprendre le fil conducteur de *Primero muerto...*, laissant Tony Santa Cruz et Margaret Gaylord tracer eux-mêmes les voies tortueuses de leurs vies, les aidant tout juste à mettre les épisodes en ordre. C'est ainsi que *Boomerang* a vu le jour.

Nous pouvons assurer les lecteurs qui connaissent *Primero muerto...* qu'ils ont entre les mains un roman nouveau, dont les coïncidences avec le premier ne concernent que les cent premières pages. Et qu'ils vont en tirer bien plus de plaisir. Tout comme nous en l'écrivant.

Daniel CHAVARRÍA
Justo VASCO

# PREMIÈRE PARTIE

# 1

Les ronflements de Margaret te réveillent. Tu la secoues doucement, comme elle te l'a demandé. En vain. Ils ne cessent pas. Et troublent la lumière de l'aube. Tu sors sur le balcon. Du huitième étage, la piscine illuminée te rappelle quelque chose de déjà vécu.

Déjà vécu ?

Impossible. Quand as-tu dormi dans un hôtel de luxe avec une poule de luxe, hein ? Les minables de ton espèce ne fréquentent la haute que dans le noir, enfoncés dans un fauteuil de cinéma.

Tu regagnes le lit. Tu allonges la main pour la réveiller sous tes caresses. Mais non. Laisse-la plutôt dormir. Tu ferais mieux de penser à ce que tu vas lui dire. Gamberge là-dessus. Tu dois l'affranchir aujourd'hui même. Une chance pareille ne se présentera pas deux fois.

Tout d'abord, tu dois jouer fin. Mais pas question de lui pousser la chansonnette de l'amour et des trucs pareils. Cette nana n'avale pas de couleuvres. Gratte-la plutôt là où ça la démange. Elle t'a avoué qu'elle aimait la bonne vie et qu'après avoir divorcé de son richard de gringo, elle était venue à Cuba pour gagner beaucoup de fric. Et quand elle saura ce que t'as trouvé, elle filera doux, tu peux en être sûr. Alors là, toi, comme les affaires sont les affaires, tu lui offres sa part et qu'elle te goupille le départ du pays et rien d'autre. La baise d'un côté, les affaires de l'autre. Et pas de chansonnette.

Putain, mais qu'est-ce qu'elle peut ronfler ! On dirait une scie.

En tout cas, elle est bien roulée : des fesses bien rondes, un visage doux et un balcon de première.

Tes ronflements ? Quelle blague, poupée ! J'me rends même pas compte. Non, c'est pas de l'amabilité. Ce qu'il y a d'bien avec toi, c'est qu'tu ronfles toujours pareil. Oui, c'est ça, t'as un sacré rythme, alors c'est comme si on te berçait, tu piges ? Tu rigoles ? Non, non, j'parle sérieux, poupée. Parce que si tu ronfles de travers..., je veux dire, tiens, un ronflement long et un autre court, ou alors une fois oui et deux fois non, ou si une fois tu siffles et l'autre fois tu renifles, alors là y a personne qui le supporte, mais toi t'as un rythme fantastique et tu sais, nous, les Cubains, on a le rythme au corps. Ah, ah, ah, non, poupée, laisse ça tranquille pour l'instant, j'ai encore le jambon et les œufs au plat sur l'estomac. Ah, ça t'fait pas peur, toi ? Eh bien, moi, si. Un sacré respect, même, pareil que la mer. J'laisse toujours passer deux heures avant de plonger. Une fois, j'ai eu une sacrée pétoche en essayant de choper un poulpe. J'suis descendu la tête la première et j'ai senti un élancement ici et une crampe là, au creux de l'estomac, qui m'a fait m'plier en deux, et si un autre pêcheur s'était pas rendu compte... Oui, bien entendu, des poulpes, des calmars, de tout. J'pêche depuis que j'ai sept ans. À Isabela, mon patelin, au nord de Las Villas. Oui, par plaisir, et puis aussi par besoin. Non, c'est pas qu'on était si fauchés, mais mon père c'était un connard, un type qu'arrêtait pas de s'gourer. Lui ? Bah, c'était un péquenot, un type costaud, rouquin comme toi. Et quand il a perdu son exploitation, il s'est mis en cheville avec un politicard qui l'a couillonné toute sa vie... Euh, couillonner, ça veut dire qu'on s'fout d'toi, qu'on t'raconte des bobards, tu piges ? L'mec, c'était un truand, et comme mon dabe, c'était pas un trouillard, il lui a fait distribuer des plaques de dockers sur les quais. À l'époque, les crève-la-faim, ils travaillaient pour la moitié de la paie. Dans mon patelin, on les appelait les petits chevaux. Et l'type qui distribuait les plaques et baisait les gens, on l'appelait le percheron. Et mon père, c'était ça qu'il était. Un percheron. Lui, c'était l'casseur, le gars qui leur rentrait dans le lard, aux dockers, et c'est l'autre, l'salaud de politicard, qui empochait l'fric. Jusqu'au jour où un ouvrier a refroidi mon dabe d'un coup de poignard. C'est pour ça que j'ai dû m'mettre à pêcher. J'avais neuf ans. Ma vieille, elle faisait des ménages et lavait l'linge, et moi, j'pêchais pour pouvoir manger. Alors, quand j'ai vu ce qui était arrivé à mon dabe, j'me suis dit :

pas question, plutôt mourir que d'se faire couillonner. C'est ma devise dans la vie. Celui qui veut me baiser, j'le bute.

Et Le Borgne qui t'disait, viens donc, beau mec, j'vais rien t'faire, mais toi t'étais armé, et tu savais que Le Borgne, il t'avait préparé un guet-apens pour t'défoncer la pastille dans les chiottes de la prison. La Tulipe, il te l'avait dit et il t'avait passé un manche de cuiller bien affilé. Tiens, gamin, prends ça, défends-toi. Et tu le lui as plongé dans la gorge et puis après tu le lui as flanqué dans la panse, et Le Borgne a commencé à s'vider d'son sang, les yeux exorbités, et personne a su qui avait fait l'coup. Mais, avant ta remise en liberté, t'avais appris que La Tulipe, il avait juré de lui faire un mauvais sort, au Borgne, et qu'il t'avait remonté pour que tu le refroidisses. Alors, la Tulipe, tu l'as chopé à Remedios. T'y es allé uniquement pour le lui faire payer. T'as fait semblant de le croiser par hasard. Ça alors, Tony, qu'est-ce que tu fous ici ? Bah, tu suivais la trace d'un turbin facile qui rapportait des tas de pesos et si La Tulipe pouvait te faciliter quelques contacts dans le patelin, eh bien, il aurait pas à s'en repentir, et à Remedios personne connaissait le grand blond qui avait accompagné La Tulipe la veille du jour où son cadavre était apparu, égorgé dans une impasse. Personne peut imaginer ce que tu ressens quand quelqu'un veut te baiser. Eh, arrête ton char, t'as dit des conneries aujourd'hui ! Qu'est-ce que t'avais besoin de lui dire que l'mec qui voulait te bourrer le mou, toi, tu l'butais ? Si tu lui fous la trouille, tu risques de bazarder l'affaire. Mais au fond c'est peut-être pas plus mal, vieux. Qu'elle sache au moins à quoi s'en tenir avec toi.

Non, après ça, j'suis plus retourné à l'école. À Isabela, j'ai fait jusqu'à la quatrième. Non, j'ai jamais plus rien fait contre la Révolution. J'suis parti à La Havane pour un temps. Après, j'ai fait venir maman. On est allés vivre chez mon oncle Jacinto, un poivrot de première. Ses enfants s'étaient barrés du pays, et sa femme, elle s'était empoisonnée. Alors, ma maman s'occupait un peu d'lui. Il était plombier. Non, j'ai pas voulu bosser pour l'gouvernement. C'est ces mecs-là qui s'foutent le plus de toi. Des tas de promesses, beaucoup de bla-bla-bla, des sacrifices en pagaille et tu vois jamais le résultat. Je m'suis mis à gagner de l'argent en faisant de la pêche clandestine. J'économisais pour pouvoir acheter une piaule et m'barrer d'chez Jacinto. Il avait tout vendu pour boire, et pour qu'ma vieille ait sur quoi faire la cuisine, j'ai même dû voler la porte d'un entrepôt désaffecté. Mais d'où t'as sorti ça, mon garçon ! Ah, la vieille, te fais pas d'bile, elle était abandonnée, t'as vu, c'est de l'acajou, demain je dégote une scie et tu vas voir la table que je vais t'faire. Jacinto, il avait tout vendu, même les chiottes, mais le pire c'est qu'il rentrait complètement beurré et qu'il dégueulait sur le lit et qu'il voyait des bestioles et des fantômes et qu'il criait, et moi, alors, tu peux m'croire, j'avais une de ces envies de l'étrangler ! Heureusement qu'une bagnole l'a renversé sur la 5e Avenue. Au cimetière, on s'est retrouvé que tous les deux, la vieille et moi, et personne d'autre dans le cortège. Elle, elle chialait, en disant que l'pauvre, l'était pas si mauvais. Le pauvre ? Je t'en foutrais ! Un soûlot dégueulasse, ouais. Après ça, ma vieille a vécu plus tranquille, elle a eu sa chambre à elle, et moi la mienne. Mais c'est juste quand je commence à faire mon trou et que j'ai ma clientèle qui m'achète mon poisson, qu'on m'appelle pour le service. Et maman : ah, je t'en supplie, mon enfant, conduis-toi comme il faut ! Mais j'ai fugué deux fois, et une fois j'ai même pris un camion de l'armée et on m'a attrapé à Matanzas et on m'a flanqué un an de punition dans une ferme, j'ai fini par avoir la quille en juillet 71, et c'est juste quand je recommence à pêcher que les chiens me confisquent le fusil... Oui, les chiens, c'est comme ça qu'on appelle les garde-pêche qui patrouillent en vedette. Oui, ils me le confisquent parce que j'pêchais sans permis. C'était devenu difficile de pêcher. Alors, j'ai dû m'tirer dans un autre coin, mais toujours avec les chiens aux fesses. Quand les choses se sont un peu calmées, j'me suis remis à pêcher dans l'quartier, mais avec des nasses... Euh, c'est des espèces de paniers que tu lances en mer avec un appât pour que les poissons viennent. Exact. Et un beau jour je découvre qu'il y avait deux petits mecs qui me prataient mes nasses... Oui, c'est ça, ils me volaient mon poisson. Me couillonner, moi ! Ça va pas, non ! Alors, un après-midi, je m'suis mis à les observer de derrière des rochers. Et quand je les ai vus en train de sortir des langoustes qu'étaient entrées dans la nasse, je me suis pointé en nageant par en-dessous, j'suis remonté comme un bolide et je m'suis mis à les taillader avec le harpon, et eux ils gueulaient, pitié, me tue pas, pitié, mais moi je m'en suis donné à cœur joie avec mon harpon, la poitrine, le dos, les épaules, et j'y allais par en dessus, et j'y allais par en dessous, ils étaient à moitié étouffés, ils avaient bu la tasse une bonne dizaine de fois, et c'est ça qui m'a coulé le plus au procès, parce qu'on m'a accusé de m'être acharné contre eux. Oui, bien sûr, y avait des gens en train de se baigner et de pêcher sur la côte, et ça a fait un sacré grabuge quand ils m'ont vu comme ça, fou furieux. Ouais, j'me suis acharné, c'est vrai. Y en a un à qui il a fallu faire le bouche-à-bouche, et ils pissaient le sang fallait voir comme ! Les gens du quartier ont appelé une ambulance. Et j'ai tiré deux ans. Oui, deux années complètes. Si j'avais accepté leur connerie de la rééducation, j'en aurais fait beaucoup moins, mais j'ai pas voulu. Pas question. Tu m'vois, moi, en train de m'enfiler les sermons d'un gardien ! Ça m'fendait le cœur d'voir ma vieille venir à la prison pour m'apporter des cigarettes, des gâteaux, une pizza. Et elle faisait rien d'autre que prier sainte Barbe. En prison ? Non, rien. Deux bonnes bagarres, ça a suffi pour qu'on m'foute la paix. Quand j'suis sorti et que j'ai recommencé à poser des nasses près de la côte, j'pouvais être tranquille que jamais plus personne viendrait m'les pirater. Et c'est comme ça que j'ai recommencé à m'en sortir de nouveau et à gagner du fric. Non, toujours seul. En taule, j'lisais beaucoup et j'ai toujours gardé cette habitude. Oui, ça, et puis l'cinoche... Stable ? Tu t'fous de ma gueule, beauté ? Très peu pour moi. Sur la côte, y a toujours trois ou quatre putes que tu peux t'envoyer. Oui, bon, avec toi, c'est différent, bien entendu.

C'était en 77 ? Oui, c'est ça, un peu avant le carnaval. Ou tu bosses ou j'te fous en taule pour vagabondage, t'avait dit Crescencio. Et les gars du Comité de défense de la Révolution t'collaient au cul. Alors, quand tu t'es rendu compte qu'on allait t'expédier vite fait bien fait dans une autre ferme, t'es allé t'asseoir sur le mur du bord de mer et t'as cogité toute la nuit. Bordel de merde, t'avais déjà vingt-neuf ans et t'en avais ta claque de vivre à la dérive, à faire des rêves à la con, à baiser des gonzesses bon marché... Il était temps de voir ce que t'allais faire de ta vie, putain de merde ! Et là, t'as cogité que t'avais qu'trois chemins : baisser la tête et t'mettre à bosser pour l'gouvernement, comme disait ta mère, jouer serré et buter ceux qui croiseraient ton chemin, ou te barrer d'Cuba. Ouais, t'as gambergé jusqu'au petit matin, assis sur le mur, et tu t'es rendu compte que c'truc de filer doux, avec toi ça marcherait pas, parce que toi, putain, t'étais pas comme Majua ou comme Jorgito, qu'étaient à peine en taule depuis une semaine qu'ils se renseignaient sur cette connerie de rééducation, toi, t'as fait tes deux ans sans demander que dalle à personne, et t'as pas du tout envie maintenant de les saluer quand tu les vois passer au volant de leur bus. Ouais, mais vivre du vol et du couteau, ça t'convenait pas non plus, parce qu'on finit toujours par t'choper à la fin, et alors tu t'es rendu compte que la seule façon d'arranger ta vie c'était de t'barrer aux States, et t'as passé plusieurs jours à gamberger de nouveau là-dessus, mais tu t'es rendu compte que sans ta maternelle, t'allais pas pouvoir te tirer, t'allais pas la laisser seule, la pauvre, vieille, sans aucun parent, pas question, où que t'ailles, le remords te laisserait pas vivre en paix, jusqu'à ce que tu finisses par piger que l'mieux à faire, c'était de bosser comme éboueur, et tu t'es souvenu de Brise-Cadenas, qui t'avait dit que dans c'boulot, si tu l'faisais bien, personne te faisait chier, tu partais au p'tit matin avec ta petite carriole dans un quartier où personne te connaissait, et si tu bossais vite et bien, à dix heures du matin t'avais fini, et tu avais vu que c'était bien vrai, et c'est alors que t'as commencé à gagner de l'argent pour de bon avec ton poisson, et tu t'es formé une bonne clientèle, parce que t'avais tout l'après-midi libre, et en voyant que tu t'étais mis à trimer, plus personne t'a emmerdé au Comité, mais t'avais pas renoncé à l'idée de foutre l'camp du pays, ça non alors, et t'as commencé les préparatifs en douce, et la première idée que t'as eue, c'est d'demander l'aide de l'Andalou, qui avait une sacrée dette envers toi, parce que sans toi, ce jour-là en prison il y passait, mais t'es tombé sur le râble à Chicho et Juanelo et tu leur as flanqué une dérouillée que j'te dis pas, pour que tout le monde sache que t'avais peur de personne et que toi, fallait te respecter, et l'Andalou, lui, il était convaincu que tu l'avais fait pour le défendre, alors que tu l'avais fait, bien entendu, parce qu'à peine entré en prison, t'avais compris que t'allais devoir te bagarrer avec les mariolles et leurs laquais, et t'as décidé de défendre l'Andalou gratis, et à partir de ce jour-là, personne lui a plus cherché des noises, et dès que l'idée t'est venue, t'es allé le voir à Cojímar pour qu'il te dise combien de temps il lui fallait pour dégoter un hors-bord, et en quatre mois t'avais réuni les mille cinq cents pesos et t'allais les lui apporter pour conclure le marché quand, là-dessus, un jour que t'avais harponné un énorme makaire bleu à Miramar, deux types se sont approchés à la nage, vêtus de costumes de caoutchouc, à l'époque tu savais pas que ça s'appelait des combinaisons de plongée, et les deux gars portaient des bouteilles dans le dos, et on aurait dit que quelque chose dans ton makaire avait attiré leur attention parce que, quand t'es revenu à la côte, ils se sont mis à causer avec toi, et toi t'étais sur tes gardes parce que tu savais pas qui c'étaient, ils arrêtaient pas de poser des questions, et ceci et cela et à quelle profondeur tu l'avais attrapé, mais en fait c'étaient des gars de l'Institut de la pêche, et ils t'ont demandé de les accompagner jusqu'à leur local, non, mon vieux, non, personne ne va te prendre ton poisson, tout ce qu'on veut c'est le peser et examiner sa vessie natatoire, et t'es allé avec eux à la nage, et à tous les trois vous avez remorqué le poisson jusqu'au petit quai qui donne sur l'arrière de l'Institut, et tu les as vus se débarrasser de leur combinaison, et ils t'ont expliqué, oui, mon vieux, de ce côté-ci un tissu rembourré et à l'extérieur du caoutchouc spécial, qui maintient la température de ta peau constante, même si tu passes vingt heures à nager dans une mer glaciale, et tandis qu'ils ouvraient le makaire et lui examinaient les tripes, soudain l'idée t'est venue, et tu les as vus remettre les combinaisons à un petit vieux qui les a rangées dans une armoire métallique, et t'as vu qu'il y avait au moins six autres combinaisons pendues dedans, plus tout un tas de bouteilles, et quand t'es ressorti de l'Institut, t'avais trouvé la solution pour ton départ de Cuba, oui, mon vieux, t'irais aux States à la nage, bien sûr, simple comme bonjour, et deux ou trois jours plus tard, t'es allé épier les mouvements dans l'Institut, t'es arrivé vers une heure du matin et sans même avoir eu besoin d'entrer, t'as vu que la porte de la petite pièce était fermée par un cadenas de rien du tout, et t'as passé plusieurs jours à examiner les mouvements dans le local, la nuit, y avait qu'un veilleur de nuit et rien d'autre, et l'type passait la plupart du temps à l'intérieur, et en hiver, il sortait pas du côté qui donnait sur la mer, bien entendu, personne a envie de s'les geler et d'se faire éclabousser par les vagues, et puis, dites-moi un peu qui viendrait par la mer ? et tu t'es rendu compte que c'était là ta chance, et pour que ta vieille se doute de rien, t'avais fabriqué un caisson de briques et de ciment, oui, vieille, c'est pour nettoyer le poisson ici-même et pas tant dégueulasser la cuisine, et t'avais pas terminé la partie du dessus sous prétexte que t'avais pas assez de matériaux, et le 12 décembre 1981, le jour de l'anniversaire de la vieille, t'es entré dans l'eau du côté du club de Ferretero, t'as nagé tranquillement jusqu'à la 26e Rue, et tout est allé comme sur des roulettes, t'avais choisi une nuit sans lune et sans houle, mais très froide, et deux pressions t'ont suffi pour faire sauter l'cadenas et t'as attrapé la combinaison la plus grande qu'il y avait, d'une marque japonaise, après tu t'es mis à peser les bouteilles et t'as pris celles qui t'semblaient les plus pleines, et une demi-heure plus tard, tu traversais la 1re Avenue, ton sac de toile sur l'épaule, comme tu le faisais chaque fois que t'allais pêcher, personne t'a vu arriver chez toi, et ce soir-là t'as planqué tout le barda sous ton lit, et t'as profité que ta mère partait de bonne heure pour l'hôpital pour flanquer tout ton attirail dans le caisson, que t'as recouvert avec un panneau d'aggloméré et d'la toile métallique, et t'as mis par-dessus une couche de ciment de cinq bons centimètres d'épaisseur, et deux jours plus tard, quand t'as vu que le ciment avait parfaitement pris, avec une tarière et un marteau t'as fixé la planche d'acajou sur laquelle tu travaillais le poisson sur la table de la cuisine, et après t'as fait jurer à l'Andalou qu'il te mettrait en contact avec un pêcheur qui te halerait loin de la côte, et de là tu continuerais à la nage jusqu'à la limite des eaux cubaines et tu emporterais un dinghy et des comprimés contre les requins, et tu jouerais ton va-tout dans le canal de la Floride, et une fois aux States, tu ferais n'importe quoi pour dégoter le fric nécessaire pour réclamer aussitôt ta vieille, mais là-dessus t'es tombé sur les monnaies et après t'as levé Margaret, et avec cette gonzesse de ton côté, tu t'es rendu compte que ce truc du départ, ça pouvait être différent, bien plus cool et pas si risqué.

Oui, beauté, j'y ai bien pensé, mais j'ai personne qui m'réclame aux States, tu piges ? Et pour que les Amerloques, ils m'permettent d'entrer, faut qu'quelqu'un d'là-bas se porte garant. Ma paie ? Quatre-vingt-douze pesos par mois. Ouais, c'est ça, à peu près vingt dollars au marché noir, mais combien qu'tu crois qu'je tire de mes nasses, hein ? T'y es pas ! Jamais moins de six cents. Non, à Miramar, j'vends rien, tous mes clients ils sont du Vedado. Et dans ma rue tout le monde est à la coule avec moi, parce qu'à ceux du Comité, j'leur en refile un de temps à autre, et puis d'ailleurs, les gens sont plus comme avant, dans l'quartier personne s'occupe de moi. Mais j'm'en fous de toute façon : j'en ai plein les fesses d'ici et j'veux m'barrer. En pesos, j'ai beaucoup d'fric, ça fait des années que j'mets de côté pour quand l'moment viendra. J'sais pas si ça sera sur une chambre à air, sur un radeau, à la nage ou autrement, mais en tout cas cette année j'me taille. Toi ? À l'ambassade des gringos ? Ah, non, beauté, laisse tes mains tranquilles, les balade pas par là pour l'instant. Ouille ! Attends, beauté, attends... non, non, j'te dis d'attendre, pas de m'la tendre ! Continue de me raconter ce truc des gringos, aaaahh, mamma mia, t'es une sacrée gonzesse, bon, oui, on a du temps, c'est vrai, alors si tu veux pas causer maintenant, eh bien, vas-y donc, profite.

Bordel de dieu ! Ça, alors, tu t'y attendais pas ! C'sera vraiment vrai ? Bon, alors, attends plus. Dès qu'elle sort de la salle de bains, fonce. Tourne plus autour du pot. Après tout, c'est elle qu'a commencé à en parler. Elle te l'offre sur un plateau. Raconte-lui donc ce que tu allais lui raconter. C'est dans la poche. Parle-lui franco, cause-lui affaires, déconne plus, elle doit comprendre.

Tout à fait ça, comme des cages, mais nous on les appelle des nasses. Non, plus grandes, comme ça plus ou moins, un mètre et quelque de long et une cinquantaine de centimètres de large. C'est ça. Oui, mais ça donne beaucoup de travail, faut les charger, les surveiller, mais laisse-moi t'expliquer. Dans le quartier de la Copa où j'vis, les pêcheurs lâchent les nasses à une profondeur qui peut aller de dix à quinze brasses et même jusqu'à vingt. Ouais, ça fait plus de trente mètres, et plus tu descends bas et plus tu chopes des grosses prises, et alors ils choisissent un endroit et ils les laissent couler, amarrées à une corde de nylon qui a une petite bouée au bout, et chaque pêcheur les laisse sous l'eau, à une profondeur d'où il lui est facile ensuite de les remonter. Non, non, non, suppose qu'un pêcheur ne puisse plonger commodément qu'à, mettons, six brasses, mais qu'il veuille descendre sa nasse à quinze, alors, il utilise une corde de neuf, et quand la nasse touche le fond, la bouée avec le bout de la corde se maintient à six brasses de la surface, et quand la nasse est remplie, le pêcheur plonge et la tire vers le haut, tu piges ? En général ils se repèrent par rapport à deux points de la côte et ils nagent jusqu'à l'endroit où ils savent que se trouve leur nasse, avec une chambre à air, la plus grande possible, ils hissent la nasse sur la chambre à air, la ramènent au rivage, et là ils finissent de tuer le poisson, ils le sortent, ils changent les appâts et ils repartent avec la nasse pour la plonger de nouveau au même endroit. Oui, oui, à la vue de tout le monde, et c'est justement ça le hic, parce que ces foutus mômes, ils savent plus ou moins où se trouve la nasse de chacun, et comme ce sont des sacrés nageurs, ils partent à la nage sans chambre à air ni rien, et l'un d'eux remonte la nasse jusqu'à un mètre de la surface et là il la maintient sous l'eau, pour que personne puisse voir, tandis que les autres, avec une fouine, ou un grand crochet, ils embrochent le plus gros poisson, mais comme ils le retirent en forçant, ils retournent l'entrée de la nasse et les plus petits s'échappent aussi. Non, depuis la fois que j't'ai racontée, moi, ils me respectent, mais même s'ils voulaient, ils pourraient pas m'pirater, parce que mon style à moi, il est différent. Tu m'écoutes ? Laisse-moi ces poils tranquilles, beauté. Bon, d'accord, alors puisque cette poitrine te plaît, combien d'litres d'air tu crois qu'elle contient, hein ? Oui, t'as failli deviner, sept et demi, et ça m'permet de descendre à vingt brasses, sans avoir besoin d'chambre à air, ni d'corde ni d'que dalle. Vingt brasses ? Ça fait trente-six mètres, bien plus que d'cet étage-ci à la piscine là en bas. Non, beauté, à Cuba y a des types qui descendent à des sacrées profondeurs, mais à la Copa, y a personne de meilleur que moi, c'qui fait qu'entre ce qu'je suis capable de descendre et la trouille qu'on a d'moi, personne m'emmerde. Maintenant ? J'ai six nasses et je m'occupe de deux par jour. Oui, des poissons de toutes les tailles, et puis des langoustes, des poulpes, des calmars. Non, j'les amarre au fond, à des endroits fixes, à une moyenne de quinze brasses, et à cette profondeur j'bosse tout ce qu'il y a de plus peinard. Tu rigoles, non, j'ai jamais fumé, j'bois presque pas, un peu d'bière de temps à autre, pense un peu, toute ma vie à manger du poisson frais, à prendre le soleil, à faire d'l'exercice... Euh, eh bien, j'les amarre à un fond de corail, à des plantes sous-marines, à un trou de rocher. Les gamins ? Oui, dans l'quartier, doit y en avoir plusieurs qui peuvent plonger quinze brasses, mais ils ont pas assez d'air ensuite pour rester deux ou trois minutes à manipuler la nasse pour en retirer le poisson, en plus qu'avec le carnage que j'ai fait cette fois-là, j'leur ai flanqué la frousse et ils osent pas s'approcher. Alors, comme ça, j'ai pas à m'occuper d'les bouger, ou d'les charger, et en moins d'une heure et demie, je m'occupe de mes deux nasses quotidiennes. Combien de fois j'descends ? Quatre fois par jour. J'descends d'abord pour retirer l'poisson que j'mets dans un sac, j'remonte, j'vais chez moi, j'le laisse et j'reviens installer les appâts. Ça, ça m'prend en général trois quarts d'heure. J'me mets à l'eau tous les jours à midi, la première fois, et une heure après, ou moins, je m'occupe déjà d'la seconde nasse. Oui, elles sont toujours pleines, parce que je m'en occupe tous les trois jours. J'rentre chez moi, j'nettoie le poisson, j'le coupe, j'le mets au frigo, j'déjeune, j'me tape une petite sieste, et vers trois heures, y a un taxi qui arrive, je l'commande pour deux heures tous les jours, et j'pars au Vedado vendre mon poisson. Jamais. On m'l'arrache des mains et pour tout ce qui est fruits de mer, j'ai une sacrée clientèle. Et depuis peu, j'ai des étrangers qui pour du poisson fin me paient jusqu'à douze pesos la livre. Bon marché ? Oui, bon marché pour toi, pardi, qui vis de tes dollars. Mais rappelle-toi qu'y a des gens dans c'pays qui gagnent quatre-vingt-douze pesos par mois. Et puis souffle ta fumée de l'autre côté, beauté, tu m'asphyxies. Euh, alors, ce que je voulais t'raconter, c'est arrivé... laisse-moi voir, oui, y a deux mois et cinq jours, un 23 février, tu parles si j'vais pas m'en souvenir ? C'est la chose la plus super qui m'est arrivée dans la vie ! Je m'souviens même que c'était un vendredi. Alors, comme ça, à midi, j'me mets à l'eau, et quand j'suis en train d'passer les poissons d'la nasse dans l'sac, j'vois que la surface de l'eau se met à trembler d'une espèce de brillant argenté, alors j'fais comme ça, j'regarde vers le haut, et je m'rends compte que c'est un banc d'aiguillettes. Des petits poissons allongés, très fins, qui sautent et volent même sur l'eau, et comme leurs écailles argentées sont très brillantes, ça attire les barracudas qui sont attirés par tout ce qui brille, même un couteau, et quand on voit ça, nous les pêcheurs, un banc d'aiguillettes, fuiiiit, fuiiiit, qui filent à toute allure dans tous les sens, on sait qu'le barracuda, il est pas loin et on prend nos précautions, au moment où j'regarde derrière moi, hop, j'vois un mérou énorme, de cette taille, au moins trente kilos de chair, et n'importe qui m'en refile quatre cents pesos. J'veux dire que n'importe qui me paie quatre cents pesos pour ça. Et alors, pour avoir les mains libres, j'fais comme ça, j'referme la porte de la nasse, j'accroche le sac au grillage, j'attrape mon fusil et j'tire, mais le mérou m'échappe, alors, imagine un peu, ça m'rend furieux et comme j'commence à manquer d'air, j'remonte, j'attends un moment pour arrêter d'être furax, oui, c'est ça, d'être en colère, parce que si t'es furieux sous l'eau c'est super dangereux, parce que tu perds ton contrôle et tu lâches l'air... Bon, alors, quand j'suis calmé, j'redescends récupérer mon fusil et mes poissons, et c'est alors que tout arrive : je me rends compte que mon harpon s'est enfoncé dans une masse de corail. Oui, il l'avait traversée, et quand j'me mets à tirer pour l'récupérer, le corail fait comme ça, clac, il se casse, oui, comme si c'était une poterie, et qu'est-ce que j'vois là, super brillant ? un tas de pièces d'or en train de glisser les unes sur les autres. Ça te paraît incroyable ? Eh bien, attends voir que j'te les montre à La Havane ! Oui, de l'aventure, de la fantaisie, tant qu'tu veux, mais c'est la pure vérité. Alors, quand j'ai vu ça, tout ce qu'ai pu faire, c'est remonter, me remettre de mes émotions, et quand j'suis redescendu de nouveau, j'ai mis les pièces dans le sac, et les poissons, j'les ai laissés pour le lendemain. Oui, j'ai vu d'abord une cinquantaine de pièces. Euh, à peu près de cette taille, comme ça, et le même après-midi j'ai sorti le reste, ce qui fait un total de quatre-vingt-deux. Oui, toutes pareilles, exactement. Oui, bien sûr que j'ai vérifié tout de suite. Ici, à Cuba, la banque les évalue à un tas de dollars, plus de cinq mille chacune, mais à l'étranger, elles peuvent valoir sacrément plus. Oui, j'en ai vendu quelques-unes. Comment tu dis ? Bien sûr que oui, poupée ! Toi et moi, on peut faire une sacrée affaire.

## 2

Clarita colle l'œil au judas et reconnaît le visage de Tony, le grand blond qui leur vend du poisson.

– Ah, c'est vous, dit-elle en ouvrant. Qu'est-ce que vous nous apportez de bon ?

– Aujourd'hui, je vous apporte rien, répond Tony. Je voudrais parler un moment avec votre papa, si c'est possible.

Elle hésite un peu. Elle craint que la visite ne soit inopportune, mais son envie de flirter l'emporte.

– Oui, entrez et asseyez-vous un moment. Et elle disparaît dans le couloir.

Il se balance, inquiet, sur le rocking-chair. Le bruit de talons de Clarita, qui revient peignée et nu-pieds, le fait se retourner.

– Venez, papa vous attend dans son bureau.

Le professeur Fidalgo – soixante-cinq ans en apparence, mais cinquante-trois en fait – l'attend devant l'épaisse porte de cèdre de la pièce par où s'échappe l'haleine gelée d'un climatiseur fatigué.

– Bonjour... euh, dit Fidalgo. Excusez-moi, je ne...

– Santa Cruz, professeur. Antonio Santa Cruz.

– Ah, ah ! Et comment va la pêche, Antonio ?

– Assez bien, professeur.

– Vous nous avez oubliés, lui reproche le professeur.

– Ne vous tracassez pas, le premier bon poisson que j'attrape, c'est pour vous.

– Parfait, dit Fidalgo. En quoi puis-je vous être utile ? Des ennuis avec la police ?

– Non, professeur, je voulais vous demander quelque chose sur de vieilles monnaies.

Visiblement excité, Fidalgo s'apprête enfin à le recevoir pour de bon.

– Entrez et asseyez-vous. Et il lui signale un fauteuil à côté d'une étagère bourrée de livres.

– Vous ne vous en souvenez peut-être pas, professeur – commence Tony, en s'excusant presque – mais il y a quelques mois je suis entré dans la cuisine pour aider votre fille à couper un mérou et je vous ai vu dans la salle à manger, et votre table était pleine de pièces de monnaie.

– Oui, exact, et vous vous êtes approché pour regarder.

– C'est ça, et après votre fille m'a expliqué que vous faites partie des gens qui s'y connaissent le plus en monnaie.

– Elle exagère, Antonio, sourit l'avocat, mais c'est vrai que je fais collection de monnaies depuis que je suis enfant et...

Une toux sèche le secoue et lui bleuit le visage. Quand il parvient à se dominer, il fait un geste de résignation et tend un paquet de Populares à Tony.

– Non, merci, je ne fume pas.

– Vous avez bien raison, commente Fidalgo, en en allumant une. Le médecin me l'a interdit.

Tony contemple sans mot dire le visage lymphatique.

– La pompe ne fonctionne pas très bien.

Tony ne parvient jamais à dire des banalités comme : « On ne le dirait pas, vous avez très bonne mine. »

– Alors, qu'est-ce que vous voulez savoir à propos de numismatique ?

Les sourcils de Tony s'arquent.

– De pièces de monnaie, rectifie l'avocat.

– Je voudrais savoir, professeur, combien vaut une monnaie d'or espagnole, de 1598, de cette taille – et il fait un rond avec les doigts.

Fidalgo se cale dans son fauteuil et cherche des indices sur le visage de Tony. 1598, c'est l'année du couronnement de Philippe III, et d'après la taille qu'indique le pêcheur, il peut s'agir d'écus, de ducats, de doublons, de pesos, selon l'hôtel de la Monnaie qui l'a frappée. Ce garçon aurait-il vu une pièce pareille ? Pêcheur, mer, trésors sous-marins... Bien sûr. Il est bien placé pour ça. Il aurait des tas de commentaires à faire et de questions à poser, mais il a du mal à réagir. Jamais le commun des mortels n'est venu dans son bureau lui poser une question pareille à brûle-pourpoint. Et en numismatique, sa grande passion est justement l'Espagne des XVIe et XVIIe siècles.

– Explique-toi, explique-toi mieux, dit-il en adoptant inconsciemment le tutoiement, tout en se mettant debout avec effort, la cigarette aux lèvres, en s'aidant des accoudoirs du fauteuil.

Tony est sur le point de sortir la pièce de monnaie, mais il se retient. Il a pensé à Fidalgo comme acheteur éventuel, et il veut d'abord avoir une idée du prix.

– Eh bien, professeur, c'est comme je vous disais : une monnaie grande comme ça, en or, de 1598.

Fidalgo s'approche du rayonnage central d'une bibliothèque et en tire un catalogue poussiéreux. Après avoir soufflé dessus, il se rassoit et l'ouvre sur son bureau. Il cherche à l'index.

– Regarde... celle-ci, par exemple, frappée en... Et il bredouille une fiche technique inintelligible.

Quand il en a terminé, Tony, qui s'est mis debout près de lui, signale en bas un drôle de L, avec le nombre deux mille à côté.

– Et ça, qu'est-ce que ça veut dire ?

– Deux mille livres sterling, dit Fidalgo. Ce L barré signifie livre sterling.

– Et le prix en dollars, il n'apparaît pas ?

Le professeur ferme le livre et lui indique la date d'édition sur la couverture.

– En 1955, je crois que la livre était à 2,40, ce qui ferait en gros 4 800 dollars, mais je peux t'assurer qu'une pièce de monnaie comme celle-ci n'en vaut pas moins de 6 000.

Tony laisse échapper un sifflement d'admiration :

– Et ce livre contient toutes les monnaies du monde ?

– Non, sourit Fidalgo, il y faudrait une bibliothèque. Ce livre est un catalogue où apparaît toute la numismatique espagnole depuis ses origines jusqu'à nos jours.

– Et pourquoi il est écrit en anglais ?

– Eh bien, parce qu'il a été publié à Londres, qui est un des grands marchés de la numismatique.

– Et pourquoi ça vaut si cher, une monnaie comme ça ?

– D'une part, parce que les cours de l'or ont beaucoup monté, mais surtout parce que ces pièces de monnaie rares tendent de plus en plus à disparaître.

Tony le regarde sans comprendre.

– En cas de vol, par exemple, explique Fidalgo, soit pour ne pas avoir d'ennuis soit par ignorance, les voleurs les fondent pour les vendre au poids de l'or.

Le visage de Fidalgo s'est empreint d'une vivacité subite. La voix est assurée. Il n'arrête pas de remuer les sourcils, il tire sur sa cigarette avec énergie. Pour n'avoir pas à regarder vers le haut et de côté, Tony s'accroupit en face de lui.

– Et 6 000 dollars, ce n'est rien, ajoute Fidalgo. De cette même année dont tu parles, il existe des pièces de monnaie évaluées à plus de 100 000 dollars.

– Eh ben, merde alors ! ne peut retenir Tony.

– Dans des enchères internationales, bien entendu, où vont les millionnaires. Vendues à une banque ou à un autre collectionneur, les prix sont inférieurs. Ici, à Cuba, le maximum qu'on ait payé pour une pièce, c'est 12 000 pesos.

Clarita entre, apportant un verre d'eau et une petite tasse de café sur un plateau, et elle observe que son père est tout à fait satisfait de la visite du beau gosse. Tu parles, s'il lui a parlé de pièces de monnaie...

Tandis que Tony se redresse et avale d'abord le verre d'eau, Clarita se demande quel âge il peut avoir. Elle observe la forte pomme d'Adam qui monte et descend tandis qu'il avale.

Fidalgo allume une autre cigarette et écoute Tony faire l'éloge du café de Clarita. Se pourrait-il que ce garçon possède une monnaie du XVI^e siècle ?

Quand sa fille est sortie, Fidalgo pose carrément la question :

– Dites-moi, Antonio, d'où vous vient donc cette curiosité pour les pièces ?

– Je vais parler franc, lui répond Tony, qui se rassoit sur le bord du fauteuil. Chez moi, parmi toutes les vieilleries de maman, on a un petit coffre de bois qui a appartenu à une de ses tantes, et ça faisait des années qu'elle l'ouvrait pas. Alors, la semaine dernière, elle se met à le traficoter, en cherchant je sais pas quoi, et comme l'étoffe du dedans était moisie et puait, elle l'a enlevée pour la changer. Alors, en dessous, elle a découvert un autre tissu plus épais, plié et punaisé au couvercle, dans lequel il y avait des pièces de monnaie toutes couvertes de vert-de-gris. Elle a pensé que c'étaient des médailles de saints, mais en les nettoyant, elle s'est rendu compte que non, et quand elle me les a montrées, j'ai bien vu que c'était des pièces d'or...

– Et combien y en avait-il ?

Tony s'était préparé à la question :

– Quatre.

– Eh bien, mon garçon, ça te fait un bon petit paquet de billets.

– Et qui me les achèterait, professeur ?

– La Banque nationale, mais elle, elle ne te paie que la moitié de sa valeur sur catalogue, et en pesos cubains.

– Et à quel change ?

Fidalgo tente de découvrir si Tony joue les idiots ou s'il l'est vraiment.

– Au change officiel, bien entendu, mon garçon, à 72 centimes le dollar.

– Mais, professeur, dans la rue le dollar est à quatre ou cinq pesos...

Fidalgo sourit, hausse les épaules, et se décide à vérifier cette histoire de la date.

– Et comment sais-tu qu'elle est de 1598 ?

– Parce que c'est écrit dessus, avec des lettres de ce genre, dit Tony.

– Et tu sais les lire ?

– Non, moi non, mais je les ai recopiées et j'ai demandé à un voisin qui est instituteur. Tenez, si vous permettez, je les sais par cœur, dit-il. Et il prend le stylo-bille qui se trouve sur le bureau de Fidalgo pour écrire : MDXCVIII.

Fidalgo acquiesce, pensif, et cherche dans le catalogue.

Il signale enfin une photo :

– Ressemble-t-elle à celle-ci ?

Tony se penche, et, en effet, oui, c'est bien la même effigie, exactement la même, et les mots

PHILIPPUS REX, oui, ça aussi c'est comme sur la sienne, et sous la photo, un très long paragraphe en anglais en tout petits caractères, et à droite, le drôle de L et 2 150, putain de merde, elle doit valoir au moins 7 000 dollars et lui, il en avait quatre-vingt-deux, eh ben, mon vieux Tony, t'as décroché le gros lot !

– C'est bien ta monnaie ? s'impatiente Fidalgo.

Tony acquiesce, sans lever les yeux du catalogue, comme s'il était hypnotisé. Il est en train de multiplier 82 par 7.

– Tu en es sûr ?

7 fois 2 : 14, et j'retiens 1 ; 7 fois 8 : 56, plus 1 : 57. Bordel de merde, 574 000 dollars, du tonnerre de dieu !

– Oui, oui, absolument sûr, professeur.

Et d'un geste suffisant, il plonge la main dans sa poche, en tire la pièce et la pose sur la photo du catalogue :

– Tenez, la voilà.

Le professeur la saisit et entreprend de l'examiner. Il sent sa paupière droite prise d'un léger tremblement. De toute façon, il ne croit pas aux miracles. On n'a jamais eu droit à Cuba à une de ces bombes qui bouleversent les marchés du Koweït, de Rome ou de Dallas. En quarante-cinq années de fiançailles avec les monnaies, il a perdu tout espoir de dévoiler quelques-unes des grandes énigmes. Ça, ç'a toujours été le privilège d'autres latitudes.

Et pourtant, il se peut qu'il ait dans sa main la piste, le fil conducteur, la clef d'une vieille énigme.

Il tente de respirer profondément. Il s'incline en arrière sur son fauteuil. Tony le voit pâlir.

– Il vous arrive quelque chose, professeur ?

– Ce n'est rien, mon garçon, répond-il tout à trac. S'il te plaît – et il montre une étagère – passe-moi cette loupe.

Fidalgo ment. Il voit parfaitement. Il lit sans lunettes. Ce dont il a besoin, ce n'est pas d'une loupe, mais d'une cotte de mailles contre la dague qui menace sa poitrine, d'un comprimé de nitroglycérine qui lui donne de l'air, qui lui permette de contrôler sa tachycardie, son arythmie, le tremblement de ses mains, quelque chose qui lui décrispe le bras soutenant la pièce, un frein à la violente excitation que lui provoque le fait de voir tout à fait clairement le double trait vertical qui barre le P de PHILIPPUS.

La dernière chose que pense Fidalgo, avant de succomber à son troisième infarctus, c'est qu'il s'est trompé, que ce qu'il a entre les mains ne vaut pas six mille dollars, mais peut-être quarante mille, et que si le pêcheur en a quatre, il est très possible qu'il ait découvert la piste de la reco...

– Professeur ! Professeur, qu'est-ce qu'il vous arrive ?

« Merde alors, une sacrée attaque qu'il vient d'avoir, le vieux ! » pense Tony, et il le soutient par le menton au moment où il va piquer du nez sur le bureau. Il l'incline en arrière, et le voit pâlir durant un instant. Il l'écoute haleter toujours plus fort, à la recherche d'un air qui n'arrive pas. Il l'arrange pour qu'il ne glisse pas, le coince contre le bureau, récupère sa pièce et sort à grandes enjambées.

## 3

Tu t'es glissé chez lui, et il a ouvert la porte en slip, t'as vu dans ses yeux qu'il en f'sait dans son froc, t'as poussé comme un sourd et t'as refermé la porte d'un coup de pied, ça, tu peux dire que tu l'as eu par surprise, et il a même pas eu l'temps d'demander de l'aide, avec une serviette dans la bouche, coincé par-derrière à cause de la clef que tu lui avais faite ; quel âge il peut avoir, le gros Perdomo ? La cinquantaine, ou peut-être la soixantaine, et pendant c'temps tu lui enfonçais l'poignard dans la fesse jusqu'au manche, ordure, et si tu cries je t'crève, espèce de grosse tapette, et tu lui serrais l'kiki avec la serviette, et aujourd'hui même tu vas apporter trois cents pesos à ma vieille, t'as pigé ? Et il fait oui d'la tête, et tu vas lui dire que le marqueur s'est gouré et qu'on lui a noté à elle dix pesos au lieu des trois que tu lui as refilés au téléphone, et si tu veux pas que je t'bute, à partir d'aujourd'hui y a plus d'numéros limités pour ma vieille, et je m'en fous pas mal si c'est toi qui dois payer la différence, et quand t'as retiré le poignard, t'as nettoyé la lame sur la panse du Gros, et maintenant qu'tu y penses, ça serait bien qu'elle connaisse l'histoire, ouais, mais pas le coup du poignard, surtout pas, et pas non plus que le gros Perdomo, il en est resté boiteux et qu'il se trimballe avec des béquilles et la guibole bloquée. Mais pourquoi pas après tout, ça serait pas plus mal qu'elle sache que t'es un mec à la redresse et que personne peut te prendre pour un con.

Et alors, paf, j'sors de l'hôpital, j'prends un bus, et vrai, c'est tout comme si j'l'avais sous les yeux, j'revois la tronche du vieux au moment de l'attaque, et je m'rends compte qu'il s'est excité en voyant la pièce, et je m'dis, t'as bien fait, Tony, de pas être allé vérifier tout ça à la banque... Oui, bien sûr, j'ai vérifié c'que je voulais savoir sur la valeur des pièces et tout c'merdier du patrimoine national et que la banque te baise et qu'elle t'donne que cinquante pour cent de ce qu'tu trouves. Me fais pas rigoler, beauté, dans ton pays, ou en Italie, peut-être, mais pas ici, parce qu'en plus ils te baisent aussi avec le change, parce qu'un dollar dans la rue ça vaut cinq pesos et la banque, elle, elle te le paie soixante-douze centimes, alors d'abord ils t'en enlèvent la moitié et après ils te baisent l'autre moitié, j'ai fait mes calculs et j'sais c'que j'dis, ils finissent par te payer quatorze fois moins que ce que ça vaut ailleurs qu'à Cuba, bon alors, comme je t'disais, je suis dans l'bus et j'pense que si l'vieux a clamsé rien qu'de voir la pièce de monnaie, à la banque l'affaire se serait sacrément emberlificotée, oui, c'est ça, compliquée, et ils m'auraient interrogé que j'te dis pas, et comment ça c'était passé et où j'les avais trouvées, et patati et patata, et en plus ils m'auraient sans doute fait des analyses chimiques, comme les flics qui t'prennent le cheveu d'un macchabée et après ça, ils te disent l'âge qu'il a ou s'il a bâfré une pizza la veille. Tu rigoles ? Bon, alors, j'me dis, tu vas voir, putain, qu'avec des microscopes et tout le saint-frusquin, ils sont foutus de deviner que j'ai trouvé la pièce en mer et personne va croire que c'est un souvenir de ma grand-tante et ils vont finir par m'couillonner avec cette histoire du patrimoine, et tu sais dans quel état ça m'fout. Moi ? J'ai jamais eu de potes ni d'amis. Depuis que j'suis gamin, toujours tout seul, et, à part ma vieille, j'ai jamais aimé personne... Bah, si tu l'dis, ça doit être vrai, mais, franchement, j'te dis que l'amitié, l'amour, j'ai jamais rien connu d'tout ça... Ah, fais pas rigoler, j'ai pas envie de discuter, appelle ça des complexes, de la trouille, comme ça t'chante, moi en tout cas j'sais c'que j'sens, et j'te jure que quand un gars cherche à m'baiser, il me vient une de ces envies de l'assassiner ! Tiens, pour qu'tu voies comme je suis, il y a à peu près deux ans, j'suis sorti de chez moi pour buter un mec, oui, c'est ça, pour le tuer, et j'avais tout bien préparé comme il faut. Non, la question, c'est que ma vieille joue au loto. Oui, c'est comme une loterie, oui, oui, illégal, bien entendu, on joue sur celui du Venezuela, et si tu paries sur un numéro à deux chiffres et que tu le prends fixe, oui, ça veut dire que ton numéro sort en premier lieu, exact, comme ça, alors on te paie soixante-dix pesos pour chaque peso que tu joues, oui, bien sûr que c'est du vol, et c'est vrai que tous ces banquiers s'en mettent plein les poches, et c'est pour ça que, moi, j'joue jamais, mais ma vieille, elle, ça la distrait drôlement, c'est devenu un vice, et elle écoute ça tous les jours à la radio, oui, sur petites ondes on reçoit ça parfaitement, et elle note tous les numéros qui sortent et comme ça, elle se sent importante, et tous les jours elle joue un ou deux pesos, et moi au début j'lui disais de faire gaffe, que les flics allaient embarquer l'banquier, et qu'il allait lui arriver la même chose qu'à la 52e Rue où un banquier a dénoncé tous ceux qui pariaient avec lui, mais y a pas eu moyen, c'est son seul amusement, alors j'lui refile cinq pesos tous les jours, et la pauvre, ça la distrait, et dans les cas spéciaux, elle mise même huit et dix pesos. Tu dis ? Bien sûr qu'elle y croit, elle a même une statue de sainte Barbe dans sa chambre et elle lui fait des prières et elle lui demande de faire des miracles et elle lui allume des cierges. Oui, et elle lui met aussi des bananes et des bonbons. Mais non, poupée, tu te goures, y a pas qu'les Nègres qui croient à ça. Elle ? Cubaine, fille d'insulaires. Ouais, chez nous les insulaires, ce sont ceux des îles Canaries. Bon, laisse-moi finir mon histoire. Ma vieille, qu'a trimé toute sa vie comme une mule, qu'a dû supporter mon père, et puis après laver du linge, et qui nettoie les planchers dans un hôpital depuis des années et qu'a dû s'envoyer les cuites de son frère, qu'a passé sa vie à souffrir, la tête baissée et sans jamais ouvrir le bec, alors, comment tu crois que j'vais lui interdire ce p'tit plaisir, si j'sais qu'avec ça elle va être contente ? Ouais, bien entendu, elle passe la semaine à en causer avec les voisines, et quand elle gagne une misère, elle est plus heureuse qu'un môme auquel tu offres un vélo. Bon, alors, un jour elle rêve à son frère Jacinto et elle mise sur le 49, qui représente le soûlot. Non, c'est pas ça, c'est que sous le capitalisme, à Cuba on jouait à une loterie qu'on appelait la charade, et chaque numéro, de un à cent, représentait quelque chose, par exemple, le 22 c'était le crapaud, le 37 la sorcellerie, le 69 le défoulement, et alors, paf, la vieille, elle mise un peso fixe sur le soûlot, et le marqueur, un gros tas de graisse, une belle ordure, qui vit à deux rues de chez nous, lui note son numéro le matin, et, vers trois heures de l'après-midi, il la voit faire la queue devant l'épicier et il lui dit que le 49 est limité, ce qui veut dire que si elle gagnait, au lieu de soixante-dix pesos, il lui en paierait que cinquante. Le problème c'est que les banquiers se protègent quand les gens misent trop sur un même numéro, et alors, le Gros, il lui dit que le soûlot était limité et il voulait savoir si elle allait maintenir sa mise malgré ça, et la vieille a consulté sainte Barbe et tout le saint-frusquin, et ce jour-là elle a pas seulement misé le peso du matin, mais elle en a même ajouté deux d'plus, et quand j'rentre le soir, vers les onze heures et demie, la veille elle était dans tous ses états parce qu'elle avait gagné cent cinquante billets avec les trois qu'elle avait misés, et, en même temps qu'elle me servait à manger, elle m'a expliqué le truc du numéro limité et tout le tsoin-tsoin, et le lendemain j'entre vider un bock au bar de la pizzeria de La Copa, et j'vois un mec en train de faire la nouba avec ses potes, parce qu'il avait gagné trois cent cinquante billets à la loterie avec le 49, et l'mec, il la ramenait parce que quand il avait misé, il avait que cinq billets et qu'il était si sûr que le soûlot allait sortir que s'il en avait eu cent il les aurait joués tous ensemble, et alors je m'souviens du numéro limité qui payait que cinquante pesos pour un, et, paf, j'me mets à calculer que l'mec aurait dû en miser sept pour en gagner trois cent cinquante, et j'sais que tous ces mecs-là sont des clients du Gros parce qu'ils sont cul et chemise avec lui, et alors j'commence à flairer que le Gros il a baisé ma vieille. Mais, pour m'en assurer, j'vais voir un aveugle qui mise pour l'même banquier que l'Gros, et, bien entendu, le numéro était pas limité, et l'enfant d'salaud avait payé à ma vieille que cent cinquante au lieu de deux cent dix, et alors il m'est venu une envie de l'étrangler ! Non, non, attends, tu vas voir, le lendemain matin, j'ai attrapé un couteau, et après le départ de la fille du Gros, avec le mari et les mômes... Lui ? Doit avoir maintenant la soixantaine. Alors, j'attrape le couteau, et quand il m'ouvre la porte, il est en slip, et quand il voit que c'est moi, il veut la refermer, mais j'lui flanque un coup d'épaule dedans et j'lui colle le couteau sur la panse et j'lui dis que s'il m'donne pas les soixante billets qu'il a piqués à ma vieille, j'vais l'buter comme un chien, et j'te jure sur sa tête à elle que j'étais prêt à tout, parce que moi, quand on m'fait une saloperie pareille, c'est comme si j'avais un os en travers du gosier et je peux pas vivre tant que j'l'enlève pas. Quelle blague ! Il faisait dans son froc, il s'est mis à trembler et à m'dire qu'il était malade du cœur et il m'a donné l'argent aussi sec et il m'a juré qu'il ferait plus jamais ça à ma maman et j'lui ai dit que s'il voulait pas s'retrouver un jour avec les tripes à l'air, y aurait plus jamais de numéros limités pour ma vieille, même si l'banquier l'disait... Et s'il fait pas comme je dis, poupée, je l'bute, même si j'écope de vingt ans. Oui, oui, il est toujours dans l'quartier, et quand il m'voit il m'salue tout ce qu'il y a d'plus aimable, et il continue d'recevoir les mises de ma vieille. Tu peux m'croire, quand j'dis que moi, personne me baise, ni la banque, ni l'patrimoine national ni que dalle, c'est pas de la frime. Bien sûr que j'me taille d'ici ! D'ailleurs, pour être franc, j'étais bien décidé à m'barrer et si ç'avait pas été pour ma vieille, je m'serais tiré maintenant, en novembre ou en décembre prochain. Oui, j'avais refilé du fric à un traficoteur qui revend des choses volées et des trucs comme ça, deux mille billets pour qu'il m'dégote une combinaison de plongée, de celles qu'utilisent les hommes grenouilles, exactement, et après j'ai appris qu'un étranger qu'avait appris la pêche sous-marine avec moi, un Français que j'avais rencontré à Viriato, s'était pris d'passion pour ça et qu'il avait acheté un équipement complet, avec bouteilles et tout le reste, et même un hors-bord, et un beau jour j'le croise au Vedado et il me dit qu'il part de Cuba dans un ou deux mois, et alors j'lui ai demandé de me vendre tout son attirail, et il m'a demandé trois mille pesos, non, une bagatelle. Non, le bateau, j'l'ai dégoté à Cojímar, et ensuite j'ai parlé à des frangins, des pêcheurs du coin, qui pour huit mille pesos voulaient bien m'remorquer sous l'eau, accroché à un trou de la quille, jusqu'à une dizaine de milles, parce que les eaux territoriales en font douze, et ils étaient prêts à embarquer mon bateau et mon moteur. Euh, je devais les attendre au milieu d'un tas de détritus... T'as jamais vu ces flaques de pétrole où s'mélangent les déchets des cargos, des caisses, du mazout et tout ça ? Eh bien, une heure avant qu'ils appareillent de Cojímar, j'devais me mettre à l'eau au pied d'la forteresse du Morro. Oui, oui, c'est un endroit où les gens vont pêcher, et j'me serais mis à l'eau juste avant le lever du soleil, sans que personne me voie, après avoir enfilé la combinaison, et j'les aurais attendus au milieu d'une de ces flaques qu'il y a toujours par là. Oui, bien sûr, ça aurait caillé, mais avec la combinaison j'pouvais supporter des heures dans l'eau, tout était bien combiné, et le signal pour eux, ça devait être une de ces caisses qui flottent à la dérive, que je devais peindre en rouge et m'mettre sur la tête comme un chapeau, pour épier leur arrivée à travers des trous que j'aurais faits sur les côtés. Oui, si par hasard y avait pas d'flaques ce jour-là, eh bien ils savaient qu'ils devaient m'rencontrer à environ cinq cents mètres de la côte, en face de l'hôtel Deauville, en se guidant avec la caisse peinte en rouge, ils pouvaient pas s'gourer et puis, en plus, en plein hiver, à cette heure-là y a jamais personne sur la côte. Les requins ? Non, très peu, et puis, d'ailleurs, si tu les emmerdes pas ils attaquent pas, mais là où on dit qu'y en a des tas, c'est du côté d'la Floride, et c'est normal, tu parles, parce que là-bas, ils jettent plus de bouffe à l'eau qu'à Cuba. Tu rigoles ? Les requins, ils sont pas cons, poupée ! Non, j'en ai pas du tout la trouille, et puis j'avais déniché six pastilles, de celles qu'utilisent les paras. Non, j'sais pas d'quelle substance c'est fait, mais dès que tu les laisses tomber dans l'eau, il s'forme aussitôt une flaque verte, énorme, qui commence à s'étendre et ça fait fuir les poissons. Les paras, ils les jettent avant de tomber dans la mer. Non, mon plan à moi, c'était de m'faire remorquer jusqu'à dix milles, parce qu'eux, ils voulaient pas s'engager plus loin, pour pas avoir d'ennuis avec les garde-côtes. On est tombé d'accord que j'devais leur filer trois mille une semaine avant, et les cinq mille restants quand ils me lâcheraient à la limite des dix milles. Oui, ils devaient m'filer du carburant pour dix milles de plus, et m'embarquer sur l'bateau, la boussole, une grande réserve d'eau potable, des boîtes de conserve, les drapeaux, les jumelles. Évidemment, si tu t'laisses entraîner, le courant t'emporte vers le nord. Les jumelles ? Eh bien, c'est pour apercevoir de loin les pavillons des navires. Pense un peu, si c'est un bateau cubain, je mets à la poupe du mien un pavillon américain, et comme je suis blond et grand, ils ont pas d'raison d'en douter. Et si l'navire est de n'importe quelle autre nationalité et que je vois qu'il va aux États-Unis, alors j'lui fais des signes pour qu'il m'prenne à bord. Oui, c'était décidé, mon plan était de partir, moi, le premier, et laisser assez d'fric à ma vieille pour qu'elle vive à l'aise et qu'il lui manque rien, jusqu'à ce que je fasse mon trou là-bas et que j'puisse la faire venir, et elle m'avait dit oui, mais quand l'moment d'partir est arrivé, j'l'ai vue en train de chialer, et après une voisine me dit qu'elle est effondrée parce qu'elle pense qu'elle me reverra plus et alors ça m'a foutu un cafard du tonnerre de Dieu et j'me rends compte qu'y a pas moyen, que j'vais pas pouvoir vivre en paix, que l'remords va pas m'laisser tranquille, et vrai, j'suis pas capable de l'abandonner, c'est la seule chose de sacré que j'aie, et alors j'ai bazardé tous mes préparatifs, mais maintenant si tu m'dis que tu peux faire partir ma petite vieille du pays, alors, j'te donne c'que tu veux, poupée, c'que tu veux.

# 4

Clarita n'en aurait pas juré, mais son papa avait dit *badric*. À l'un de ses rares moments de lucidité, il lui avait fait signe de la main pour qu'elle s'approche. Elle avait collé son oreille à ses lèvres et ce qu'elle avait entendu avait été *badric* ou quelque chose d'approchant. Fidalgo lui avait murmuré textuellement : « Dis à Jesús qu'Antonio a un *badric*, couronnement de Philippe tr... » et il était retombé dans le coma.

Jesús s'était installé dans les couloirs du service de soins intensifs dans l'attente de Tony, parce que ce mot de *badric* ne lui disait absolument rien. Mais le pêcheur ne savait pas non plus ce qu'était un *badric*. Et quand Jesús avait cherché à en savoir plus long sur les pièces, l'homme avait été très évasif, mi-soupçonneux mi-timoré. Dépité, il décida alors de charger Clarita de faire répéter le nom de la pièce à son père quand il reprendrait connaissance et partit à toute allure pour la Banque nationale.

Andrés de Jesús Calahorra connaissait parfaitement la numismatique du XVIe siècle hispano-américain et il était presque sûr qu'un *badric* n'était aucune pièce de monnaie qui aurait circulé dans la péninsule et aux Indes occidentales. Ça ressemblait plutôt à de l'arabe ou à du turc, mais quelle relation pouvait-il y avoir entre une pièce de monnaie orientale et le couronnement de Philippe III ?

Une fois à la banque, il étudia en vain tous les catalogues de l'Association des numismates. En sortant, il croisa Adolfo, qui en était le très érudit président, et à qui *badric* semblait aussi être du maure ou du turc. Et pourquoi n'allait-il donc pas voir Inclán, qui est un arabisant fantastique ?

– J'aimerais bien, dit Jesús, mais il ne me connaît pas.

– Si tu m'attends un moment, je te conduis chez lui et je te présente, proposa Adolfo. J'ai justement un client à prendre au Vedado.

– Ah, parfait. Merci.

Hormis le fait d'être numismate, Adolfo était chauffeur de taxi. Jesús pensa que de là, il pouvait aller à pied jusqu'à l'hôpital Calixto García et vérifier si Fidalgo avait retrouvé l'usage de la parole.

Chemin faisant, Adolfo lui raconta des anecdotes ayant trait à Inclán. Selon lui, c'était le plus sympathique des doux dingues logomachiques qui ornaient le petit monde des numismates havanais. Le plus savant aussi, oui, mais fou à lier : un amalgame de carliste furibond et de communiste utopique dont l'enfance, disait-il en paraphrasant des vers d'Antonio Machado, était « des souvenirs d'une jarre camagüeyenne et d'un potager ombreux où pourrit la goyave », ah ! ah ! et la jeunesse « quarante ans d'extrêmes durs ». Il était en effet parti pour l'Espagne comme volontaire contre le fascisme et il avait passé vingt ans dans une prison d'Estrémadure d'où il était sorti en 1958 pour rentrer à Cuba.

Adolfo, qui était au fond un baroque comme bien des collectionneurs, se délectait de sa relation avec ce sexagénaire au vin lucide et au paradoxe vif, qui avait coutume de parler des heures durant en octosyllabes coulants.

– Et quand il ne parle pas en vers, il parle en espagnol de Cervantes.

– Tu te paies ma tête !

– Un espagnol impeccable. En prison, il a appris par cœur tout Quevedo, tout Góngora, en plus de l'hébreu, de l'arabe et de je ne sais quoi encore.

Et, une fois chez l'homme en question, trois murs d'une hauteur de plafond impressionnante, tapissés de livres de haut en bas ; de la moquette sur le plancher ; et sur la quatrième cloison, des versets du Coran écrits au fusain, des armes héraldiques, une panoplie de cimeterres, un crâne, une babouche clouée tout en haut, des pistolets d'arçon, et partout des objets anciens : un rouet, une arbalète, des cartes sur toile cirée, un globe terrestre, une toque de torero, deux clepsydres, une corne d'abondance, un bonnet phrygien, une frégate dans une bouteille, un pupitre avec une partition pour flûte, une vielle, une lyre, un coffre, des diplômes, des caricatures.

Adolfo et Jesús se regardèrent et froncèrent les sourcils.

Au fouillis et à la pénombre, se joignait en guise d'ingrédient spectral une odeur... d'encens ? de myrrhe ? Jesús était intrigué. Enfin le locataire de ce capharnaüm insolite apparut dans un costume qui ne collait pas du tout à l'environnement. Jesús s'était imaginé un docteur Faust en costume médiéval, et voilà qu'apparaissait un petit gros aux cheveux blancs, en sandales de plastique, un mégot de cigare entre des doigts aux ongles très longs, un jean rapiécé lui descendant aux genoux, une chemise kaki, un béret basque, et un salut amical à Adolfo, un autre cérémonieux à Andrés de Jesús Calahorra, enchanté, Rodrigo Inclán de Valderrama, serviteur de Votre Grâce... Adolfo expliqua qu'Inclán avait été numismate dès son enfance.

– Vous avez commencé très jeune ? demanda Calahorra pour engager la conversation.

– J'ai débuté encore enfant *(répliqua-t-il)*
de dix-sept ans à peine vieux
et même si cela est curieux
il arriva qu'un trou creusant *(et il mima quelqu'un qui creuse)*
je découvris allègrement
de beaux ducats un plein coffret *(il leva la main et laissa voir une denture jaunie, mais complète)*
et sans donc faire de trop grand frais,
mais en calculant bien mes taux,
ma collection formai très tôt.
Depuis avec cet art je fraie.

Jesús s'amusait d'entendre le sympathique dizain prononcé avec le meilleur accent espagnol.

– Et où avez-vous fait cette découverte, si on peut savoir ? l'encouragea Adolfo.

– Oh, ce fut en Estrémadure,
fin de mille neuf cent vingt-trois,
quand un marquis de Carabas
nous implanta sa dictature,
primo, un ami de la cure *(il agita la main de façon méprisante et regarda les visiteurs du coin de l'œil pour voir s'ils avaient bien saisi l'allusion au général Primo de Rivera, marquis de l'Estella, et en guise d'explication, il ajouta très sérieux :)*
deuzio, une baderne à la con *(il attendit que les rires de Jesús et d'Adolfo s'apaisent).*
Mais revenons à nos doublons :
le grand collectionneur, l'artiste,
je l'ai troqué pour communiste
pendant vingt années de prison.

– Et qu'est-il arrivé à votre collection ? demanda Jesús.

Inclán toussa, ralluma son éternel mégot et, se grattant la tempe, dit :

La Garde civile, un beau jour,
me priva de ma collection,
puis me flanqua au violon,
et je me jurai sans détour
de me chercher d'autres amours.

– Et vous n'avez jamais plus collectionné ?, l'interrompit Jesús, qui se rendit compte trop tard qu'il avait coupé le dizain, mais l'homme poursuivit :

Pour décrocher la simple gloire
de faire une collection notoire ?
Quelle blague ! Je n'ai plus de patience.
Je le prends aujourd'hui comme science
au seul service de l'Histoire.

Adolfo fêta l'invention virtuose d'un grand éclat de rire et se leva pour faire ses adieux. Il devait effectuer une course avec son taxi et il était en retard.

Calahorra entreprit dès lors d'expliquer le motif de sa visite : Fidalgo, moribond, avait balbutié *badric*, un mot qui ne lui disait rien, qui n'apparaissait pas dans les catalogues, et Inclán, *badric ? badric ?* Philippe III ?

Je crois plutôt qu'il y a mélange,
et pardonnons à don Fidalgo,
car, vraiment, la mort dans le dos
vous faire dire des choses étranges :
un ange ressemble à un archange,
Henri est un voisin d'Enrique,
un tic est quasiment une pique,
et je mettrai ma main au feu
que cette pièce est à peine un peu
*badric*, mais sacrément fadrique.

Calahorra le regarda, ébahi. Ce vieux dingue avait tapé dans le mille du premier coup. Mais bien sûr, que diable ! Fidalgo avait voulu dire *fadrique*, et Clarita avait compris *badric*. Un moribond ne prononce pas correctement, c'est évident. Oui, mais alors, putain de merde, si le pêcheur avait un fadrique, Calahorra ne devait pas le perdre de vue.

Dix minutes plus tard, alors qu'il retournait à l'hôpital pour tenter d'attraper Tony ou d'obtenir ses coordonnées, il eut l'idée d'entrer à la Bibliothèque centrale de l'Université, qui était juste en face. Il avait senti l'envie pressante de rafraîchir un peu ses connaissances au sujet de la très belle histoire du fadrique. Il se rappela l'avoir lue dans une revue de l'Université autonome de Mexico. Le titre ne lui revenait plus, mais l'article se trouvait de toute façon dans une livraison consacrée aux différents hôtels de la Monnaie des Indes occidentales et à leur frappe sous la période coloniale.

Il le retrouva aussitôt dans le fichier thématique : *De la ceca a la Meca*. L'histoire du fadrique couvrait trois pages, tirée d'un mémorialiste mexicain qui l'avait écrite vers 1660, soit un demi-siècle après les faits qu'il rapportait.

Jesús s'installa près d'une baie et commença à lire :

OÙ IL EST RAPPORTÉ L'INTELLIGENTE INDUSTRIE ET ASTUCE DONT FIT USAGE FADRIQUE MONTERO, ORFÈVRE FRAPPEUR DE L'HÔTEL DE LA MONNAIE EN CETTE VICE-ROYAUTÉ DE LA NOUVELLE-ESPAGNE.

Quand, en l'an de grâce mil cinq cent

quatre-vingt-dix-huit, Sa Majesté Philippe III monta sur le trône, l'hôtel de la Monnaie de Séville frappa jusqu'à dix mille écus d'or dont certains apparaissent encore, et ma foi, plus en Espagne que dans les Indes occidentales. Ces écus portaient l'effigie du roi, laquelle effigie dessinait une sorte de frise formée par les lettres : PHILIPPUS TERTIUS REX ; et l'on sait depuis fort longtemps que la soldatesque et les matelots des flottes espagnoles étaient payés aux Indes, à cause que ces terres abondent en biens précieux de l'univers, et déjà au siècle antécédent, ordre fut donné d'ouvrir dans cette vice-royauté de la Nouvelle-Espagne, dans celle de la Nouvelle-Grenade et dans celle du Pérou, des hôtels de la Monnaie où serait frappé le maint or et argent à ces fins. Telle était la coutume habituelle que les trois hôtels de la Monnaie des Indes occidentales frappassent leurs propres monnaies, différentes de celles qui sortaient de l'hôtel royal de la Monnaie de Séville ; mais, en de certaines fois, quand il y avait besoin de frappes pour des fêtes ou des célébrations royales, l'hôtel de la Monnaie de Séville, outre qu'il frappait les siennes, faisait envoyer les matrices aux Indes afin qu'on donnât l'ordre ici de frapper d'autres monnaies semblables et qu'on n'eût pas ainsi à les expédier par-delà la mer Océane, s'exposant au risque de naufrages et pirates ; et ainsi, comme il a été dit, à l'occasion de fêter la montée sur le trône du nouveau monarque, une fois frappés à l'hôtel de la Monnaie de Séville les dix mille écus sus-mentionnés, le trésorier royal manda qu'on passât la matrice aux Indes pour ainsi en frapper plus de cent mille, dans l'intention qu'on en fît jusqu'à quarante mille à Mexico, trente mille en la Nouvelle-Grenade et le reste au Pérou ; et, à cette époque, le frappeur principal en cet hôtel de la Monnaie de Mexico était maître Gaspar Chacón, né à Séville ; et son premier adjoint était Fadrique Montero, Mexicain, né à San Juan de Ulúa, et que toutes gens en l'hôtel de la Monnaie tenaient pour beaucoup plus adroit et meilleur orfèvre que son maître Gaspar Chacón, dont l'âge frisait les soixante-dix ans et qu'un voile dans un œil et la chassie dans l'autre empêchaient en de certaines fois de se rendre compte de quelques petits détails de son métier ; mais lui se persuadait qu'il les voyait, et il s'entêtait à rester en la maîtrise de l'hôtel de la Monnaie. Et au moment où le poinçon sévillan arriva en cette Nouvelle-Espagne, Fadrique avait atteint l'âge de trente-deux ans, et il y en avait presque vingt qu'il avait fait profession de monnayeur et devait supporter les coups de poing, les pincements voire les coups de bâton de maître Gaspar, de sorte que le jeune homme vivait dans le ressentiment et haïssait le maître du plus profond de son âme, car il a été prouvé que celui-ci fut exagérément cruel avec tous les officiers et apprentis qui entrèrent à l'hôtel de la Monnaie dans les métiers d'orfèvres et d'argenteurs. Or, il advint que Fadrique commença à courtiser dans de très bonnes intentions la fille d'un riche marchand tolédan, que toutes gens à Mexico avaient baptisé du sobriquet de Paco Piment, ledit messire ayant une grosse fortune dans le commerce des épices. Ledit Piment lui répondit qu'il ne serait jamais assez fou pour donner sa fille, qui avait alors dix-sept ans, à un pauvre du commun, sans la moindre influence et sans autre bien que quelque huit cents pesos, grappillés au bout de bien des années ; et comme la demoiselle, que son père gardait avec beaucoup de circonspection et d'enfermement, se mit à répondre à l'amour de Fadrique et à lui rendre ses courtoisies, le traduisant par des regards langoureux, Fadrique redemanda sa main et avec plus de force, persuadé qu'il était que le poste de maître frappeur serait sous peu libre, ce qui lui assurerait, malgré son peu d'âge, une bonne maison, quelques biens et force prestige, et il voulait être sûr qu'on lui gardât Felicia, car tel était le nom de celle qui avait touché son cœur ; Piment, ayant vérifié que ce jeune homme était le plus adroit monnayeur de l'hôtel de la Monnaie et le successeur naturel d'un vieillard qui ne voyait plus de ses yeux, lui répondit qu'avant de courtiser sa fille, il ferait bien de saisir par la crinière ladite maîtrise, et que, tant que cela ne surviendrait pas, il était libre de donner sa fille à qui bon lui semblerait, laquelle réponse provoqua grande crainte chez Fadrique, tremblant de perdre sa mie pour toujours ; et laquelle crainte augmenta de jour en jour, de semaine en semaine, à cause que maître Gaspar s'acharnait avec plus d'entêtement que jamais à dire qu'il possédait la meilleure vision du monde, affichant son intention de rester en ce poste de monnayeur majeur pour les longues années que le Ciel ferait bien de lui concéder. Et ainsi, après que le poinçon sévillan fut arrivé dans notre hôtel de Monnaie de Mexico en vue de frapper les monnaies du nouveau roi don Philippe III, Fadrique apprit que le père de sa bien-aimée l'avait promise à un porte-drapeau, qui servait dans la compagnie d'un capitaine tolédan, compatriote de Piment, et qui rôdait depuis un certain temps à la cour du vice-roi ; lequel capitaine la lui avait demandée pour son porte-drapeau, eu égard à la fidélité ponctuelle avec laquelle il le servait, étant avec lui à sa quatrième année de campagne. Et, le malheureux Fadrique s'étant rendu compte que les épousailles se feraient dans moins de trois mois, il s'en pâma. Il perdit les couleurs de son teint qui, de frais devint jaune et bilieux, et de ne pas manger ni dormir, et de vagabonder toutes les nuits, lançant ses angoissantes lamentations sans pouvoir soulager sa poitrine, il devint si chétif et si ruiné de corps que sa mère ne le reconnaissait même plus ; et au bout d'un mois à supporter les douleurs de l'amoureuse pestilence, il résolut de quitter ce monde, pour ne pas voir les épousailles de sa Felicia : et un sien ami marin l'emporta en secret dans une des frégates du commerce jusqu'au port de La Havane, où il passa son temps en beuveries, entrant sans crier gare dans les tavernes et les tripots où les négresses le laissèrent sans sou ni maille et malade d'un mal contagieux qu'on ne déclarera pas ici par respect, et dont il mourut au terme de deux années, non sans avoir écrit auparavant un billet au gouverneur de la ville, où il avouait avoir commis une grandissime sottise à l'hôtel de la Monnaie de Mexico, qui fut ce qui suit : poussé par la très grande rancune et haine qu'il vouait à ce maître Gaspar, il décida de lui faire une moquerie impérissable, et ainsi eut l'audace d'entrer une nuit à l'hôtel de la Monnaie quand il restait encore environ deux mille pièces à frapper, et il forgea sur le poinçon, à côté du P de Philippus, un F, presque invisible pour quiconque ne scrutât point la monnaie en détail, et avec ce F, outre qu'il se moquait de maître Gaspar, scélérat et très âgé, coupable de ses souffrances il voulut aussi éterniser l'amour de Fadrique pour Felicia, étant donné que les deux prénoms débutent par ladite lettre. Et en signe qu'il disait la vérité de bout en bout, il envoya au gouverneur, en sus du billet, une de ces monnaies. Le gouverneur avait envoyé ensuite une ambassade à Séville, munie de la pièce et du billet, et l'on sait que le roi, prompt à se fâcher pour l'offense infligée à Sa Majesté, dit pis que pendre des gens de l'hôtel de la Monnaie mexicain et fit promptement arrêter maître Gaspar Chacón et publier une ordonnance royale afin qu'on s'ingéniât à récupérer toutes monnaies frauduleuses en Espagne et aux Indes. Très peu à l'époque furent retrouvées sur ces terres-ci, parce que certains les gardèrent de crainte qu'on ne leur en payât pas la valeur, et que les autres les fondirent pour vendre leur poids en or. Il est notoire également que comme d'autres, semblables, apparurent de ce côté-ci de l'océan, le duc de Lerma en personne dépêcha aux Indes le licencié Fulano Ronquillo, chargé de publier l'ordonnance qu'on exécutât quiconque serait trouvé possesseur ne fût-ce que d'une seule de ces pièces.

# 5

Putain de merde, ce serait super qu'la semaine qui vient elle cause avec le caïd de l'immigration, et vrai, si c'est comme elle raconte, que là-bas en quelques jours ils donnent l'entrée à la vieille, parce qu'ici on dit que les départs pour les vieilles personnes ils les donnent tout de suite, alors toi tu t'barres avec tes pièces, exactement comme t'avais pensé, oui, mais avec elle, tu la fermes, laisse-la, tôt ou tard elle t'dira combien tu dois lui refiler pour t'aider, et pendant c'temps, toi, tu restes peinard, tu t'excites pas, parce qu'en plus c'est elle qui t'a parlé affaires la première et de faire partir ta vieille et d'son voyage à Washington.

Bien sûr qu'j'ai cherché, et pas que ça, l'lendemain j'ai déniché une barre à mine et j'ai défoncé tout l'corail tout autour. Non, j'ai trouvé que dalle, et après j'ai bien passé dix jours à plonger dans l'coin et j'me suis mis à percer à un endroit du fond qui formait comme une espèce de grand monticule, parce que j'ai pensé qu'y avait peut-être une épave enterrée sous l'sable. Hein ? Non, comme ça, y a personne qui résiste, faut y aller mollo, à quatorze brasses de profondeur tu peux pas t'mettre à faire de grands efforts. J'piochais à deux ou trois endroits différents, et pour ça j'descendais au moins vingt fois par jour. Oui, un tout p'tit peu chaque fois, mais j'suis tombé sur des clopinettes, rien nulle part, et y a des fois qu'j'arrive pas à croire qu'je suis tombé droit sur ce coffre, là, comme c'est arrivé, alors qu'il y a aucune trace d'épave tout autour. Tu sais ce qu'j'ai rêvé y a quelques jours ? Que j'étais un Espagnol de cette époque-là, un d'ces conquistadores d'avant, et qu'sur le bateau où j'étais, y avait un crucifix d'or et de diams, et moi, juste devant le port du Ferrol, oui, c'est d'là que vient mon grand-père, je chouravais l'crucifix et j'le laissais tomber à l'eau dans l'idée de plonger par là ensuite pour le récupérer sans qu'personne me voie. Oui, bien sûr, c'est justement ça qu'j'ai pensé, parce que c'est très bizarre que toutes les pièces soient pareilles, pas vrai ? Du vin ? Non, non, j'bois que d'la bière. Jesús ? Non, voilà ce qui s'est passé : quand il est venu m'voir à l'hôpital, je voyais bien que ça l'démangeait de m'faire la conversation, et il m'a fait répéter comment ça s'était passé, cette histoire de Fidalgo quand il avait eu l'attaque, et patati et patata, il me collait aux fesses, et j'ai même pensé que ça devait être une tantouse, oui, un homosexuel, c'est ça, parce qu'il me connaissait pas tant que ça, moi, pour être si intéressé, et encore moins pour m'sortir le truc des pièces. Non, il était arrivé à l'hôpital avant moi, et alors Fidalgo lui a peut-être dit quelque chose. Parce que, sans ça, il avait aucune raison de m'dire que les monnaies, lui, ça l'intéressait que pour faire des affaires. Pas plus que d'me parler des relations qu'il a pour gagner un tas de fric avec les pièces ! Tu causerais, toi, comme ça, de but en blanc avec un mec comme moi, qui y connaît que dalle à tout ça ? Et en plus il me file une carte d'identité avec un nom et un téléphone, et il me note les horaires et tout l'reste... Pourquoi, hein ? C'est sûr que le prof lui a dit quelque chose. Ou alors la fille, peut-être, parce que c'est elle qui restait tout l'temps avec lui. Si l'vieux lui a raconté quelque chose à elle, les rares moments où il pouvait parler, ça se pourrait bien qu'après, elle le lui ait dit à Calahorra... Oui, j'lui bigophonais tous les jours pour savoir comment le prof allait, et quand j'ai appris qu'il avait clamsé, je m'suis décidé à causer à Calahorra. Je l'ai rencontré au funérarium. Et alors là, aussi sec, j'lui ai parlé, et il m'a demandé qu'on s'voie l'lendemain à l'enterrement, et comme je lui ai dit que j'pouvais pas, il m'a filé un rencard au Conejito. Oui, un restaurant du Vedado.

# 6

Le Tony en question bouffait comme un sagouin. Il attrapait les morceaux de lapin à deux mains et se nettoyait les doigts avec le bord de la nappe. Il mâchait la bouche ouverte, il s'était mis le doigt sous la lèvre supérieure à deux reprises et l'avait plongé une troisième fois dans le verre de bière pour en retirer une mie de pain. Quel animal, nom de Dieu !

– Eh bien, oui, Tony, on l'a enterré aujourd'hui, le pauvre.

Calahorra s'était fendu d'un éloge pleurnichard de Fidalgo, que Tony avait écouté le nez dans son assiette.

Sans changer d'attitude, Tony tira de la poche de sa chemise une enveloppe en papier kraft.

– C'est ça qui a bousillé l'vieux, l'interrompit-il, la bouche pleine.

Calahorra le regarda surpris. Quelle manière d'entrer dans le vif du sujet !

Il avait rafraîchi ses connaissances sur les fadriques à la bibliothèque du Musée numismatique. Il lui semblait impossible d'en avoir un entre les mains. Il le prit par la tranche, l'approcha de ses yeux et chercha l'inscription.

Oui, la date était bien là, mille cinq cent quatre-vingt-dix-huit, PHILIPPUS REX, et il lui sembla distinguer à première vue le trait du PF. Il mit ses lunettes et, en effet, il était bien là. Il distingua très nettement la double barre verticale. Il sentit son pouls s'accélérer fortement. Il avait en main des dizaines de milliers de dollars. Il se racla la gorge. Et toussa plusieurs fois.

Ayant appris l'histoire du fadrique par l'intermédiaire d'Inclán, Calahorra était allé trouver Tony sans beaucoup d'optimisme. Mais prêt, de toute façon. Prêt à ne pas laisser percer la moindre émotion. Il avait utilisé bien des fois le truc du raclement de gorge. Cela lui permettait de détourner la vue de l'objet, de froncer les sourcils, de faire une grimace de malaise, d'ôter de l'importance à ce qu'il avait entre les mains et d'intercaler un commentaire sur son état de santé.

– Excuse-moi, mon vieux, mais je suis asthmatique et ces changements de température me détruisent.

Quand il fut sûr qu'il était maître de son visage et que tout trouble pouvait être attribué à la toux, il recommença à examiner la pièce.

Tony, après avoir liquidé son lapin et s'être rincé la graisse des lèvres dans la bière, garda les yeux fixés sur Calahorra qui conclut son examen en faisant une moue.

– Un écu de Philippe III. Voilà deux mois, j'en ai eu un entre les mains, mentit-il en se grattant l'oreille. Environ quatre mille pesos au change officiel.

– Combien on en donnerait à l'étranger ? demanda Tony.

Calahorra s'appuya au dossier de la chaise.

– Il ne me semble pas que ça ait pu provoquer un infarctus à Fidalgo, dit-il en reposant la monnaie sur l'enveloppe. Il en voyait beaucoup comme celle-ci, et pour sa valeur...

– Combien vaut-elle ? l'interrompit sèchement Tony.

– Dehors... Calahorra dodelina de la tête, les lèvres serrées, comme s'il procédait à une estimation... sur catalogue, cinq mille dollars et quelque, mais ici personne ne va t'en donner plus de quatre mille, et avec toutes les complications pour la faire sortir du pays, je ne donnerais pas plus de trois mille.

– Cherchez-vous un diplomate, et j'vous la vends à quatre mille douleurs.

– Douleurs ? sourit Calahorra.

– Oui, des billets verts, des dollars, me dites pas qu'vous savez pas ! La lueur dans les yeux de Tony se fit plus grise et plus dure. J'cherche à la vendre, pas à en faire cadeau, vous pigez ?

Eh ben ! Derrière son langage primitif et ses manières de cochon, ce gars-là dissimulait une confiance en soi que personne n'aurait supposée. Il vous regardait avec une lucidité brutale et transmettait une force qu'il valait mieux ne pas provoquer. Serait-il par hasard au courant de sa vraie valeur ? Calahorra décida de prendre des risques et d'improviser un nouvel abordage.

– Et en pesos, tu ne la vendrais pas ? tenta-t-il de ce côté-là.

– Les pesos, c'est le poisson qui m'en donne, et à la pelle. J'veux des verts. Pour quatre mille, elle est à vous, et ce que vous en tirez après, j'm'en fous pas mal.

– C'est un risque... Calahorra resta pensif. Je devrais sonder un peu le marché. Et puis, pense un peu, des affaires en dollars, c'est jouer avec le feu...

– C'est vous qui avez parlé d'affaires à l'hôpital, et j'vous ai cru, le coupa de nouveau Tony. Mais maintenant, si vous m'dites que vous avez la trouille...

S'il avait eu les quatre mille dollars en main, Calahorra aurait conclu le marché séance tenante ; mais s'il l'acceptait sans marchander et sans réclamer un certain délai pour réunir l'argent, cela risquait d'éveiller la cupidité du pêcheur et de le pousser à chercher d'autres acheteurs. Et il n'allait pas laisser repartir le fadrique sans arriver à un accord. Aussi bon marché qu'il le revende ensuite, il obtiendrait au moins dix mille dollars : un gain net de cinq mille ou plus.

– Tiens, on va faire comme ça, dit-il après avoir enlevé ses lunettes et pris les couverts pour attaquer sa fricassée de lapin à laquelle il n'avait quasiment pas touché. Laisse-moi du temps pour étudier les nouveaux catalogues et voir à combien est le marché.

– Combien de temps ?

– Deux ou trois jours.

– Trois jours, répéta Tony, d'ores et déjà

convaincu que ce type-là allait lui refiler quatre mille dollars. Et il s'en fichait, qu'après il en gagne bien plus. Avec quatre-vingt-une autres pièces pareilles, il pouvait s'accorder le luxe de gaspiller la première. Ça lui permettrait de connaître peu à peu l'affaire.

Calahorra sortit du Conejito, traversa la 17e Rue et fit la queue devant un téléphone public. Quand ce fut son tour, il composa cinq chiffres.

– Allô, bonjour.

– ...

– C'est Jesús à l'appareil, le numismate. Comment allez-vous ?

– ...

– Oui, quelque chose de très intéressant.

– ...

– Non, infiniment mieux, exceptionnel. Pourrions-nous nous rencontrer aujourd'hui ?

– ...

– D'accord pour demain. À quelle heure ?

– ...

– *Okay, good bye*, j'y serai.

Une heure et demie plus tard, Tony rédigea une note :

> Camarades,
>
> J'aimerais savoir, s'il vous plaît, combien vaut une monnaie d'or qui dit Philippus III REX. La date est MCXCVIII et elle a la taille

du cercle vert que je vous dessine dessous. On m'a dit qu'on peut m'en informer à la Banque nationale, mais je ne peux pas y aller parce que je ne peux pas me déplacer. Merci d'avance et toutes mes salutations révolutionnaires.

Alberto del Valle
Calle Aguila 913
LA HAVANE

Ensuite, il traça la circonférence de la monnaie avec un stylo-bille, glissa la feuille pliée dans l'enveloppe et écrivit l'adresse :
Revue *Bohemia*
Av. de l'Indépendance et Saint-Pierre
LA HAVANE

L'idée lui était venue en écoutant une conversation à haute voix à l'arrêt du bus. Un jeune homme parlait de la quantité de sottises que les gens demandaient à la rubrique Courrier de la revue *Bohemia*. Une lectrice voulait savoir jusqu'à combien de mois de grossesse on pratiquait des avortements à l'hôpital ; un lecteur demandait s'il était vrai que la peau de la goyave servait à couper la diarrhée, et un autre, si les couleuvres mâles avaient deux pénis. « Super ! Quand l'un roupille, l'autre baise. »

Et Tony, qui souriait à distance, eut soudain une idée : Mais bien sûr, putain ! Pourquoi ne pas écrire à *Bohemia* pour c'truc de la banque ?

Dans la conversation au Conejito, il y avait quelque chose qui clochait. D'abord, Calahorra lui avait offert entre trois et quatre mille pesos, et quand il avait renchéri, lui, à quatre mille dollars, mais seulement en pensant en tirer mille ou mille cinq cents, le mec lui avait dit oui. Et le Jesús en question va pas être con au point d'acheter à quatre mille pour revendre après à cinq mille et quelque. Comme affaire, c'est d'la foutaise ! Il avait d'ailleurs parlé lui-même du risque qu'on l'accuse de trafic de devises et tout le tralala. Oui, oui, quelque chose clochait là-dedans. Ce serait pas le prix hors de Cuba ? Peut-être bien que les catalogues qui disaient cinq mille et quelque étaient déjà vieux, comme celui de Fidalgo. Et allez savoir si avec la montée du prix de l'or, les pièces ne valaient pas bien plus maintenant.

Oui, le mieux à faire était d'écrire à *Bohemia*. Si c'était vrai qu'ils prenaient la peine de répondre à toutes les conneries que demandaient les gens, ça valait la peine, parce que, comme ça, ce serait *Bohemia* qui irait voir à la banque, et pas lui. À condition, évidemment, que ce soient pas des guignols qui faisaient eux-mêmes les questions et les réponses, pour pas se fouler.

De toute façon, il perdait rien à tenter le coup.

# 7

– ...et la dernière fois qu'une pièce pareille a été mise aux enchères, ça remonte à 1940, quelques mois après la guerre espagnole... Elle a été vendue à huit mille cinq cents livres sterling...

– C'était une autre époque, Jesús.

– Mais vous savez bien qu'avec la hausse de l'or, vous pouvez obtenir au moins trente mille dollars.

– Vous vous faites des illusions : ce n'est pas le prix de l'or qui joue, mais la valeur numismatique.

– Soyons honnêtes : vous savez que vous pouvez obtenir trente mille...

– Et mes frais ? Je dois payer le voyage, le séjour, un expert...

– Ah, parce que vous doutez de sa légitimité ? Allez donc à la Banque nationale, et vous verrez !

– Et comment j'en justifie la possession ? Vous ne prétendez pas tout de même que je la sorte du pays puis que je la fasse rentrer...

– Ce ne serait pas difficile pour vous : vous entrez et sortez quand vous voulez.

– Exact, mais ça augmente les frais.

– Mais vous voulez ma peau !

– *Business is business*, Jesús.

– Bon, d'accord, on décompte dix mille. Quand vous la vendez à l'étranger, vous gardez au bas mot vingt mille dollars nets. Ça vous paraît peu ?

– Ce n'est pas mal, ce n'est pas mal...

– Bien sûr que ce n'est pas mal. Si je pouvais partir à l'étranger aussi facilement que vous le faites, je ne serais pas ici maintenant. Je me serais chargé moi-même de l'affaire.

– Bien entendu. Et combien me la vendez-vous ?

– Quinze mille.

– Quinze mille pesos ?

– Quinze mille dollars, sans blague !

– Tant de tracas et de dangers pour gagner vingt-cinq pour cent ou même moins ! Ce n'est pas comme ça qu'on fait des affaires, mon ami.

– Mais vous savez mieux que moi que de nos jours, toute affaire dont vous pouvez tirer cinq ou six pour cent est une bonne affaire...

– Des affaires propres, d'accord ; mais dans des affaires louches comme celle-ci, je ne cours pas de risques pour moins de cinquante pour cent.

– Justement ! Je vous en demande quinze et vous pouvez en obtenir trente, vous le savez.

– Ce ne sont pas des pourcentages corrects. Nous avons déjà parlé des frais. Et puis je perds beaucoup d'argent pendant que je suis absent et que je ne m'occupe pas de mes affaires. Pour quinze mille, ça ne m'intéresse pas, Jesús.

– Douze mille dollars, alors.

– Huit.

– Mais vous devez bien comprendre que moi, je prends des risques dans cette affaire. Il faut bien que je gagne quelque chose...

– Okay, neuf mille dollars.

– Douze. Sinon, ça n'a pas de sens, croyez-moi. Je préfère attendre. Si je n'étais pas si pressé, je la vendrais ici-même, à La Havane, pour vingt mille. J'ai un diplomate qui rentre dans un mois et qui...

– D'accord, alors, dix mille et pas un centime de plus. *Take it or leave it*.

Calahorra opine du chef, se mord les lèvres et finit par sourire :

– C'est bon, vous gagnez : dix mille. Pour quand ?

– Dans... quatre jours ?

– Mercredi prochain ?

– Parfait.

– D'accord.

# 8

Lui approcher la chaise, te tenir droit, mais pas raide, mettre la serviette sur tes genoux, ne pas mettre les mains sous la table, ne pas appuyer non plus les coudes, mâcher la bouche fermée, prendre les verres par en dessous... Quoi d'autre ? Ah oui, ne pas plonger la tête dans le plat, amener la nourriture à la bouche et non la bouche à la nourriture, ne pas repousser l'assiette après avoir fini de manger, laisser faire le serveur, lui allumer la cigarette au moment du café... J'oublie rien ?

Ouais, poupée, j'pensais pouvoir lui vendre la pièce pour les quatre mille qu'il m'proposait... Ouais, si Fidalgo m'avait dit vrai, il m'a semblé que quatre mille, c'était un bon prix... De toute façon, ça en faisait qu'une, et si j'apprenais ensuite qu'elle valait bien plus, je lui en proposerais d'autres pareilles... Ouais, une vingtaine en plus... c'est ça, mais bien plus cher et à condition qu'il me r'donne ce qu'il m'avait piqué sur la première... J'me suis dit : si ce mec-là est un bon trafiquant, il va pas laisser passer l'occasion de gagner une flopée d'pesos grâce à moi, tu piges ?... T'as déjà faim ? D'accord, j'prends une douche et on descend.

Redemande pas d'poulet, vieux, tu sais pas l'manger sans y mettre les mains, vise un peu les cochonneries qu'tu fais ! T'es en train d'laisser l'aile presque complète... Mais vas-y, la contrarie pas, qu'est-ce que ça peut bien t'foutre après tout ? En fin de compte, t'y gagnes rien à être si stupide à table... non, stupide, non... C'est quoi qu'elle t'a dit exactement ? Ah oui ! Si grossier. Et puis c'est peut-être ben vrai qu'elle s'intéresse à toi, que tout ça c'est pour ton bien, redresse-toi, putain ! T'es encore en train d'mettre la tête dans l'assiette, oui et c'est peut-être vrai aussi que ça l'emmerde qu'tu connaisses pas les bonnes manières... souviens-toi qu'en prison t'as menacé L'Nasillard et qu'tu lui as dit que s'il recommençait à péter au moment d'la bouffe, t'allais lui faire sa fête, et la seconde fois qu'il l'a fait, t'as eu envie de dégueuler et si t'avais eu quelque chose sous la main, tu lui aurais flanqué un coup qui lui aurait fait un trou gros comme une maison, ça c'est sûr, et c'est vrai qu'cette gonzesse, ça la dégoûte tes manières à table, question d'habitude, comme elle dit... Attends un peu, crétin ! Prends pas le verre avec la bouche pleine de graisse. Nettoie-la d'abord, la serviette, c'est pas fait pour les chiens... Elle paraît régulière, ça c'est sûr, en tout cas elle y va pas avec le dos d'la cuiller pour t'dire les choses, et ce qui lui plaît pas, elle te l'dit sans hausser l'ton, mais bien clair et en face, ouais, plus franc qu'elle tu meurs ! Et elle a raison quand elle dit que tu perds rien à l'écouter, au contraire, à quoi ça t'sert d'être mal élevé ? Pas sortable, comme elle t'a dit. Ouais, mais pourquoi ça l'intéresse tant maintenant d'te présenter à ses potes ? Et puis aussi d'te rapporter des nippes de classe de l'étranger et de t'apprendre à conduire ? Elle serait pas en train d's'amouracher, par hasard ? Ouais, mais qu'elle t'ait pas encore parlé d'fric pour faire sortir ta vieille, ça, c'est bizarre. Très bizarre, même. Bon, d'accord, mais toi, lâche pas l'morceau, t'attends jusqu'au dernier moment, et alors, quand elle te fait ses adieux, alors là t'y vas et tu lui offres mille dollars pour le voyage et les frais là-bas, et pour toutes les démarches qu'elle aura à faire. Ah oui, mais c'est vraiment vrai qu'elle va aux States que pour régler tes affaires à toi ? Ouais, vraiment, elle est curieuse, cette gonzesse : d'un côté elle t'dit que tu lui plais au pieu, mais qu'elle est pas assez crétine pour s'enticher d'un homme bien plus jeune qu'elle. Ouais, mais si c'est vrai, merde alors, pourquoi elle s'inquiète de tes manières et elle dit qu'elle va t'présenter à ses amis ? Si c'était vrai ce qu'elle dit, il lui suffirait de baiser entre les quatre murs d'la chambre, et puis après, eh ben, au revoir et merci... Tiens, pas plus tard qu'hier elle t'a dit que toi et elle vous pouviez faire des sacrées affaires, mais après, que dalle, elle t'en a plus reparlé... Est-ce que ça serait pas que cette gonzesse est bien plus futée que tu l'crois ?

Elle serait pas en train d'essayer de t'en piquer plus... ? Et puis, après tout, qu'est-ce que ça peut bien t'foutre ? Si elle règle pour de bon l'départ d'ta vieille, qu'elle fasse ce qu'elle veut ! Toi, il t'reste un tas d'pièces, et si elle t'en demande dix, eh ben, elle les mérite, y a pas de doute... et avec dix pièces comme ça, elle peut s'faire à l'étranger, les doigts dans l'nez, soixante ou soixante-dix verts... Allume-lui sa clope, connard !

# 9

Cet après-midi de mars n'aurait pas été si lumineux ni la 5e Avenue si accueillante en sa verdeur géométrique sans l'attaché-case aux dix mille dollars. L'argent, quel que soit sa forme, est beau. Et, pour mettre le comble à son euphorie matinale, le premier taxi auquel il fit signe s'arrêta. Et, non content de s'arrêter, s'apprêta à le conduire là où il voulait aller : le quartier Californie.

Enfermé dans sa chambre, Jesús compta de nouveau l'argent. La plus grande partie était en billets de vingt dollars. Il n'y avait que vingt-huit billets de cent, qu'il mit à part pour les donner tous à Tony. Puis il compta soixante-douze billets de cinquante et en mit vingt-quatre à part, afin de compléter les quatre mille dollars qu'il devait payer à Tony. Il allait lui donner au total cinquante-deux billets, ce qui faisait une petite liasse : elle tenait dans une poche de pantalon ; mais il la mit de toute façon dans une enveloppe de papier kraft, et celle-ci dans son attaché-case.

Il arriva au restaurant Polynésie à huit heures tapantes ; il salua le maître d'hôtel, s'intéressa à l'arthrite d'un des garçons et s'assit à une table du bar. C'était une journée spéciale. Il se sentait bien, mais alors vraiment très bien, et il avait besoin de l'exprimer. Il commanda une bouteille de vin rouge hongrois, Sang de bœuf, des hors-d'œuvre, de la charcuterie espagnole et des boulettes au fromage qu'il entreprit de grignoter sans grande faim. Il sourit en pensant que ce mélange était en accord avec le bluff ornemental du restaurant qui, des mers du Sud et de la Polynésie, n'avait que l'inspiration Hilton originale : des bouées de verre vertes recouvertes de filins, les bambous et la pénombre, une Tahiti aseptisée, du Gauguin à Manhattan.

Tony entra à huit heures et demie tapantes et ressortit des toilettes à huit heures trente-deux, okay, le fric était au complet, et si Calahorra avait envie, euh, de ces mêmes pièces il pouvait lui en vendre vingt de plus.

Comment ça, vingt de plus ? Tony était bien sûr de ce qu'il disait ?

Est-ce que par hasard Calahorra avait des raisons de douter de ce que disait Tony ?

Non, non, Jesús n'avait pas voulu dire ça... simplement c'est que... comment donc lui expliquer ?

Et, de fait, Calahorra ne savait pas comment expliquer à Tony ce qu'il pensait à ce moment-là, parce qu'il ne doutait pas que le gars avait vingt pièces de plus, semblables à celle qu'il lui avait déjà achetée, mais peut-être pas tout à fait identiques ; et la meilleure solution qu'il trouva fut d'expliquer à Tony que s'il avait vraiment vingt pièces comme celle-là, plus personne au monde ne lui en donnerait quatre mille dollars chacune, parce que les marchés fonctionnaient selon la rareté des pièces, Tony s'en rendait compte ? Les cours évoluaient à cause de la manie d'exclusivité des numismates, et quand une pièce rare se répétait, sa valeur chutait en fonction du nombre de pièces identiques. Si une monnaie comme celle-ci pouvait se vendre cinq mille dollars à l'étranger, c'était parce qu'on n'en connaissait que dix ou douze dans le monde, mais si vingt exemplaires apparaissaient soudain sur le marché, les cours chuteraient forcément de moitié, bref, Tony devait le comprendre, c'était un phénomène universel, la loi de l'offre et de la demande.

Tony ne trouvait rien à répliquer, mais ne voulait pas non plus acquiescer. Il était normal que Jesús tire la couverture à lui, mais ce qu'il disait était logique, bordel de merde...

Il s'abstint de tout commentaire et continua de le regarder, les yeux dans le vague.

De toute façon, Calahorra allait sonder le marché pour voir si on pouvait en tirer un peu plus, mais il lui fallait d'abord voir les pièces, et Tony devait comprendre qu'une ce n'était pas vingt, et avant de les proposer, Calahorra devait être très sûr, les examiner une par une, vérifier le titre, le poids, bref, plusieurs détails qui intéressaient les collectionneurs.

Tony ne prit qu'une seule bière et partit un peu avant neuf heures, oui, oui, il allait lui apporter les pièces chez lui, bien entendu, toutes les vingt, pour que Jesús les voie, d'accord, et ce soir-là Calahorra pensa que s'il y avait ne serait-ce que deux ou trois fadriques parmi les vingt pièces de Tony, il pouvait convertir les six mille dollars qu'il avait gagnés en soixante ou soixante-dix mille. Ce pouvait être le gros lot qu'il avait besoin de décrocher pour repartir du bon pied. Avec un capital pareil, il pourrait envisager de nouvelles affaires, les choisir sans hâte, s'abstenir de ce qui pourrait s'avérer dangereux. À Cuba, en faisant preuve d'un peu de prudence, cet argent-là pourrait lui assurer une vieillesse sans inconfort ni anxiété ; et, surtout, lui permettre de vivre comme un être humain, sans manquer de l'essentiel.

Mais peu à peu l'euphorie dans laquelle il avait débuté la journée se transforma en angoisse. Il se rappela à maintes reprises qu'il avait déjà cinquante-deux ans, deux mariages bousillés, des enfants peu aimants. Il dépendait maintenant de cette affaire qu'il cesse de se sentir un raté. Il ne put s'endormir avant le petit matin. L'idée que l'homme est un monstre harcelé par ses désirs infinis, victime d'un éternel tourbillon d'anxiétés, le tourmentait.

## 10

Le camarade Alberto del Valle, demeurant au 913, rue Aguila, à La Havane, nous demande la valeur d'une pièce de monnaie espagnole d'or, de 8 centimètres de diamètre, qu'il décrit comme portant l'inscription PHILIPPUS III REX, et datant de l'année 1598. Après avoir consulté des membres de l'Association des numismates de Cuba et les experts du Musée de numismatique de la Banque nationale, nous sommes en mesure de l'informer de ce qui suit : à l'occasion du couronnement de Philippe III, plusieurs monnaies d'or, d'argent et de bronze furent frappées à l'hôtel de la Monnaie de Séville, ainsi que dans différentes villes des Indes occidentales, parmi lesquelles nous pouvons mentionner Mexico, Lima et Santa Fe de Bogotá.

Si l'on en croit les caractéristiques de la pièce que décrit Alberto, il s'agit d'un écu, frappé à Séville, et évalué aujourd'hui à 5 570 dollars, ce qui équivaut, au taux de change actuel, à environ quatre mille pesos cubains.

Le Musée de numismatique compte dans ses collections plusieurs exemplaires frappés en 1598, aussi bien d'or que d'argent, ainsi que quelques pesos frappés dans le Nouveau Monde pour fêter la montée de Philippe III sur le trône d'Espagne.

Parfait, y avait pas d'entourloupettes. Tu t'en étais bien sorti, mon vieux. Vrai, il s'contentait de peu, l'Andrés en question. S'il t'a refilé quatre mille dollars pour quelque chose qui en vaut cinq mille cinq cents, t'as fait une sacrée affaire. Et quand tu penses qu'la banque t'aurait refilé la moitié de quatre mille... Plutôt crever que d'te faire baiser pour deux mille pesos.

Tony repose *Bohemia* sur le lit et se lève d'un saut. Aujourd'hui, il ne va pas ramasser ses nasses. Il a de grosses affaires en tête. Il va accepter la proposition de Jesùs pour les vingt pièces. Ou, plutôt, il va lui demander deux mille cinq cents dollars pour chaque pièce, mais si l'autre lâche pas le morceau, il acceptera les deux mille. Après tout, avec quarante mille pour lui, il va se sentir mieux. S'agirait pas que Margaret prenne peur des pièces et préfère des billets. Et si elle veut des pièces, eh ben, c'est kif kif : les billets lui seront toujours utiles, à Tony, ici et aux States.

## 11

...et alors, une dizaine de jours plus tard, j'lui ai bigophoné au boulot et il m'a de nouveau fixé un rencard au Vedado... Ouais, il m'a dit que pour les vingt pièces qui m'restaient... bien entendu, j'lui avais déjà dit, et à c'moment-là j'me suis pas rendu compte qu'je faisais une connerie, parce que si au lieu de vingt j'lui en avais offert deux ou trois, il aurait continué à me payer quatre mille dollars, ou au moins trois mille cinq cents, mais comme j'lui ai dit que j'en avais vingt de plus... tu parles, mais bon j'pouvais plus rien faire et c'est pour ça que j'lui ai pas parlé des soixante et une autres... Bon, alors, il m'a dit qu'il avait dégotté un client, ouais, un étranger qui lui offrait deux mille trois cents par pièce... mais il m'a dit carrément qu'il devait gagner quelque chose, lui, et il m'a offert quarante mille pour les vingt..., ouais, c'est ça, deux mille chacune... bien sûr que j'ai pensé qu'il y gagnerait plus que ce qu'il disait, mais après j'ai fait mes calculs et ça pouvait pas être tant qu'ça d'plus, parce que si le prix qu'm'a donné Fidalgo et *Bohemia* est juste... Oui, j'pense avoir bien fait d'les lui laisser à deux mille, qu'est-ce que t'en penses ? Du calme, laisse-moi t'expliquer : il m'a demandé d'attendre encore quelques jours, parce que l'acheteur était en train de réunir le fric, mais il a dit que l'affaire était dans l'sac et que j'lui téléphone deux semaines après... Bon, alors, j'lui ai bigophoné et il m'a dit que tout était presque prêt, et on est tombé d'accord pour s'voir au Coppelia, ouais, un énorme glacier, à cinq heures de l'après-midi... Je m'souviens que c'était un 7 avril... Non, non, sans les pièces, c'était juste pour me refiler la carte d'une chambre de l'hôtel Habana Libre qu'était à son nom, et il m'a dit de lui apporter les pièces ce soir-là, à huit heures et demie tapantes, chambre 715... Non, il m'semble qu'il avait pris une chambre très tôt et qu'après il a inventé une histoire, qu'il avait perdu sa carte, ou un truc comme ça, et on lui en a fait une autre... et alors j'suis rentré chez moi, j'ai ramassé les pièces et vlan... Et pourquoi ça aurait dû m'mettre la puce à l'oreille, hein, dis-moi un peu ? Il m'a dit qu'sa sœur était en vacances, et qu'elle passait la journée fourrée chez lui, et qu'il voulait pas qu'elle apprenne cette affaire ni qu'elle le voie s'enfermer avec moi dans une piaule, parce que va savoir ce qu'elle pourrait bien penser après... non, mais attends un peu, ça termine pas là, parce que je me suis rendu compte après... Non, c'truc de l'hôtel, c'est parce que l'acheteur était dans la chambre d'à-côté avec le fric en main... Ouais, un bel enfant d'salaud, il avait tout bien préparé, parce que moi, il m'a filé rencard à huit heures et demie et l'acheteur, à neuf heures... Exactement, il m'a demandé d'être à l'heure, parce que si j'arrivais pas à l'heure, l'affaire pourrait pas s'faire... ouais, il avait une bouteille de rhum et il m'a invité à prendre un verre, et il m'a dit qu'l'étranger avait demandé de faire comme ça, qu'il voulait pas qu'on le voie, qu'il avait la trouille des flics de l'hôtel, des femmes de ménage, de tout l'monde, et que si on les chopait à traficoter avec de l'or, il allait avoir des sacrées emmerdes avec le gouvernement, qu'ça pouvait lui coûter son poste et patati et patata... Ouais, je l'ai cru. Tu dis ? Là, moitié à la rigolade et moitié sérieux, il m'a dit que quand il sortirait pour aller porter les pièces à l'acheteur dans sa chambre, si j'voulais j'pouvais le zyeuter parce qu'il laisserait la porte entrebâillée et rester là à surveiller jusqu'à ce qu'il ressorte. Bien sûr. J'lui ai monté la garde, piqué près d'la porte, jusqu'à ce que je l'voie sortir, comme je t'le dis, et il est revenu avec quarante-six mille dollars et il m'a mis à part mes quarante mille à moi et là il m'a demandé d'rester une demi-heure de plus, pour que l'acheteur ait l'temps de se tailler et il m'a invité à prendre un ou deux verres... Tu parles si j'étais content ! Ouais, il a pas arrêté de bavasser, de m'dire que dans les affaires il était toujours réglo, et après il m'a demandé ce que je comptais faire du fric... J'lui ai dit que j'avais encore pensé à rien, que pour le moment, tout ce que j'voulais c'était trouver une relation pour pouvoir acheter dans un magasin en dollars et faire cadeau à ma mère de choses pour la maison, de fringues, et tout l'reste... Tu rigoles ! Il a tout d'suite offert de m'aider, mais ça s'est passé juste au moment où j't'ai rencontrée, alors... Non, non, j'l'ai pas revu.

## 12

Margaret allume une autre Abdullah et regarde de nouveau dans le rétroviseur. Le pêcheur n'apparaît pas. Cela fait maintenant une semaine qu'elle guette l'occasion de le rencontrer par hasard. Et, ce huitième jour, par un dimanche radieux, elle est assise au volant de sa voiture depuis déjà deux heures. Dès qu'elle l'a vu arriver près de la mer, elle s'est garée au coin de la 1$^{re}$ Avenue et de la 44$^{e}$ Rue. Son dos commence à lui faire un peu mal.

À 11 h 35, elle le voit sortir : un beau mâle *indeed*. Souple, grand, très bronzé. Est-ce le salpêtre qui le rend blond ?

Après avoir sauté un muret, le pêcheur vient dans sa direction sur le trottoir d'en face, vers la 42$^{e}$ Rue. Voilà, il traverse. Il va passer à côté d'elle. *Charge, Maggie !*

Elle se hâte de faire démarrer la Triumph. Le pêcheur est à moins de dix mètres. Elle distingue maintenant, sous les sourcils, cette lueur féline que seuls lancent les yeux clairs. Il est sûrement blond naturel. Vingt-huit ans ? Trente ans ? Il est jeune, élancé. Margaret s'humecte les lèvres du bout de la langue et ferme les yeux à demi. Elle sent une bouffée de chaleur lui monter au visage. Elle sourit. Ce truc de tisser une lente toile d'araignée pour attraper un bel inconnu la rajeunit.

L'homme ne l'a pas regardée. Il marche sur le trottoir, plongé dans ses pensées. Il s'écarte pour laisser passer une dame qui pousse une voiture d'enfant. Margaret voit son visage en face et ne peut s'empêcher d'évoquer la sainteté primitive d'une icône qu'elle a achetée à Paris.

À quarante-cinq ans, Margaret continue d'avoir un corps de sportive aux chairs fermes et à la peau dorée. Elle ne porte pas de soutien-gorge. Ses douceurs provocantes dansent en cette matinée translucide sous du tulle d'artisanat. Elle porte des sandales découvrant talon et mettant en valeur le jeu nerveux des tendons. Il lui faut tirer avantage de cette première rencontre. Elle s'est préparée avec un soin tenace ; elle s'est mis un peu de Cabochard de Grès derrière les oreilles. Il est vrai qu'elle n'a pu éviter quelques pattes-d'oie, ni des fesses trop rondes au regard de l'esthétique du développement, mais dont elle n'ignore pas qu'elles sont un *sine qua non* de la beauté tropicale : son meilleur appât pour ferrer un pêcheur cubain. Elle est sûre de l'attraper. S'il ne mord pas à cause des fesses, il mordra à cause des dollars. Et si les dollars n'entraînent pas sa reddition, elle lui préparera un nouveau piège. Elle a l'avantage d'une culture cosmopolite et celui d'avoir vécu des dizaines d'années durant parmi des gens au Q.I. élevé. Mais elle a surtout dans la manche l'arme invincible de son expérience. Une expérience de presque trente ans, sur bien des théâtres, dans de nombreux pays.

Ce pêcheur sera irrémissiblement sien.

Tony, en maillot de bain, un T-shirt blanc noué au cou, passe enfin près d'elle.

– *Compañerou*... eh, *compañerou*... dit-elle en exagérant le *r* anglo-saxon et la terminaison en *ou*.

Elle doit lui prouver d'entrée qu'elle est « de l'étranger ».

La réaction de l'homme est vraiment ridicule. Avant de lui répondre, il recule de deux pas et regarde la plaque d'immatriculation de la voiture.

– C'est pour moi ? dit-il, surpris, restant sur place indécis, à côté de l'aile avant.

Cette réaction élémentaire et maladroite la rend encore plus sûre d'elle.

– Oui, vous. Approchez, *please*.

Tony change de main le crochet d'où pendent trois superbes poissons-perroquets et s'avance pour pouvoir se pencher un peu à la vitre.

Quand Margaret sent tout le bleu de ces yeux-là rivé à elle, c'est comme si elle était éblouie par des feux de route la nuit. Ils sont d'une pâleur incroyable et le blanc y est quasiment inexistant. Ils produisent une sensation abyssale. Le visage est dur, mâle, fort, sans plus aucune sainteté maintenant.

– Vous dites ?

– Vous avez pris ces poissons au fusil ?

Margaret joue l'idiote. Tony a un fusil sous-marin à la main.

– Oui, mais ils n'ont pas souffert.

– Ah ! Et vous ne me les vendriez pas ? Au moins un. Quand je vous ai vu avec, j'ai eu très envie de manger du poisson appétissant – et elle émet un bruit de concupiscence anthropophage des lèvres et des dents.

« L'appétissante, c'est toi, ma salope. »

Accoudée à la vitre, elle lui offre un sein et la cuisse droite.

Tony a soudain envie de lui faire des avances, mais il n'ose pas. Chaque fois qu'il se heurte à une gonzesse de luxe, les mots lui manquent. Il ne parvient qu'à sourire et à faire un geste qu'elle interprète comme une hésitation.

– Je peux vous en donner un bon prix, de vos poissons. Ils doivent valoir très cher, parce que vous les avez chassés à une grande profondeur, n'est-ce pas ? dit-elle.

Quand Tony n'a plus de doute que la gonzesse lui fait du rentre-dedans, il se lance :

– Bah, pour une jolie femme, y a toujours du rabais...

Elle note que le compliment sonne un peu faux et devine de la rougeur sous la peau très bronzée. Pour l'encourager, elle éclate d'un rire franchement complaisant.

– Vous me donnez trente pesos pour ces deux-là, et celui-ci, je vous l'offre.

– Oh, non, je ne peux pas accepter. C'est trop bon marché, affirme-t-elle résolument. Tenez, je vous en donne cinquante pour les trois.

Le gringue que cette nana lui fait sans s'en

cacher chasse les derniers restes de timidité, flatte sa virilité, débloque son imagination et lui délie la langue.

– Pour l'instant, je veux rien, dit Tony. Rien que de vous voir, j'suis bien payé. Je vous fais cadeau des trois poissons, mais à une seule condition...

– Laquelle ? Que je vous invite maintenant chez moi pour manger du poisson grillé ?

Margaret renvoie la balle dans son camp avec un swing irrésistible.

– Eh bien, d'accord !

Et elle lui tend les clefs de la voiture.

Elle vient de marquer un ace, c'est sûr. Tony la regarde, troublé, comme le joueur de tennis qui voit la balle lui filer sous le nez.

Les études supérieures et le Q.I. de Margaret se sont imposés au premier échange. Elle est désormais sûre qu'à coups de dollars et de fesses, elle va le terrasser irrémédiablement dans l'après-midi.

Quand Tony comprend qu'elle lui tend les clefs pour mettre les poissons dans le coffre, il reprend ce visage d'icône qu'elle lui a vu quelques instants auparavant. Tout en rangeant le poisson, il respire un grand coup. « Merde alors, elle a une manière de faire du rentre-dedans, cette gonzesse ! » Il voulait simplement lui demander son adresse pour lui apporter du poisson chez elle de temps à autre et commencer à la draguer, juste pour voir comment ça tournerait. « Vrai, quand c'est ton jour, c'est pas la peine de partir à la chasse, ça vient tout seul... » Il referme le coffre et retourne près de la portière.

Il lui tend les clefs et la femme l'invite d'un geste à monter.

– Je m'appelle Margaret. Et vous ?

– Tony. « Qu'est-ce qu'elle sent bon, cette bagnole ! »

Elle le regarde un instant en silence, soupire en faisant un geste indéchiffrable, embraye et enfile la 42$^{e}$ Rue en direction de la 5$^{e}$ Avenue.

## 13

Maurice Cohen faisait commerce d'objets d'art et de métaux précieux. Il avait des succursales à Londres et à Amsterdam et des agents dans le monde entier. Vers 1966, Margaret avait eu une aventure avec lui dans un hôtel de Miami. Le troisième jour, il lui avait proposé de diriger des opérations de contrebande d'objets archéologiques depuis le Mexique. Les vingt mille dollars qu'elle gagna tombèrent comme une averse de mai sur des fonds taris. C'est de ce succès initial qu'étaient nées des relations stables qui l'avaient amenée à vivre pendant quatre ans à Tijuana, et ce fut la première fois qu'elle exerça le métier de journaliste en guise de couverture, selon les recommandations de Cohen, et qu'elle commença à acheter et à passer en contrebande des objets précieux pour la société Cohen & Cohen de New York. En quelques mois elle était devenue une experte acceptable en numismatique coloniale et en monnaies anciennes, et en seulement trois ans, elle avait accumulé *three hundred grands*, ni plus ni moins. Dès lors elle s'était sentie forte, prête à de plus grandes aventures. Elle s'éloigna des affaires louches de Cohen & Cohen et engagea ses ressources, agrémentées d'un emprunt, dans un projet captivant dont la matérialisation l'aurait convertie en l'une des propriétaires du trésor incalculable que contenait le galion *Nuestra Señora de Atocha*. Mais le projet échoua, et elle s'installa en 1978 à Miami avec quelques milliers de dollars pour tout capital. Experte en yachting, bonne plongeuse sous-marine, elle ne manqua pas de compagnie agréable pour jouir des étés quasi éternels de la Floride, mais la fortune semblait s'être écartée d'elle pour longtemps.

En 1979 quand elle décida de s'installer comme correspondante à La Havane à la suite du tournoi Hemingway de pêche à l'espadon, un tournoi annuel, il ne lui était absolument pas venu à l'idée que Cuba pouvait lui offrir des affaires dans la ligne Cohen. Et c'était justement Calahorra qui l'avait engagée, deux ans plus tôt, dans le trafic d'or, d'objets d'art et de pièces de monnaie. Elle avait besoin de beaucoup d'argent pour ses projets. Elle avait déjà fait ses calculs. Soixante et un multiplié par quinze mille faisait neuf cent quinze mille dollars. *Yes, sir*, si Margaret Gaylord jouait bien la carte que le destin lui avait mise entre les mains, elle approcherait le million de dollars. Et cette carte s'appelait Antonio Santa Cruz.

Aussitôt que Margaret reçut l'offre des vingt fadriques, elle se rendit à New York munie de celui qu'elle avait acheté à Calahorra et, l'utilisant comme échantillon, négocia la vente de tout le lot. Elle obtint finalement de Maurice Cohen un prix de vingt mille dollars pour chaque pièce et sa promesse d'envoyer un expert disposant d'assez d'argent pour effectuer l'achat à La Havane, pour un montant déjà fixé avec Calahorra à cent quarante mille. L'homme arriva une semaine après elle, dans le cadre d'un forfait touristique depuis Mexico. Dès qu'il prit possession des fadriques dans la chambre de l'hôtel Habana Libre et eut vérifié l'authenticité, l'homme fit compter à Margaret quatre cent mille dollars. Elle mit à part les cent quarante mille de Calahorra et en garda pour elle deux cent soixante-dix mille. Cohen en personne lui avait déjà payé à New York les vingt mille de la première pièce. De sorte que son gain net était de deux cent soixante-dix mille, une fois décomptés les dix mille dollars qu'elle avait déboursés de sa poche pour le premier fadrique.

Celui-ci, Margaret n'avait pas eu de mal à le sortir. Elle n'avait eu qu'à vider une vieille montre. Mais elle n'avait pas voulu se risquer à faire sortir elle-même la masse métallique considérable que représentaient les vingt pièces et elle n'avait pas assez d'argent liquide pour les acheter directement à Calahorra. Quand celui-ci lui en avait fait l'offre, elle ne disposait à Cuba que d'environ douze mille dollars.

L'envoyé de Cohen se fit passer pour un biographe d'Hemingway et apporta avec lui une Underwood portable antédiluvienne, totalement métallique, dont le rouleau avait été évidé pour pouvoir y dissimuler les vingt pièces, afin que, lorsque les détecteurs de métal sonneraient, cela soit attribuable à la vétusté de l'engin. Et c'est bien ce qui s'était passé. L'homme rentra à New York, via Mexico, sans le moindre pépin.

Calahorra avait commis l'erreur d'organiser la remise des pièces au Habana Libre. Et Tony, de l'accepter. Ce qui avait fourni à Margaret la piste si convoitée du fournisseur de fadriques. Il lui avait suffi de dénicher un petit vilebrequin et de demander la collaboration de son compatriote Alfie, un grand gosse de quarante-huit ans, rougeaud et bon enfant, que dix années de Tropiques n'avaient pas réussi à convertir aux mulâtresses, mais bel et bien aux fesses rebondies et relevées. Elle le persuada que, grâce aux bons offices de Calahorra, le jeune homme blond et bronzé s'était rendu à l'hôtel pour remettre à son amie l'enregistrement d'une conversation entre hauts fonctionnaires. Cette information permettrait à Margaret d'écrire un article sensationnel. Le hic, lui avait-elle expliqué, c'est qu'elle ne se risquerait jamais à l'écrire sans assurer ces bandes magnétiques, un précieux atout qu'elle conservait sous le coude au cas où le gouvernement cubain monterait au créneau contre son journal. Quand elle les ferait écouter, les bandes fonctionneraient comme un puissant calmant face aux services de la sécurité cubaine.

Alfie était incapable de refuser quoi que ce soit à Margaret. Il n'avait d'ailleurs pas de raisons de douter que ce jeune homme qu'il devait prendre en filature soit le chauffeur particulier d'un ministre. Pas plus que Tony n'en avait de douter des intentions de cette sacrée gonzesse, tombée folle amoureuse de lui, qui l'avait intercepté sur la 1re Avenue. Et c'est le 28 avril, dans un lit de l'hôtel Jagua de Cienfuegos, que Margaret apprit enfin le secret de Tony Santa Cruz. La mise au point de son piège et la traque lui avaient pris treize jours.

Le dimanche soir suivant, Tony était allongé, en train de lire une revue tandis qu'elle écoutait un programme d'informations, diffusé par une station de Miami, sur son Zénith transocéanique. Tony se redressa soudain en un bond d'épileptique, lâcha une bordée de jurons et lança un coup de poing rageur contre le mur de la chambre. Elle le vit s'approcher, pâle comme un mort, les traits convulsés. Elle crut que cette indignation la visait. Elle prit peur mais resta calme. Il lui tendit un numéro de la revue *Bohemia*, ouvert à l'une des dernières pages.

– Lis, lui ordonna-t-il d'un ton péremptoire, pointant l'index sur un encart marron. Elle lut :

> La rubrique Correspondance a publié dans la livraison du 9 mars une information répondant à une question de numismatique posée par un lecteur, Alberto del Valle, 913 rue Aguila, à La Havane. Nous avions expliqué à cette occasion que l'hôtel de la Monnaie de Séville avait frappé en 1598 un écu d'or pour

commémorer le couronnement de Philippe III, et que cette pièce était évaluée de nos jours à 5 570 dollars. Or, un numismate, lecteur de notre rubrique, Rodrigo Inclán Valderrama, a eu la gentillesse de compléter l'information que nous avons divulguée, en nous faisant savoir que, suite à la fraude d'un frappeur nommé Fadrique, dont la délicieuse histoire ne saurait tenir tout entière dans l'espace dont nous disposons, certains de ces écus-là comportent un trait vertical accompagné de deux petites barres transversales formant, si l'on regarde attentivement, un *F* (pour Fadrique) qui apparaît parallèlement, à la gauche du *P* de PHILIPPUS. La cote de ces pièces est beaucoup plus élevée. Inclán nous a informés en outre que lors d'une vente aux enchères effectuée récemment par la société Cohen & Cohen, vingt et une de ces monnaies avaient été achetées, en un seul lot, pour neuf cent vingt-quatre mille dollars, au prix de quarante-quatre mille l'unité.

Tony voulut rentrer aussitôt à La Havane. Il déclara qu'il ne pourrait pas bouffer, pioncer, baiser ni que dalle en pensant à la saloperie que lui avait faite ce fils de pute de Calahorra, et qu'il voulait arriver le plus tôt possible chez lui et tout vérifier, et si cette lopette à la con avait voulu l'enc..., il allait s'en repentir. Cinq heures plus tard, vers deux heures du matin, Margaret garait sa Triumph à une rue de chez Tony, et dix minutes après ils pénétraient chez elle ; et oui, en regardant attentivement, on voyait les deux traits transversaux. Absolument incroyable ! En moins d'une minute, Margaret vérifia que les soixante et une pièces étaient *toutes* des fadriques. Fabuleux ! Ça se voyait même sans loupe. (Elle n'osa pas la sortir. Depuis qu'elle avait amené Tony chez elle, elle avait dissimulé tout indice qui aurait pu révéler ses connaissances en numismatique.) Quelle intuition ! Quand la première pièce était apparue, ça lui avait paru normal. Mais, devant les vingt autres, elle avait compris que quelqu'un, que Calahorra connaissait, avait déniché le lot confisqué par le roi d'Espagne vers 1605, comme l'indiquait le catalogue. Il n'y avait pas d'autre explication au fait que toutes ces monnaies rarissimes *soient apparues ensemble*. La chronique mexicaine que lui avait fait lire Jesús parlait de deux mille pièces. Alors, pourquoi ne pas débusquer le mystérieux fournisseur ? Peut-être en possédait-il beaucoup plus...

Parfait. Les pièces étaient d'ores et déjà à elle. Aux États-Unis, elle en tirerait au moins quinze grands billets chacune, ce qui faisait un total de neuf cent quinze mille dollars. Presque un million, *cash*. Voilà ce qu'Antonio Santa Cruz valait pour elle.

Chez elle, elle s'efforça de le persuader qu'il avait toutes les raisons du monde de se réjouir, au lieu de se fâcher. Mais il ne voulut pas l'entendre de cette oreille. Il ramassa le sac contenant les pièces et refusa qu'elle le conduise chez lui.

– C'est dangereux de te balader avec toutes ces pièces sur toi. Reste dormir avec moi !

– D'accord, dit Tony en reposant le sac sur la table. Mais je vais aller faire un tour, j'suis trop furax pour pouvoir dormir.

Dès que Margaret avait appris l'existence des tractations entre Tony et Calahorra, elle avait vu clairement ce qui s'était passé avec les vingt et un fadriques. Tony avait gagné quarante-quatre mille dollars : quatre mille pour le premier et quarante mille pour le reste ; le très roublard Calahorra avait empoché cent seize mille dollars : six mille avec le premier et cinq mille pour chacun des vingt restants, achetés deux mille et revendus sept mille ; elle en avait gagné, elle, deux cent soixante-dix mille au total. Mais la société Cohen & Cohen, si les données fournies par cet Inclán à *Bohemia* étaient exactes, avait gagné, elle, cinq cent quatre mille dollars, avant déduction des frais de l'expert pendant son séjour à Cuba.

C'est la vie : le débrouillard vit aux dépens du connard et le connard aux crochets de sa foutue mère. (Elle ne se rappelait plus où elle avait entendu cette maxime : au Pérou, au Mexique, au Nicaragua ?)

## 14

Tandis que Margaret Gaylord, tout en peaufinant son dernier plan, entamait devant la glace sa séance quotidienne de soins cosmétiques nocturnes, omise durant les journées passées à l'hôtel de Cienfuegos, Tony – mains dans les poches, les lèvres serrées, regard enflammé – traversait à grandes enjambées le pont de l'Almendares comme s'il avait hâte d'atteindre son but. Une demi-heure plus tard, il s'arrêtait à un carrefour du Nuevo Vedado.

En fait, Tony ne s'était fixé aucun point précis de l'espace havanais ; en revanche, il avait pris une décision. Et c'est à ce carrefour de la ville où il était arrivé à la dérive, comme arrivent tous ceux qui marchent dans leur tête, poussés par la haine, par la peur, par les passions aliénantes, c'est à ce carrefour-là, donc, que Tony s'arrêta pour sortir de lui-même.

Il avait d'ores et déjà décidé, résolu, pris la décision irrémédiable de se délivrer de l'anxiété qui le poursuivrait indéfectiblement, minute après minute, tant qu'il ne l'apaiserait dans le sang.

Il tuerait Calahorra, et le plus tôt serait le mieux.

Pendant presque une heure de marche, il s'était donné plusieurs raisons de ne pas passer à l'acte. Il avait tenté d'accepter sereinement les arguments de Margaret. « Cette nouvelle devrait te réjouir, au lieu de te rendre furieux. » Comment pouvait-il se mettre dans tous ses états, alors qu'il venait d'apprendre que ses pièces faisaient de lui un homme riche, avec un avenir plein de promesses, la certitude d'une nouvelle vie pour lui et pour sa mère, hors de Cuba ?

Rien n'y fit. Telles les jouvencelles médiévales qui, incapables de résister aux tourments de la chair, se condamnaient à la prostitution, à l'opprobre et au feu éternel, tel le gitan qui tue en public et préfère la prison et la mort plutôt que de voir son honneur entaché, Tony renoncerait à tout, sauf à sa vengeance.

Plutôt mourir...

Il ferait les choses avec soin, sans courir de risques ni laisser de traces.

Il en jouirait même. Il sourit pour la première fois depuis qu'il avait lu la note de *Bohemia*.

Il reprit sa marche, longeant le mur du cimetière chinois. Calahorra mourrait sans sépulture. Quand il sentit que sa poitrine était enfin apaisée, il put marcher plus lentement. Il respira de nouveau, à la fois profondément et en rythme. En arrivant aux abords de l'hôtel Riviera, il était tout à fait serein.

C'est sur le mur du bord de mer, haut lieu de ses grandes décisions, qu'il traça le plan complet de sa vengeance. Le jour se levait quand il traversa, de retour à Miramar, le tunnel de la 5e Avenue. Ce n'était pas non plus aujourd'hui qu'il s'occuperait de ses nasses. Il était pris d'une envie soudaine de Margaret.

Ce matin même, il téléphonerait à Calahorra au boulot. La sentence tomberait, au plus tard dans une semaine.

Il la trouva éveillée, en train de fumer. Elle l'attendait aussi, le désirait. Après s'être satisfaits mutuellement et s'être douchés, après le lait froid et les sandwichs au jambon de Tony et le scotch de Margaret, le moment vint de parler affaires.

Il prit un ton froid. Comme s'il n'y avait rien entre eux. Il était persuadé qu'avec cette femme, le mieux était de parler franc. Elle adorait la baise, mais, comme toutes les autres, elle voulait du fric. C'était juste. Ce qu'elle pouvait faire pour sa maman valait largement vingt pièces.

Elle s'engageait à déposer la caution aux States ?

Elle resta pensive et s'allongea de côté sur la poitrine de Tony, regardant ses pieds.

Constatant qu'elle fuyait son regard et faisait la chatte, il craignit que ce soit pour lui soutirer un peu plus. Vingt pièces lui semblaient peu ? Si à ces enchères on avait tiré presque un million pour les vingt autres, elle devait pouvoir en tirer au moins la moitié, et, sacré bon sang, presque un demi-million...

Tony devait savoir, d'entrée, qu'elle ne risquerait jamais sa réputation ni son prestige de journaliste internationale en sortant des pièces du pays. Ça devait être très clair. Okay ?

Elle s'assit sur le lit et le regarda droit dans les yeux.

C'est que... Tony n'avait pas pensé...

Et s'il avait assez de cran pour partir, engoncé dans un costume de caoutchouc, exactement comme il l'avait prévu, elle se chargerait elle-même de piloter le yacht qui le ferait sortir de Cuba.

Elle ? À la barre d'un yacht ? Pour de bon ? Mais... c'était faisable ?

Oui, parfaitement faisable.

Bon, mais alors qu'est-ce qu'elle voulait, elle, en échange de tout ça ?

Rien, elle ne voulait rien. Elle l'aimait, un point c'est tout. Elle voulait l'aider, et elle espérait que quand il vivrait aux USA, il ne l'oublierait pas.

Mais, à Cienfuegos, elle avait pourtant bien parlé affaires ?

Elle but quelques gorgées, alluma une cigarette, et oui, au début, elle avait pensé faire des affaires avec lui et gagner un peu d'argent, mais quand elle se prenait d'affection pour les gens, elle n'était plus capable de penser au business.

Pour la première fois, Tony Santa Cruz se dit qu'il n'aurait peut-être pas à vivre toute sa vie comme un loup solitaire. Après tout, la vie avait de bons côtés.

# 15

C'est Maurice Cohen qui fut surpris quand elle lui proposa une affaire qui n'était plus maintenant de vingt fadriques, mais bel et bien de soixante et un. Pour venir à bout de son incrédulité, elle lui montra la photo en couleurs qu'elle avait prise au petit matin lorsque Tony avait passé sa rage en arpentant les rues de La Havane. Loupe en main, Cohen se convainquit qu'il s'agissait de fadriques tout ce qu'il y avait de plus authentiques et, recourant à l'argument éculé de l'exclusivité de plus en plus réduite, lui en offrit dix mille dollars l'unité.

Margaret retira ses lunettes de soleil et le regarda avec dégoût, comme s'il s'agissait d'un rat qui venait d'entrer par la fenêtre. Elle fronça les sourcils, impatiente, et se frappa la cuisse :

– *Oh no, Maurice baby, I'm short of time, no bullshit, please ?*

– Et le risque ? C'est presque un million de dollars. Et si par hasard la douane...

– Aucun risque, l'interrompit Margaret. Cette fois-ci, tu n'auras pas besoin d'envoyer quelqu'un les chercher. Je te les poserai moi-même sur ce bureau.

Elle négocia avec maestria. Si elle avait obtenu vingt mille dollars pour chaque pièce du premier lot, cette fois-ci elle ne céderait pas pour moins de quinze mille, pas un centime de moins.

Il éclata de rire, se prenant théâtralement la tête dans les mains.

Elle l'interrompit aussi sec.

S'il n'acceptait pas une fois pour toutes et sans marchandage, le trésor arriverait à Londres en moins d'heures qu'il n'y avait de pièces au total.

La mine de Cohen exprimait maintenant de la pitié devant une telle folie.

Elle disposait à La Havane d'une personne de confiance qui, les billets d'avion en poche et un pied sur l'échelle de coupée, n'attendait que son coup de fil...

– *Nonsense, shit, shut up !* Maurice se leva en frappant du poing l'accoudoir du fauteuil. Tu n'y connais rien, à ce métier ! Comment peux-tu prétendre toucher soixante-quinze pour cent de la première valeur alors que tu es en train d'inonder le marché d'un lot qui triple le premier ! N'as-tu jamais entendu parler de l'offre et de la demande ?

Comme si elle ne l'avait pas entendu, elle fit observer que soixante et un multiplié par quinze mille faisait neuf cent quinze mille dollars, dont Cohen & Cohen tirerait non moins de trois millions, mais qu'elle, modeste et sans ambition, se contenterait de neuf cent quinze mille, et que c'était pour ça qu'elle était venue, et non pour écouter son laïus sur l'offre et la demande, si bien que c'était *take it or leave it*, quinze mille *or nothing.*

Écumant de rage, Maurice se dirigea vers la porte, l'ouvrit toute grande et la maintint de profil, raide comme un piquet, dans une attitude éloquente qui disait : « Va te faire foutre et arrête ton char. »

Elle sortit la tête haute, et il claqua le battant avec rage.

À travers la vitre teintée, il la vit traverser la grande salle au milieu des bureaux de ses employés et poursuivre jusqu'à la porte qui donnait sur le couloir. Il comprit qu'il avait perdu. Une sacrée femme, Margaret !

Il traversa le bureau en quelques enjambées et la rattrapa au moment où elle tournait au bout du couloir en direction des ascenseurs.

– Okay, okay, tu as gagné lui dit-il les mains en l'air.

Elle se retourna vers lui avec un sourire d'évidence.

Elle le savait.

– Okay, neuf cent quinze mille pour les soixante et une pièces. Quand me les apportes-tu ?

– Vers le 15 mai.

– Tu fais une sacrée fixation sur le 15, hein ?

– Si ça ne te plaît pas, paies-moi le 16, *asshole !*

– Va te faire foutre !

Et il regagna son bureau en riant aux éclats.

Ce n'était pas étonnant. Cette affaire lui rapporterait un million et demi de dollars, voire deux millions. Il tirerait quarante mille en moyenne des vingt-cinq premières pièces, ce qui amortirait l'investissement ; les autres, il les vendrait peu à peu, pas plus de huit ou dix par an, sans trop faire de bruit, pour ne pas couler le marché.

La vie était belle !

Un peu avant midi, le rédacteur en chef du *Sea Air Weekly Sports* accepta de lui accorder l'exclusivité de la couverture du tournoi Hemingway de pêche à l'espadon, qui se tenait tous les ans dans les eaux cubaines. Elle devait faire des interviews *in situ*, agrémentées de nombreuses photos. Elle était une experte en matière et avait fait partie, deux ans plus tôt, de l'équipage d'un yacht qui avait obtenu la troisième place. Et cette année, elle était accréditée par le gouvernement cubain. Elle présenta un badge délivré le 2 mai à La Havane par la commission organisatrice du tournoi Hemingway, qui l'autorisait à « naviguer dans les eaux du concours du 10 au 20 mai 1981 ». Elle montra aussi ses propres photos de l'année 1979, quand elle avait participé à la compétition, et plusieurs des spécimens capturés.

Le rédacteur en chef lui prépara un contrat, lui fit une avance de trois mille dollars et lui ouvrit un crédit pour louer aux frais de la revue un yacht adéquat qu'elle choisirait elle-même.

Le lendemain, à quatre heures de l'après-midi, elle embarquait à Key West en direction de La Havane. Elle voyageait seule. Elle ne voulait personne à bord. La mer était calme et le ciel dégagé. Elle avait caché dans le ventre d'un énorme pagre, qu'elle avait congelé, avant d'appareiller, un colt .38 à canon long, acheté dans une armurerie de New York.

Tandis que le vent et le sel lui fouettaient le visage, elle pensa que la vie était belle. Elle valait la peine d'être vécue. À la mi-mai, elle virerait *nine hundred and fifteen grand* sur son compte en banque. Ce qui en ferait une femme plus attrayante, plus intelligente, plus jeune.

Au bout de deux heures de navigation, elle aperçut le profil jaunâtre de Cuba.

Elle leva les yeux.

Le ciel était bleu, et la vie était belle.

## 16

Le meeting du 1er mai sur la place de la Révolution le fit fuir vers les quartiers Est. Il mit deux heures, marchant sur le boulevard du bord de mer, pour aller de Miramar au terminus de Casablanca. Là, il monta à bord de la vedette qui fait la navette entre les deux rives de la baie et, une fois de l'autre côté, il prit un chemin solitaire qui le conduisit au quartier Bahía. Il traversa les rues désertes, plongé dans ses pensées, au milieu des prismes multicolores des édifices, et arriva à la Vía Blanca. Il fila ensuite en direction de Cojímar. Assis au bord du théâtre de verdure où trône un buste d'Hemingway, il contempla la mer un moment. La longue marche lui avait ouvert l'appétit. Vers deux heures de l'après-midi, il décida de rentrer par le même chemin. Il aimait avoir très faim. Un petit creux, non : ça, il ne le supportait pas et il devait s'envoyer quelque chose dans le gosier. Une grosse faim, en revanche, le stimulait. Elle éveillait en lui l'esprit et l'instinct de conservation, de survie. C'était un mammifère carnassier.

Quand il arriva face à la forteresse du Morro, il

avait d'ores et déjà peaufiné tous les détails. Il pressa le pas. À peine était-il parti de Miramar, vers six heures du matin, qu'il s'était mis à récapituler toutes ses rencontres avec Calahorra. Il ne s'était montré en public avec lui qu'à quatre endroits : l'hôpital Calixto García, le restaurant El Conejito, le restaurant El Polinesio et le glacier Coppelia. Personne ne les avait vus ensemble quand ils s'étaient rencontrés à un coin de rue du Vedado, ni chez sa sœur quand il était allé lui montrer les vingt pièces. Une seule fois, au Polinesio, Jesús avait appelé un des garçons par son nom. De toute façon, à quoi bon tant de mystère ? Tant que le cadavre n'apparaîtrait pas, personne n'avait de raison de s'occuper de Tony. Et, d'après son plan, Calahorra ne réapparaîtrait jamais.

Tony lancerait sa première ligne le lendemain, le 2 mai, un mercredi. Et il était sûr que deux ou trois jours plus tard, Jesús Calahorra avalerait l'appât, avec hameçon et tout le reste.

– Je pourrais parler à Jesús, s'il vous plaît ?

– Un instant.

La standardiste entra en communication avec le bureau et c'est Calahorra en personne qui répondit :

– Oui, allô ?

– Tony à l'appareil...

– Tiens, quelle surprise ! Tu avais disparu...

Calahorra ne peut éviter une petite inquiétude. Téléphonerait-il pour se plaindre de quelque chose ?

– Bah, j'ai un boulot fou.

Le ton était amical. Aurait-il d'autres pièces ?

– Mais tu aurais pu au moins appeler pour dire bonjour.

– J'ai besoin de vous voir de toute urgence, l'interrompit Tony, coupant court aux politesses.

– De quoi s'agit-il ?

– De quelque chose de pareil que l'autre fois, mais bien plus important.

Calahorra tenta de hâter les choses.

– Le bar du Polinesio, à huit heures et demie, ça te paraît bien ?

– Pour bouffer ?

– Oui, je t'invite.

Tony s'y attendait, mais il n'était pas assez fou pour se laisser voir de nouveau avec Calahorra au Polinesio. Il avait préparé sa réponse.

– Écoutez, Jesús, j'aimerais mieux prendre une bière, et au Polinesio ils mettent un temps fou à vous servir. Pourquoi on va pas au bar de la 23e Rue et de la Rue G ?

– Au Rancho Luna ? Eh bien, parfait. À huit heures et demie, donc ?

– O.K. J'vous attends à l'intérieur.

Avant de téléphoner, Tony avait déjà choisi le Rancho Luna. La grande quantité de gens qui fréquentaient le bar et surtout la pénombre qui y régnait servaient son dessein.

Il y arriva à sept heures et demie. Le bar était comble et il dut attendre dix minutes debout, dans un coin, jusqu'à ce qu'une chaise se libère à l'une des tables de la partie surélevée, où il ne restait plus que deux hommes seuls qui partirent une demi-heure plus tard. Deux types d'une autre table se levèrent aussitôt pour demander si les chaises étaient libres. Deux seulement, leur répondit Tony.

Tout se combina à merveille. Quand Jesús entra, Tony avait déjà la table pour lui, une chaise réservée, la vue accoutumée à l'obscurité et trois bières derrière la cravate.

Il dut l'appeler à deux reprises au milieu de la cohue. Un garçon maigre et grand, qu'on appelait le Polonais, guida Jesús vers les marches où l'attendait Tony, la main tendue.

Cinq minutes plus tard, alors que Jesús ne distinguait encore que des masses diffuses, Tony put percevoir une illumination singulière dans son regard. Et à peine mentionna-t-il le trésor que Calahorra commença à se ronger l'ongle du petit doigt et que son regard prit une fixité évidente. Peut-être croyait-il que la pénombre le protégeait.

Eh bien, alors, que Tony s'explique. À quelle profondeur se trouvait-il ?

À une vingtaine de brasses, mais avec le masque, n'importe qui pouvait voir le coffre et le canyon. Calahorra pouvait-il nager deux ou trois cents mètres ?

Oui, bien entendu, en faisant la brasse et en flottant de temps à autre, il pouvait rester des heures dans l'eau. Mais ce qu'il ne comprenait pas, mon vieux, c'est comment personne n'avait vu le trésor avant, parce que si on pouvait l'apercevoir de la surface...

Non, non, c'était pas si facile. Le problème c'est que c'était à cet endroit-là que Tony avait trouvé le petit coffret avec les quatre-vingt-deux pièces...

Comment ça, quatre-vingt-deux !

Oui, hé hé, et dans cette mallette que Tony posait juste à côté des bouteilles, il avait apporté les soixante et une pièces restantes, et si Calahorra voulait les négocier au même prix...

Oui, oui, fantastique, mais qu'il laisse ça pour après, et qu'il continue de lui raconter comment il se faisait que personne n'avait vu ça avant lui.

Mon vieux, qui est-ce qui allait voir quelque chose qu'était caché par un tas de sable et un embrouillamini d'algues ?

Et combien ça faisait, vingt brasses ?

En mètres, trente-six.

Calahorra calcula que ça revenait à descendre d'un douzième étage jusqu'à la rue. Sacré bon sang ! Quels poumons !

Non, non, rien à voir avec les poumons, il avait fait ça avec un paire de bouteilles qu'il avait achetées à un Français, et alors, après avoir trouvé le coffret avec les quatre-vingt-deux pièces, il s'était mis à se demander comment, merde, il pouvait avoir abouti là alors qu'il n'y avait aucune trace d'épave de bateau ni que dalle, et un peu après il avait lu dans un numéro de *Mer et Pêche* qu'il y avait des tas de navires coulés partout dans les mers de Cuba, mais qu'ils étaient toujours recouverts de sable ou de corail, et à peu près à cinq mètres de l'endroit où il avait trouvé le coffre, y avait un grand monticule tout couvert d'algues, et

Tony avait pensé qu'il y avait peut-être une épave dessous, et il avait dégotté une barre de fer et une pioche qu'il avait fait descendre au même endroit, jusqu'au fond, et le lendemain, avant le lever du jour, il avait apporté les deux bouteilles d'oxygène camouflées dans un sac de plastique...

Et pourquoi camouflées ?

Merde, Jesús savait pas que sans autorisation personne pouvait aller près d'la côte avec ces machins !

Oui, bien sûr, et Tony ne l'avait pas ?

Non.

! ?

Et oui, merde, il l'avait pas parce que c'est la vie !

Oui, oui, d'accord, qu'il poursuive son histoire...

Comment, quelle histoire ?

Que Tony ne soit pas si susceptible, Jesús voulait dire qu'il continue son récit, très intéressant, d'ailleurs.

Bon, alors, Tony avait fait comme ça et il avait commencé à piocher le monticule, comme ça, et Jesús pouvait penser c'qu'il voulait, mais Tony était pas un con ; oui, Tony avait peut-être pas fait l'école comme Jesús, mais il pigeait quand il fallait et qu'Jesús se goure pas avec lui.

De son côté, Calahorra considéra que tant de candeur de la part de Tony ne faisait que confirmer sa stupidité générale, à laquelle s'ajoutaient maintenant un orgueil insolite et une suffisance digne d'un grand con, et la vue d'ores et déjà accoutumée à la pénombre, il leva deux doigts en direction du Polonais, imitant ce qu'il voyait faire aux clients des autres tables.

Allons bon, non, non, Calahorra n'avait jamais pensé ça de Tony, qu'est-ce qu'il allait croire ? N'importe qui écouterait l'histoire de ce tumulus...

De ce quoi ?

De ce monticule, mon vieux, et qu'il continue de lui raconter, c'était tout à fait intéressant. Alors, comme ça, il s'était mis à piocher tout autour ?

Exactement, et alors un coffret était apparu.

Un autre coffre ! De quelle taille ?

À peu près le double d'une caisse de bière.

Pas possible, Tony ! Et qu'est-ce qu'il contenait ?

Euh, il avait pas voulu l'ouvrir, parce qu'il avait une poignée avec des chaînes, et pour pouvoir soulever le couvercle, il aurait dû agrandir beaucoup le trou, et après, comment il allait faire pour que ça reste caché, hein ? Alors, comme Tony c'était pas un con, au lieu d'agrandir le trou, il l'avait camouflé, parce que sinon n'importe quel pêcheur sous-marin aurait pu l'voir.

Oui, oui, bien sûr, Calahorra comprenait, Tony avait agi très intelligemment.

Et alors, après avoir pioché à un autre endroit, il avait découvert un de ces canons d'autrefois, et après il avait vérifié que si c'était du bronze, ça pouvait valoir vingt ou trente mille billets. Oui, mais il s'était mis à penser que s'il se mettait à déterrer ce truc-là tout seul, en quelques jours il finirait par attirer l'attention des pêcheurs du coin et l'un ou l'autre finirait par le moucharder au gouvernement, et dans ce cas, il préférait faire une affaire légale, et c'est sûr que de toute façon on pouvait gagner un pacson de billets, mais avant ça, il voulait proposer à Calahorra de l'aider à déterrer le coffre.

Mais l'aider comment ?

– Bah, un p'tit coup de main de rien du tout, juste pour le tirer, et après, qu'vous m'aidiez à vendre ce qu'il y a d'dans.

– Tu dis pour le vendre à l'étranger ?

– Ouais, c'est ça, tout ce qu'il y aurait dans l'coffre, mais que vous m'aidiez aussi à vendre les canons et tout le reste au gouvernement.

– Et là, ce serait comment ?

– Moitié moitié en tout, les pesos et les dollars, mais c'est vous qui vous démerdez.

– Bien sûr, bien sûr, là c'est facile, on se mettra d'accord de toute façon...

Tony cessa de l'écouter et se mit à le regarder. Comment ils feraient, les poiscailles ? Ils lui bouf-feraient d'abord le nez ? Les doigts ?

– Et tu as bien tout recouvert ?

Tony se servit un verre jusqu'à ras-bord et se pencha pour lécher la mousse. Il calcula qu'il en était à sa septième, et pourtant il se sentait bien. D'autres fois, avec trois la tête lui tournait et il devait arrêter. Du revers de la main, il jeta par terre la mousse qui avait débordé et avala un demi-verre.

– Oui, je l'ai recouvert de sable, j'ai coupé des algues et j'les ai coincées dans les trous que j'avais faits.

Calahorra eut un signe d'approbation. Il était évident qu'il était déjà entré dans ses nouvelles fonctions de « directeur du sauvetage ».

Tony porta de nouveau le verre à ses lèvres pour dissimuler un sourire.

Les pêcheurs cubains appellent « écueils » les formations rocheuses qui émergent du fond et dans les creux desquels vivent de nombreux poissons. L'écueil de 70, ainsi nommé parce qu'il se trouve à la hauteur de la rue homonyme, apparaît à environ sept cents mètres de la côte, sur le second talus. Il y a deux grottes dans cet écueil, l'une vers l'ouest, à une profondeur de quatorze brasses, l'autre vers l'est, à environ dix-huit. Tony était descendu un jour, en apnée, à l'entrée de la plus profonde et d'après ses souvenirs sa longueur intérieure était de quatre ou cinq mètres. Il savait qu'aucun pêcheur, sauf deux ou trois de l'équipe nationale à l'entraînement, ne se mettrait à explorer à dix-huit brasses de profondeur. Ce serait de la folie. Et les gars de l'équipe, ça faisait belle lurette qu'ils ne s'entraînaient plus dans le coin. Ils le faisaient maintenant du côté du Long Caye ou de l'île des Pins.

Pour les préparatifs de ce jour-là, en plus des bouteilles d'oxygène, il n'avait emporté que son fusil, une torche électrique et un mètre et demi de fil de fer. Sûr que personne ne le verrait harnaché avec les bouteilles, il entra dans la mer au débouché de la 76e Rue. Il nagea sous l'eau environ trois cents mètres jusqu'au premier talus, puis vers l'est. Il ressortit un peu avant la 70e, se repéra par rapport à l'hôtel Triton et nagea en s'éloignant de la côte, jusqu'au second talus distant d'environ quatre cents mètres du premier.

Quand il sentit que le puissant courant du second talus l'entraînait en aval, autrement dit vers l'est, il se repéra de nouveau par rapport à la côte et sut qu'il était près de l'écueil. Ce qui lui fut confirmé par le banc de *chopas*, des poissons noirs vivant dans l'écueil, extrêmement curieux de nature, qui, en sortant voir l'intrus, servent justement de signal au pêcheur averti. Les roches apparaissent sous le banc, sans la moindre possibilité d'erreur.

La grotte de l'est mesurait effectivement environ cinq mètres de long. Parfait. Elle se resserrait pas mal au bout, mais laissait tout de même assez d'espace pour que Calahorra y pénètre tout entier. Super. Et, à l'intérieur, on voyait à chaque bout de nombreuses colonies de gorgones, semblables au corail, de couleur grisâtre, très fréquentes dans les grottes sous-marines des côtes cubaines et, ce qui ne gâchait rien, extrêmement dures. Tony attacha une extrémité du fil de fer qu'il avait apporté à l'une de ces protubérances et laissa l'autre libre. Au total, il était resté environ deux minutes et demie dans la grotte. Il estima qu'il pouvait remonter sans décompresser.

Le lendemain, à cinq heures dix du matin, une heure où toutes les gardes des Comités de défense de la Révolution avaient pris fin, Calahorra et

Tony se rencontrèrent au coin de la 74e Rue et de la 1re Avenue, traversèrent celle-ci, prirent un sentier sableux, puis avancèrent une dizaine de mètres sur des rochers pointus jusqu'à une saillie de la côte.

Calahorra, s'en tenant aux instructions de Tony, ne portait qu'une chemise, un pantalon et des tennis qu'il enleva tandis que le pêcheur gonflait un matelas pneumatique double en soufflant dedans. Dès qu'il eut terminé, il se dévêtit, déposa ses vêtements et ceux de Calahorra dans un sac de plastique et cacha celui-ci dans un trou qu'il avait découvert en déambulant dans le coin et qui, affirma-t-il, le mettait à l'abri des voleurs. D'ailleurs, personne ne se pointait dans le coin avant que la matinée ne soit bien avancée, à plus forte raison un vendredi.

Calahorra s'installa sur le matelas pneumatique. Tony y chargea en plus une ceinture contenant vingt livres de lest, le sac avec les bouteilles, son fusil, la torche électrique et un rouleau de fil de nylon. Et ainsi, Tony battant des palmes et Calahorra brassant l'eau, ils s'éloignèrent en direction du premier talus. Tony avait averti Calahorra que s'il voyait s'approcher par hasard les vedettes des garde-côtes, il laisserait couler les bouteilles et ils diraient tous les deux qu'ils pensaient pêcher un peu autour du talus. Mais aucune vedette n'apparut, et vingt minutes plus tard ils entrèrent dans le courant du second talus au moment où pointaient les premières lueurs de l'aube. Soudain, Tony demanda à Calahorra à combien il avait vendu les fadriques. Il utilisa à dessein le terme de fadriques. Calahorra comprit aussitôt que Tony avait lu la note d'Inclán dans *Bohemia*. Mais pourquoi lui sortait-il ça maintenant, en pleine mer ? Pourquoi ne lui en avait-il pas parlé avant ? Pourquoi avait-il dit au Rancho Luna qu'il n'était pas un connard ? Il commença à ressentir une grande inquiétude, mais parvint à la dominer.

– Les quoi ?

– Les fadriques que tu m'as achetés à deux mille pesos.

Ce tutoiement – c'était la première fois que Tony s'adressait à lui sur ce ton – lui glaça le sang. Pas de doute, il était en danger. Mais il parvint encore à conserver son calme.

– Les écus, tu veux dire ?

– Non, insista Tony, les fadriques.

– Je ne sais pas de quoi tu me parles, mon vieux, dit Calahorra, et il se rappela de nouveau que Tony avait insisté sur le fait qu'il n'était pas un con.

– Bien sûr que tu sais, dit Tony dans son dos, sans cesser de battre des palmes.

Calahorra se retourna pour le regarder. Dans la pénombre de l'aube il entr'aperçut un visage très dur, des yeux de fou douloureux, un regard en surplomb, comme s'il n'était pas au-dessous de lui, mais par-dessus.

– Tu sais c'que c'est d'être un cheval, et un petit cheval, sur les quais de Cuba ? poursuivit Tony sans attendre de réponse, tout en observant le frémissement noir des *chopas*.

– Non.

C'est tout ce qu'il parvint à dire, ne sachant pas s'il devait crier ou essayer de le convaincre qu'il faisait erreur dans toute cette histoire.

– C'qui m'fout le plus en boule dans la vie, c'est d'être le petit cheval, Jesús.

– Je ne te comprends pas, mon vieux, explique-toi.

– C'qui m'fout le plus en boule, c'est qu'on essaie d'me baiser, Jesús, et t'as essayé d'me baiser.

Aux traits et à la voix de Tony, on avait l'impression qu'il allait pleurer.

– Ça alors, mon vieux, tu crois que je peux être capable de...

– Tu vas clamser, Jesús, l'interrompit Tony.

– Au sec... !

Tony lui avait tordu la cheville, le faisant tomber à plat ventre dans l'eau, mais en veillant à ce que les bouteilles d'oxygène et le lest ne fassent pas chavirer le matelas pneumatique. Calahorra battit des mains quelques instants, but la tasse tout en s'efforçant de sortir la tête pour reprendre de l'air. Tony lui lâcha la cheville et s'éloigna un peu pour arranger les objets sur le matelas pneumatique avec le plus grand calme et le maintenir en équilibre.

Calahorra commença à tousser et à pleurer et à crier comme un condamné, en regardant vers le rivage.

– Au secours, police, garde-frontière, police !

Tony entreprit d'ancrer le matelas pneumatique

en laissant tomber le ceinturon attaché à la corde de nylon. Il savait qu'à sept cents mètres du rivage et avec la brise du sud, personne n'entendrait les cris. Avant de lui tordre la cheville, il s'était assuré qu'il n'y avait aucun bateau en vue.

Et il se mit à nager autour de sa proie. Calahorra cessa de crier et se mit à pleurer et à supplier.

– Ta gueule ! lui cria soudain Tony.

Ce cri donna une certaine confiance à Calahorra. Il cessa de parler et ravala ses sanglots. Il tenta de nager vers le matelas pneumatique, mais Tony s'interposa. Il pensa que Tony ne voulait peut-être pas le tuer, mais simplement lui faire peur.

– T'as vu comme t'as gobé l'histoire du trésor, hein ? Espèce de taré ! Là aussi, tu voulais m'baiser, pas vrai ?

Et, se déplaçant à une vitesse incroyable, il l'attrapa par-derrière et, lui soulevant les deux mains pour les lui placer presque à la hauteur de la nuque, il s'installa sur lui à califourchon, mais sans le faire couler tout à fait grâce à des battements de palmes intenses. Il le maintint ainsi un moment, l'enfonçant et le ressortant pour lui permettre de respirer, au milieu des hoquets et des gémissements. Et tout en simulant le rythme d'un galop, il lui disait à l'oreille :

– Petit cheval, grand cheval...

Au bout de deux minutes, Calahorra cessa de gémir. Tony sentit le brusque relâchement des muscles. Il s'était noyé. Mais comme il conservait encore de l'air dans les poumons, le corps flotta un instant entre deux eaux, jusqu'à ce qu'il lâche une grosse bulle et descende lentement vers le fond. C'est alors que la lumière commença à se propager sur la mer étale de mai.

Tout s'était bien passé. Tony parcourut les quelques mètres qui le séparaient du matelas pneumatique ancré et s'équipa avec les bouteilles et le masque. Il prit le fusil, s'attacha la torche électrique à la taille et descendit jusqu'au sommet de l'écueil au moment où le cadavre, d'une blancheur lunaire, glissait à la renverse sur un talus gris, les yeux grands ouverts.

Tony fit passer le fusil à droite, attrapa Calahorra par les cheveux et, le guidant par l'arrière, le poussa jusqu'à l'entrée de la grotte. Il lâcha le cadavre, sortit la torche et éclaira l'intérieur. De petits poissons se réfugièrent au fond.

Il fit entrer Calahorra les pieds devant. Quand il heurta la paroi, d'autres petits poissons se faufilèrent par-dessous. Il ralluma, chercha le bout du fil de fer qu'il avait attaché la veille, puis, ayant de nouveau éteint, il enroula plusieurs fois le filin autour du cou de Calahorra et l'attacha à la gorgone où était fixée l'extrémité. Avant de partir, il ôta la bague et le maillot de bain du cadavre. Il ralluma et vérifia. Super. Le fil de fer empêcherait le cadavre de sortir du tunnel et de remonter seul à la surface. Quand les gaz de la décomposition ne trouveraient plus d'issue, ils feraient éclater le ventre. Les poissons, surtout les plus petits, dévoreraient les parties molles : les yeux, le nez, les oreilles, les bouts des doigts. En quinze jours, il serait méconnaissable.

Tony était sûr de deux choses : le cadavre ne remonterait pas à la surface et personne ne fait de l'exploration sous-marine à dix-huit brasses de profondeur. Il se passerait probablement des mois avant qu'on découvre le squelette de Calahorra.

Tony remonta les dix premiers mètres lentement, pour garder du temps de décompression ; à trois mètres de la surface, il s'arrêta trois minutes avant d'émerger. Il remit les bouteilles dans le sac, puis, monté sur le matelas pneumatique et se laissant pousser par le courant du second talus, sortit face à une école en ruines à six heures vingt. Il s'habilla, dégonfla le matelas, le rangea dans le sac avec les bouteilles, le ceinturon, la torche et le masque. Il chargea le tout sur son épaule et prit le fusil dans l'autre main. Sifflotant tout bas, il rentra chez lui par la 1re Avenue.

La vieille venait de se lever et s'agitait dans la cuisine. Tony s'enferma dans sa chambre et, une fois seul, brûla les papiers d'identité de Calahorra. Il découpa ses vêtements à grands coups de ciseaux et en fit trois petits paquets qui, à huit heures trente, disparaissaient dans différentes poubelles du Vedado. La bague s'enfonça dans la mer à neuf heures du matin, à la hauteur de la Rampa.

# 17

Margaret ferme les yeux à demi. Les jets de la douche, très chauds, lui picotent la peau ; des centaines de doigts liquides la massent en un staccato qui dilate ses pores assoupis. Elle a dormi plusieurs heures, mais elle se sent fatiguée. Maintenant, c'est l'eau froide qu'elle laisse couler. Elle veut être très lucide pour rencontrer Tony.

Un quart d'heure avant, à minuit juste, elle avait jeté un coup d'œil dans le salon : il était bien là, comme convenu.

Elle se savonne tendrement. Elle se sèche. Avant de sortir vers la chambre, elle crie :

– Prêt ?

– Oui.

Tout en enfilant un corsage chinois qu'elle utilise comme déshabillé, Margaret repasse les détails du nouveau plan.

En entrant, elle voit Tony de dos, assis dans le fauteuil, une canette bleue à la main, fasciné par la scène de violence que lui projette le magnétoscope. Il l'entend s'approcher et lui sourit dans le miroir. Il porte déjà les mocassins noirs, le pantalon gris, l'ample pull-over blanc ras-de-cou et la casquette de marin blanche et bleue, avec ses galons dorés et son ancre sur la visière brillante. Il a les lunettes de soleil à la main et la Rolex au poignet. Il est ému. À la Noël, sa mère ne lui avait offert que deux fois de pauvres petits jouets. Depuis, plus personne ne lui avait fait cadeau de rien. Jamais.

– Mets la veste maintenant.

– Je préfère rester en pull-over.

Elle prend la veste croisée bleue, aux boutons dorés, sur le dossier d'une chaise et l'oblige à l'enfiler d'un geste maternellement autoritaire. Elle lui met les lunettes et lui ôte la casquette. Elle distribue maintenant autour des oreilles quelques-unes des mèches blondes qui descendent sur sa nuque et lui remet la casquette, un peu inclinée. Il la laisse faire avec une moue de résignation. Margaret sait que ce n'est pas de la résignation, mais de la timidité et de l'orgueil enfantin.

Elle se recule de quelques pas pour l'admirer. Elle lui demande de marcher et l'observe, satisfaite. Malgré la gaucherie des mouvements et des mains maladroites dont il ne sait que faire, c'est un homme d'une prestance peu commune. Quel dommage !

– Parfait, dit-elle. Tu vois qu'on a bien fait de prendre tes mensurations ?

Pas un faux pli. Comme fait sur mesure.

Il se touche l'entrejambe où elle constate une érection puissante.

– Attention, tu vas l'abîmer, se moque-t-elle.

Il s'approche et lui soupèse un sein. Elle vérifie

la dimension de la bosse à l'entrejambe. Il se penche pour l'embrasser.

– Non, pas encore, dit-elle et elle s'éloigne vers un fauteuil. Assieds-toi ici, j'ai de bonnes nouvelles à te donner.

Tony tente de protester, mais elle lui met une main sur les lèvres.

Bonne nouvelle *number one*. Margaret a obtenu à New York l'exclusivité d'un reportage au tournoi Hemingway de pêche à l'espadon et elle dispose d'un yacht battant pavillon nord-américain ancré à Barlovento.

Tony fait un bond et, de joie, boxe l'air.

C'est vrai ? Et c'était elle qui tiendrait la barre ?

Bien sûr, toute seule. Ne le lui avait-elle pas promis ?

Merde alors, ça c'est une gonzesse qui tient parole. Avec elle, lui, il...

*Shut up !* Et Margaret allait utiliser ce yacht pour les emmener, lui et sa maman. Le prétexte du tournoi était la grande occasion qu'ils ne pouvaient pas laisser filer. Mais la vraie nouvelle, la nouvelle vraiment bonne, c'était que Margaret avait conçu un nouveau plan.

Il la regarde un peu méfiant.

– On ne va pas attendre que les autorités cubaines donnent l'autorisation à ta maman.

Il fronce les sourcils et le nez. Il ne comprend pas.

– Comment ça va se faire ?

– Plus simplement, dit-elle, tout en se passant de la crème sur les mains et le front. La veille du retour aux USA, dans la soirée, j'amène ta maman au quai de Barlovento et je la cache à bord du yacht...

– Et tu peux... ?

– Mme Santa Cruz embarquera sans problème, dit-elle sans marquer la moindre hésitation. J'ai pensé à tous les détails. Ici, on traite bien la presse étrangère. Et *by the way*, tu dis que ta maman est comme moi ?

– Oui, juste un peu plus grosse, mais de la même taille. Et qu'est-ce que tu... ?

– Bonne nouvelle *number two*, l'interrompt-elle de nouveau : je suis allée voir à New York le juif qui a acheté les monnaies à Jesús...

Chez Cohen & Cohen, Margaret avait présenté les photos où apparaissaient les soixante et un fadriques sur un fond de feutre noir. Elle leur avait aussi montré un agrandissement où l'on voyait parfaitement le FP, et ils avaient voulu lui en donner *ten grand*, oui, dix mille chaque, mais elle leur avait dit qu'il n'en était pas question pour moins de vingt gros billets, et ils avaient fini par transiger sur quinze mille, mais à condition que Tony soit d'accord, bien entendu, et Tony, de hocher la tête de gratitude, bien entendu, il ne manquerait plus que ça, et Margaret avait fait les calculs, soixante et une pièces à quinze mille chacune, ça faisait neuf cent quinze mille, presque un million de dollars, et avec ça Tony pouvait s'acheter une bonne maison, avoir son bateau à lui, monter une affaire de pêche, et enfin, Margaret supposait que même s'il amenait sa maman avec lui et se mariait avec une de ces Latinas jeunes et belles qui abondent à Miami, il n'oublierait pas de l'inviter de temps à autre pour passer ensemble d'autres week-ends inoubliables, comme celui de Cienfuegos, et Tony de penser qu'enfin, bordel à queue, les choses commençaient à s'arranger un peu dans sa vie, mais oui, bien entendu, elle pouvait en être sûre, ça serait une grande joie pour lui que Margaret lui rende visite de temps à autre, et c'était sa quatrième nuit dans la grande chambre à coucher de Margaret, dans l'ambiance Westinghouse parfumée, douce comme le corps de cette gonzesse, et ça devait être comme ça la paix qu'il avait toujours souhaitée et qu'il n'avait jamais atteinte, ça devait être comme ça cette sensation indicible de vivre sans emmerdes, sans haine et sans peur. Maintenant, oui, putain de merde, il avait devant lui une vie nouvelle, dans un pays où sa maman serait Mme Santa Cruz, et elle, ça y était, elle sentait s'humidifier ses entrailles et monter en elle un désir carnivore, comme celui des mantes religieuses, et de l'étreindre à la taille, de lui mordiller la poitrine, et lui de dégrafer les boutons de son corsage chinois, et après, *post rem*, pour ne pas troubler sa placidité, Margaret ronfla d'une manière si égale et si douce, cette nuit-là, qu'elle l'aida même à s'endormir vers six heures du matin, alors que le soleil était déjà haut.

## 18

Les deux vigiles de l'entrée terminaient leur travail à six heures du matin. Le tournoi avait été clôturé la veille, dans l'après-midi, et la plupart des bateaux avaient passé la nuit à quai à Barlovento. De dix heures du soir à quatre heures du matin, le trafic à la porte avait été intense. Dans les véhicules loués par les concurrents, pour la plupart des Mexicains et des Nord-Américains, il y avait des femmes créoles et une ambiance de fête. C'est un peu avant cinq heures et demie qu'arriva la Triumph immatriculée PEXT 688 que conduisait la gringa à la capeline. Ils savaient qu'elle était Anglaise, mais ils l'appelaient la « gringa à la capeline ».

Le plus jeune s'empressa d'ouvrir la barrière et lui fit un salut amical. Elle lui répondit de la main et lui adressa un sourire, mais ne s'arrêta pas comme d'autres fois :

– Celle-là, elle vit ici, commenta le plus âgé. Je n'arrête pas de la voir.

Le plus jeune était nouveau.

– Mais elle a pourtant un yacht à quai.

– Oui, et elle part aujourd'hui, mais elle revient dans deux ou trois jours, ajouta le plus âgé. Le yacht, elle l'a amené juste pour suivre de près la compétition, prendre des photos et tout le reste. Je crois qu'elle est journaliste.

Tony s'était mis à l'eau à cinq heures dix, au moment où les rues étaient totalement désertes. La nuit était assez sombre. La lune en était à son dernier quartier, mais le ciel charriait beaucoup de nuages. Margaret partirait comme convenu de Barlovento en direction de l'est, longeant le littoral havanais à environ mille cinq cents mètres de la côte. Quand elle aurait dépassé la 60e Rue, qu'elle reconnaîtrait au clocher de l'église Saint-Antoine, elle devrait mettre le cap droit sur la côte et, au bout de cinq cents mètres, repartir vers l'est à vitesse réduite. Elle verrait dans les parages un cageot avec deux planches peintes en rouge, flottant au milieu d'une flaque de mazout. Quand elle passerait devant le cageot, elle devrait couper les moteurs pour que Tony puisse s'accrocher aux poignées installées au centre de la quille. Il frapperait alors à trois reprises sur la coque pour lui indiquer qu'elle pouvait reprendre la mer.

Ils avaient répété l'opération quatre jours avant, et Tony en avait profité pour percer un tout petit trou, juste suffisant pour laisser passer un fil d'acier auquel il avait amarré deux poignées recouvertes de caoutchouc. Le trou était assez éloigné de l'hélice pour qu'il ne coure aucun risque, même s'il étirait les bras au maximum.

Selon ses prévisions, si le yacht partait de Barlovento à sept heures et demie du matin et qu'il n'y ait pas de problèmes avec l'immigration ou la douane, elle passerait devant la Copa entre neuf heures moins le quart et neuf heures. Protégé par sa combinaison de plongée, il pouvait rester dans l'eau indéfiniment. Il se maintiendrait caché au milieu de la flaque de mazout qu'il déplacerait lui-même depuis la côte. Il se mettrait au cou une petite bouée de sauvetage pour ne pas dépenser son énergie pendant les quatre heures d'attente. Le cageot lui permettrait de passer la tête sans être vu et d'attendre sur place. La mer était d'huile. Normal à cette période.

Margaret lui avait assuré qu'il n'y aurait aucun pépin avec les autorités cubaines. Par courtoisie à l'égard des yatchmen inscrits au tournoi, le service de contrôle frontalier fonctionnerait, comme de coutume, durant les trois journées suivant la clôture, de six heures du matin à six heures du soir. Les inspections étaient très sommaires, sans fouilles. L'immigration procédait à un contrôle des passeports rapide pour vérifier que l'immatriculation du bateau, ainsi que les noms et les photos des membres d'équipage coïncidaient bien avec les renseignements apparaissant sur les formulaires d'inscription remplis à l'arrivée. Comme Margaret n'avait rien à déclarer et qu'elle voyageait seule, ils la laisseraient partir sans la fouiller. Elle était convaincue qu'ils ne descendraient même pas dans la cabine. Et, s'ils le faisaient, ils ne découvriraient pas Mme Santa Cruz. Tony pouvait en être sûr. À midi, ils déjeuneraient à Key West.

Margaret se gara près du yacht à cinq heures et demie du matin. Elle s'étonna de ne pas voir le barreur et mécanicien cubain qui l'avait accompagnée durant tout le tournoi et à qui elle avait pourtant demandé de bien vouloir rester à bord jusqu'à son retour. En fait, le jeune homme dormait profondément sur sa couchette, la cabine fermée de l'intérieur. En entendant les coups frappés contre le hublot, il se leva d'un bond et s'excusa de s'être assoupi, mais il avait soudain été pris d'une de ces envies de dormir... elle lui tapota l'épaule et lui dit qu'elle se sentait comme lui. Elle était vannée. Elle avait même eu peur de s'endormir au volant.

Arturo ne voulut pas prendre les cent dollars de pourboire. Il avait peur de les porter sur lui. Il valait mieux qu'elle les lui donne ailleurs qu'ici, quand elle reviendrait, et il lui laissa un numéro de téléphone. Elle pensa qu'Arturo s'était aussi fait des illusions pour plus tard. Mais il s'était bien conduit. Il n'avait pas prétendu lui faire du gringue et n'avait pas abandonné le yacht de toute la semaine. Il l'avait conservé propre et n'avait pas tenté de le fouiller. Du moins, les cheveux, fils et papiers invisibles qu'elle avait disposés au millimètre près à différents endroits pour savoir à quoi s'en tenir étaient tous intacts.

Elle lui demanda un dernier service : qu'il l'aide à sortir du congélateur un pagre qu'elle espérait pouvoir manger à midi à Key West avec des amis. Il dut sortir avant quelques langoustes, un petit espadon et deux grands. En partant, elle lui fit cadeau d'un espadon, de trois langoustes et d'un baiser sur la joue. C'était un métis plutôt petit et corpulent, un type bien, incontestablement.

On pouvait être de la sûreté et un type bien ?

*Of course.*

... ah, ma bonne sainte Barbe, tout avait été si rapide, Tony qui lui disait on part aux States dans huit jours, et elle, doux Jésus, mon enfant, qu'allons-nous devenir, et maintenant allongée sur le siège arrière de la Triumph, attendant que cette blonde apparaisse, oh ! veille sur nous, protège-nous, Changó Alayé, parce que nous n'avons personne d'autre, tu sais bien, toi, que je voulais rester, et ses larmes mouillent la housse du siège, comme tout sent bon ici, dès l'aube elle avait imploré la sainte sur son autel, elle lui avait renouvelé ses offrandes et elle avait recommandé à Asunción, s'il te plaît, de continuer de s'en occuper, maintenant Changó devait les protéger plus que jamais, ah, Ilubatá, roi des tambours, fais que la blonde soit bonne avec mon Tony, et qu'il se calme, je ne veux pas le revoir en prison, tu sais combien j'ai souffert, et qu'est-ce que je deviendrais, moi, dans un pays comme ça, sans parler la langue, et Tony de lui dire qu'à Miami tout le monde parlait espagnol et que la loterie on y jouait là-bas sans risque, qu'elle pourrait avoir ses amis, consulter un *babalao*, faire un autel à tous les saints qu'elle voudrait, mais Changó savait bien que chez elle le seul autel serait toujours le sien, que ce serait la première chose qu'elle ferait dès qu'elle aurait une maison à elle, un autel plein d'offrandes, de *quimbombos*, de viande de mouton et de bananes, et Tony de lui dire que là-bas elle pourrait mener la même vie qu'à Cuba, mais sans ces emmerdeurs de communistes, et elle l'implorait maintenant, en caressant le collier rouge et blanc, elle lui rappelait qu'elle lui avait fait ses dévotions toute sa vie, qu'elle avait toujours tenu toutes les promesses qu'elle lui avait faites, ah, sur ce qu'il y a de plus sacré pour toi, ne nous abandonne pas, n'abandonne pas mon fils, toi et lui vous êtes tout ce que j'ai au monde, protège-le, qu'il n'aille pas en prison, fais que tout ce qu'il dit de l'argent qu'il va gagner avec ce qu'il a trouvé au fond de la mer soit vrai, nous sommes entre tes mains, prince et vierge, ne nous abandonne pas...

Sa vie était un film, et comme dans les films, elle devait bien finir. Quelle chance il avait eue cet après-midi-là quand il avait rencontré Margaret à côté de la pizzeria ! Un sacré hasard, putain de merde ! Margaret, on lui avait donné une mauvaise adresse sur la 1re Avenue et c'est à cause de cette erreur qu'elle avait eu envie des poissons et de lui. Ça c'était un peu fort ! La vie, on dirait parfois une blague de Dieu. Et maintenant, dans quelques heures à peine, il arriverait aux States en compagnie d'une femme qui allait lui régler tous ses problèmes. Vrai, il ne savait pas comment le lui rendre. Il était prêt à tout pour cette gonzesse.

Il voulait être réglo avec elle. Même si elle ne voulait pas, il allait lui filer un tas de dollars. Au moins cent mille. Il souriait en pensant à sa maman habillée comme une grande dame. Aux States, il lui achèterait des fringues comme il faut. Il demanderait à Margaret de lui apprendre les bonnes manières et il l'emmènerait se balader en bagnole, il l'inviterait dans des restaurants de luxe, pour qu'elle connaisse au moins quelque chose de bien à la fin de cette putain de vie qu'elle avait dû vivre.

Il entend du bruit dans son dos et s'inquiète. Il tourne la tête dans son cageot, en faisant attention de ne pas le faire bouger, et il scrute la mer. Non, ce ne sont pas les chiens. C'est un yacht bleu qui navigue en sens contraire. Il va sûrement à Barlovento.

La combinaison de plongée le maintient à une température agréable, légèrement chaude. En regardant de nouveau vers la côte, il se rend compte que le courant l'a fait dériver un peu au large. Il ajuste les bouteilles, attrape d'un bras le trou central de la planche où le mazout s'est englué peu à peu, plonge et commence à nager sous l'eau, très lentement, se propulsant sans faire de remous du bras resté libre, entraînant avec lui le cageot à la peinture rouge qui avance imperceptiblement vers la côte. Il est six heures quarante. Tony a encore plus de deux heures à attendre.

Le photographe mexicain qu'elle avait engagé pour le tournoi, elle l'avait renvoyé la veille dans l'après-midi.

Après le départ d'Arturo, Margaret resta seule sur le yacht. Elle ferma la porte de la cabine à double tour, remplit un seau d'eau et entreprit de le faire bouillir. Elle brancha la petite scie circulaire et divisa le pagre en trois morceaux. Elle prit celui du milieu, scia le bord supérieur à une profondeur de trois centimètres puis celui de l'abdomen pour faire sauter la soudure qu'avait provoquée la congélation. Quand la cavité abdominale évidée apparut, elle mit le morceau dans le seau.

Quelques minutes plus tard, une fois le pagre suffisamment ramolli, elle le manipula un peu sous le robinet de l'évier pour en détacher une bourse de cuir. Elle en retira le revolver enveloppé dans trois couches de plastique dur. De l'humidité et de la graisse congelée apparaissaient dans les interstices. Elle mit le revolver dans une poêle et le réchauffa quelques minutes, le tournant et le retournant à l'aide d'un torchon de cuisine. Quand elle l'en retira, il dégoulinait de graisse. Elle le démonta et le nettoya consciencieusement, pièce par pièce. Puis elle le remonta et fit fonctionner plusieurs fois le mécanisme de percussion. Parfait.

Les balles, dans leur petit étui de métal, étaient restées sèches. Elle les inséra toutes les six dans le barillet, le fit tourner et le referma d'un coup.

Prête. Sept heures moins dix. Il était temps de faire monter la vieille.

Tony, dont les points de repère sont l'église Saint-Antoine et le quartier Le Nautico, sait qu'il se trouve à quelque six cents mètres de la côte. Il émerge, mais juste le temps de vérifier qu'il n'a pas dévié. Il y a maintenant assez de lumière pour lui permettre de distinguer de petits édifices, comme la pizzeria et la poste de la 42e Rue. Pour vérifier la force du courant, il se laisse emporter et se retrouve en quelques minutes devant l'hôtel Triton, dont la tour domine toute la côte. Il repart vers le large, en direction de l'est. Il émerge quelques instants et scrute le littoral. Il est de nouveau face à l'église Saint-Antoine. Avec les palmes il pourrait se propulser plus rapidement, mais il a peur d'attirer l'attention des chiens. Le mieux à faire est de rester là, en remuant les pieds doucement pour contrecarrer l'action du courant. Ce n'est que quand il verra venir le yacht qu'il prendra position à l'endroit convenu. Selon ses calculs, il devra attendre encore plus d'une demi-heure avant que sa Margaret n'apparaisse à l'horizon. Sa Margaret ? Surpris, il se reproche de constater que pour la première fois de sa vie, l'envie de voir une autre femme est passée avant celle de voir sa mère. Il reconnaît que la seule présence de Margaret le remplit de joie. Ces derniers jours, où elle s'est consacrée presque entièrement au tournoi, elle lui a beaucoup manqué. Et pas seulement son corps. L'avoir près de lui, l'entendre parler de n'importe quoi, c'est une fête, la chose la plus fantastique qui lui soit arrivée.

Tony est amoureux. Il le sait et se plaît à le reconnaître. C'est la première fois qu'il ressent de l'admiration pour une femme ; de l'admiration et le besoin d'être très gentil avec elle, de la protéger, comme sa vieille. Et puisqu'elle est justement en train de lui donner ce sacré coup de main rien que pour continuer de le voir aux States, il est prêt à lui proposer le mariage. Et c'est pas par pitié, non. La gonzesse lui plaît vachement, sa façon d'être, la finesse avec laquelle elle se conduit, ce qu'elle pige, sa sincérité en tout, eh bien, oui, il serait fier de se marier avec elle. Une frangine désintéressée, qui s'était drôlement préoccupée de ses affaires à lui, où est-ce qu'il allait en dénicher une autre comme ça, bordel de merde ? Une gonzesse bien éduquée, la seule qui ait jamais appelé sa vieille : madame Santa Cruz. La pauvre vieille ! À Isabela, dans son dos, bien entendu, on l'appelait María la Jument, parce qu'elle était la femme du percheron Santa Cruz. Ils vivaient déjà à La Havane quand Tony l'avait appris. C'est elle-même qui le lui avait raconté. Et dans le quartier de la Copa, on lui disait María du Fajardo, parce qu'on savait qu'elle astiquait les planchers à l'hôpital du même nom. Mais, à partir de maintenant, aux States, elle serait Madame Santa Cruz et elle s'habillerait comme une vieille de la haute. Son fils lui ferait vivre ses meilleures années. Et, apparemment, c'était pas demain la veille qu'elle allait mourir. Elle travaillait encore comme un mulet et n'avait pas la moindre infirmité. Il serait peut-être utile de lui apprendre les bonnes manières pour qu'elle puisse s'asseoir à la même table aux States que les nouveaux amis de Tony et de Margaret.

Margaret et la maman de Tony portaient les mêmes vêtements, achetés en double exemplaire à Miami : une jupe longue qui descendait jusqu'aux chevilles, un corsage ample à manches longues, une écharpe rouge autour du cou. Elles portaient toutes les deux des lunettes de soleil, des chaussures plates et une capeline blanche. C'est Margaret elle-même qui avait peigné la vieille dame.

Margaret mit sa capeline, se pencha par-dessus bord et regarda le quai. Beaucoup d'allées et venues, et une douzaine de véhicules dans le parking couvert. Elle compta neuf yachts à quai. Elle calcula que, de deux d'entre eux, on pourrait la voir gagner la voiture et en revenir. Aucun *watchman* faisant sa ronde en vue. La marée était descendue et le yacht se trouvait un peu en dessous du quai. Ce serait mieux pour la vieille.

Elle alla au parking et monta dans la voiture du côté du chauffeur. La vieille, le visage un peu enflé à cause des larmes, s'était endormie sur le siège arrière, en position fœtale. En entendant la clef dans la serrure de la portière, elle se redressa un peu effrayée. Margaret lui adressa un sourire et lui dit que tout allait bien, qu'elle n'avait pas à s'inquiéter.

Le pare-brise était dissimulé par un pare-soleil et les vitres teintées des portes empêchaient de voir à l'intérieur.

Margaret partit en marche arrière et se gara devant le yacht. Elle passa ensuite sur le siège arrière et indiqua à la veille de s'asseoir au volant. Personne ne circulait dans les environs. Quand elle fut sûre que la vieille monterait à bord du yacht sans pépins, Margaret lui arrangea sa capeline, lui mit des lunettes de soleil, lui dit de sortir de la voiture et, une fois à bord, de descendre dans la cabine et de s'y enfermer. Bien entendu, elle ne devait ouvrir à personne et ne répondre à aucun appel tant qu'elle n'entendrait pas sa voix. Elle trouverait de la nourriture dans le réfrigérateur et, sur la table de la cuisine, deux thermos, l'un de lait chaud, l'autre de café, qu'elle venait de préparer. Elle serait de retour dans un petit quart d'heure.

Une fois la vieille montée à bord, Margaret alluma une cigarette. Elle tira un bloc-notes et un stylo-bille de la boîte à gants et écrivit : « J'autorise M. Alfred Hunt à retirer du parking la Triumph immatriculée PEXT 688. » Et elle signa en bas. Elle compta jusqu'à trente, puis elle gagna les bureaux du quai, laissa le document et le double des clefs à l'homme qui était de garde et revint garer la voiture au parking. Alfie se chargerait de la retirer.

La vieille était assise devant la table de la cuisine, mais elle n'avait touché à rien. Margaret lui dit qu'il lui faudrait se cacher dans une caisse, peut-être quelques minutes, peut-être une heure ou plus, elle ne pouvait pas le prévoir, et le mieux à faire, donc, Madame Santa Cruz, c'est que vous alliez aux toilettes avant de vous cacher.

La vieille, qui avait été domestique, ne parvenait qu'à dire « Oui, madame », mais malgré les sourires rassurants de Margaret, cette idée de se mettre dans une caisse lui glaça le sang. Et si on la découvrait ?

Margaret souleva le couvercle du compartiment aménagé sous la couchette et lui indiqua qu'elle devrait s'y allonger quand elle le lui dirait. Un mince matelas tapissait le fond.

Ah, ma bonne sainte Barbe !

Margaret appareilla à sept heures vingt, après avoir fait chauffer les moteurs environ dix minutes. Elle vit avec préoccupation partir deux yachts qui la retarderaient sans aucun doute au moment de l'inspection à la sortie du chenal. La vieille s'était allongée dans le compartiment aménagé sous la couchette, marmottant des prières nerveuses.

Comme Margaret l'avait prévu, elle dut attendre quasiment une demi-heure. Le yacht qui la précédait fut visité par quatre douaniers, au milieu des gros éclats de rire de l'équipage, fin soûl de toute évidence. Une fois l'inspection terminée, un officier en uniforme vert olive mit un tampon sur le permis de navigation. Ça, c'était mauvais ! Si ces *assholes* avaient énervé les fonctionnaires cubains... *Fuck them !* Mais tout se passa bien. Les fonctionnaires entrèrent directement dans la cabine, s'assirent à la table et remplirent les formulaires en cinq minutes. Ils ne fouillèrent absolument rien. L'officier d'immigration s'entêta à parler un anglais déplorable et se retira sur un *hafagouttrip, miss Gaylord.*

Tony avait passé les trois filins d'acier par le trou de la quille. Mesurant un mètre cinquante chacun, ils étaient assez souples pour se tordre en forme de tresse, de sorte que plus ils supporteraient de tension et mieux ils se fixeraient aux deux gros anneaux du bout.

Le yacht de Margaret apparut au nord-ouest à huit heures cinquante-cinq et, à neuf heures vingt, il s'approcha, moteur éteint, du cageot rouge flottant sur la flaque de mazout. Tony s'accrocha aux deux anneaux de la quille, en position dorsale. La torsade ayant réduit la longueur des filins, les anneaux se trouvaient maintenant à quelque trente centimètre du bord de la quille et les pieds de Tony à plus d'un mètre de l'hélice. S'il avait choisi cette position, c'est parce que certains yachts ont tendance, quand ils prennent de la vitesse et que la mer est un peu forte, à subir le mouvement de la vague que la coque soit à moitié émergée, et il aurait été cueilli de plein fouet s'il avait été couché sur le ventre. De toute façon, Margaret conduirait lentement durant les quelques milles où Tony resterait accroché à la quille, en s'efforçant de ne pas prendre les vagues de face.

À six milles nautiques de la côte, on ne voyait absolument personne, ni dans le ciel ni sur la mer. La vieille s'était allongée sur une couchette pour soulager son mal de mer. Margaret avait placé un seau à côté d'elle au cas où elle aurait besoin de vomir. Quelle chance qu'elle n'ait rien avalé, car depuis que les secousses avaient commencé elle avait le cœur au bord des lèvres.

En arrivant au septième mille, Margaret scruta de nouveau le ciel. Aucun avion en vue. Et en mer, rien devant ni derrière. Au loin, à environ cinq milles au nord-est, un gros cargo avançait vers le chenal. Margaret coupa les moteurs. Quand le yacht s'arrêta au milieu des grandes vagues, heureusement très espacées, il commença à tanguer, mais sans le roulis qu'entraîne la mer houleuse.

Tony fit surface, souriant, à bâbord, enleva ses palmes et les lança sur le pont. Il se débarrassa des bouteilles d'oxygène que Margaret agenouillée attrapa d'une main, accrochée de l'autre au bastingage. La vieille fit aussi son apparition sur le pont, pâle mais souriante. Elle portait toujours les mêmes vêtements et n'avait pas enlevé le foulard rouge qui flottait au vent. Margaret se remit à scruter le ciel mais ne vit rien. L'énorme cargo s'éloignait vers le sud. Tony enleva la ceinture qui contenait les pièces de monnaie, la tendit à Margaret et monta l'échelle de bois. Les deux femmes l'étreignirent.

– Descends vite à la cabine et change-toi, lui dit Margaret, tout en allant au cockpit pour faire redémarrer le moteur.

Après avoir navigué douze milles, elle bloqua la barre au nord-nord-est, descendit dans la cabine et annonça qu'ils étaient sortis des eaux cubaines. La liberté et une nouvelle vie s'ouvraient devant eux, youpiiiiie, et Tony de sourire, il ne savait pas comment la payer, il voulait, le cœur sur la main, mais vraiment sur la main, lui jurer sur ce qu'il avait de plus sacré, et le plus sacré c'était la petite vieille qu'elle voyait devant elle, oui, que vraiment il la remerciait pour de bon, que Margaret était une amie comme on n'en faisait plus, et il avait pensé que si elle avait toujours les sentiments qu'elle lui avait dits, eh bien, il était prêt à l'épouser, et Margaret, de rougir, de baisser les yeux timidement devant la vieille, puis de les relever avec une expression de bonheur absolu, de surprise et de contentement, et de lui prendre la main, vraiment ? pour de bon ? et Tony de dire que oui, que tout ce qu'il éprouvait pour elle c'était pour de bon, qu'elle était ce qu'il avait connu de plus grand, la personne la plus humaine, la plus réglo, la plus... bref, il n'avait pas de mots, et qu'ils se marient ou ne se marient pas, quand ils auraient vendu les pièces, il allait lui faire cadeau de cent mille billets, et elle de lui mettre la main sur les lèvres, et lui de l'attirer, de l'embrasser sur la bouche, de lui passer une main dans le dos et d'étreindre sa mère de l'autre, de joindre les trois têtes, c'était sans aucun doute le moment le plus heureux de toute sa vie, il était avec les deux seuls êtres qu'il aimait au monde, et à partir de maintenant ils vivraient ensemble, n'est-ce pas, mon amour ? et la vieille de pleurnicher, de remercier intérieurement Changó, prince et vierge, Changó Eluéké, maître de la foudre, espérons que tout sera pour le mieux, la dame blonde semblait quelqu'un de tout à fait bien, qu'elle en fait des tours, la vie, doux Jésus, ce ne serait pas un rêve ? et Margaret, pop, de déboucher une bouteille de champagne, de servir, de lever son verre à leur santé à tous, à celle de Tony, son grand amour, le seul homme qui l'ait rendue heureuse, et si on prenait des photos, hein, de Tony et de la maman, clic, et puis de la maman seule, avec la capeline, assise à table, et maintenant dehors, accoudée au bastingage, et maintenant en train d'étreindre son enfant, oui, parfait comme ça, mais un peu plus serrés, embrassez-vous, et puis de Tony seul, d'abord de face, clic, de dos, de profil, avec la casquette de marin, avec la veste, et puis sans la veste, avec un foulard noué au cou, le capitaine Tony Santa Cruz, le loup de mer le plus élégant de la Floride, ah ah ah ! avec des lunettes de soleil, et maintenant qu'il se déshabille, oui, en maillot de bain, qu'il s'assoie à la barre, clic, et Tony la main sur la roue, regardant à l'horizon, regardant de côté, avec le sourire le plus franc et le plus satisfait de sa vie, et elle lui dit que c'est un nouveau millionnaire, que c'est une nouvelle vie, et lui que c'est un nouvel amour, qu'il vivra la vraie vie à ses côtés, ce qu'il avait toujours cherché, et de se tourner en direction de Cuba, et de faire un bras d'honneur aux cocos, et un autre à Fidel, et d'étreindre la vieille, et Margaret, d'exécuter la quatrième partie de son plan, d'appuyer en catimini là où elle devait appuyer, de serrer là où elle devait serrer, et le yacht, crraaac, crraaac, crraaac, et elle, de prendre un visage anxieux, de s'empresser d'arrêter le moteur, mais non, mais non, qu'ils se rassurent, c'était sans doute l'hélice, quelque chose s'y était peut-être enroulé, des algues, il y avait parfois des sargasses dans le coin, ça arrivait fréquemment, et elle allait se changer pour plonger et voir ce qui se passait, et Tony, bien sûr que non, il était déjà en maillot, mais qu'est-ce qu'il fallait faire ? eh bien, tout d'abord plonger à la poupe et voir s'il y avait pas quelque chose d'accroché à l'hélice, et lui, splash, de plonger sans retard, et Margaret pénètre en hâte dans la cabine sous prétexte de se changer à son tour, mais revient habillée à l'identique, le revolver dissimulé dans le dos, et la vieille s'est rendue à la poupe, accrochée au bastingage, et un coup de crosse sur la nuque, puis un second, et elle pique du nez sur la rambarde, et Margaret pose le revolver sur le pont, la prend par les chevilles, lui fait faire la culbute par-dessus le bastingage et la vieille vient cogner la tête la première sur le bord, puis tombe à l'eau au moment où Tony refait surface à la poupe, et il voit sa mère dans cette mauvaise passe et il ne comprend pas, ou plutôt, si, il comprend trop, et ses yeux émettent une lueur de terreur et de haine quand il regarde au-dessus de lui au moment où elle fait feu, jambes écartées, tenant l'arme à deux mains, et la première balle pénètre par la joue, et tout ce qu'il arrive à faire c'est de plonger de nouveau, quant à la vieille, la première balle l'atteint dans le dos, et Tony à moitié évanoui refait surface à environ cinq mètres, et la seconde balle l'atteint au cou et quand il se tourne de côté, la troisième le frappe dans le dos, la quatrième lui fait jaillir du sang de la tête, la cinquième atteint la vieille aussi à la tête, et Margaret de regagner la barre, et, en voyant les deux corps ensanglantés elle se rappelle le latin de sa grand-mère, *apparent rari nantes in gurgite vasto*, et à onze heures dix, elle parvient à stabiliser son pouls et sa respiration, elle doit sûrement se trouver maintenant à vingt-cinq milles nautiques, et elle bloque de nouveau la barre cap sur Key West. Elle descend dans la cabine et prend la ceinture. Elle compte les soixante et une pièces de monnaie. Tout a parfaitement marché selon le plan prévu. Elle ramasse les affaires de Tony et de la vieille, les examine, et oh ! surprise, découvre plusieurs bagues et toute une liasse de dollars dans une enveloppe de plastique scotchée, bah, de la bagatelle, mais elle la met de côté pour l'examiner ensuite plus tranquillement, retire la pellicule de l'appareil, fait un paquet de tout ça, l'attache à la plaque de fer qu'elle avait réservée pour couler le paquet et la lance à la mer. Elle arrête de nouveau le moteur et quand le yacht stoppe, elle plonge avec une pince coupante à double mâchoire, sectionne les filins et enlève les poignées installées par Tony. L'eau est froide. Elle remonte, s'enveloppe dans une combinaison de gymnaste, passe des pantoufles japonaises et se sert un scotch. La première gorgée, pure, lui est très amère. Ça lui est déjà arrivé. Tuer ainsi rend la boisson amère. Tony et la vieille sont les sixième et septième à son actif. Ouf, si seulement c'étaient les derniers. On ne s'accoutume jamais à tuer de sang-froid. C'est *disgusting*. Les cinq précédents avaient tous été des *motherfuckers*, mais quand même, avoir dû les liquider avec tant de dissimulation et tant de calcul avait été dur à avaler. Et tuer ces deux malheureux, qui s'étaient mis, hélas, en travers de sa route, c'était vraiment *very disgusting*. Elle ajoute des glaçons, un soupçon d'eau gazeuse, tourne d'un doigt et remonte sur le pont. La seule chose de Tony qu'elle n'a pas jetée, en plus du paquet de plastique, c'est la casquette de marin. Elle se la met sur la tête et regarde le ciel. *Nice weather, indeed.*

# DEUXIÈME PARTIE

## 1

## ANGLETERRE

J'écris ces notes par vanité, comme à l'accoutumée. Ou peut-être par envie de transmettre une expérience insolite, ou encore parce que *abundantia cordis os loquitur*. (Inclure ici un commentaire sur mon premier journal.) J'ai vécu cinquante-six ans en conservant des secrets que j'ai envie aujourd'hui de révéler, en une sorte de mémoire posthume. Et puis, après tout, je n'ai pas besoin de prétexte pour écrire sur moi.

*(Je commencerai par les lettres de maman. Je verrai ensuite si je les laisse telles quelles, ou si je résume les faits.)*

Un beau matin de l'année 1954, à huit heures, le chef d'un commissariat de police londonien décacheta une lettre qui lui était adressée et que l'officier de garde avait reçue au petit jour. L'enveloppe contenait une note rédigée comme suit :

South Kensington, le 10 septembre

Cap. R. Webb
ESD

Je, soussignée docteur Victoria Holden, anesthésiste de l'hôpital Marble Arch, déclare avoir, le 20 août dernier, assassiné mon époux, Albert Holden, de la façon suivante :

Après l'avoir incité à boire de l'alcool et lui avoir injecté de fortes doses d'anesthésiques, je l'ai amené à un endroit du comté de Devon décrit dans le dossier UHC-213 de Scotland Yard. Là, je lui ai enlevé ses chaussures, tous ses papiers et tout ce qui pourrait permettre de l'identifier, dont une prothèse dentaire, et lui ai mis au poignet une montre Rolex et une ceinture grise de cuir travaillé qui ne lui appartenaient pas. Profitant de l'isolement de cet endroit sombre, je l'ai traîné par les pieds pendant une vingtaine de mètres vers un champ entouré de hautes herbes où il existait un fossé naturel. Là, je lui ai solidement ligoté les deux mains et les deux pieds avec des cordes, et l'ai arrosé de plusieurs litres d'essence. Je me suis reculée de quelques mètres, j'ai lancé une étoupe enflammée avec de l'alcool et je me suis retirée dans ma voiture.

Quand vous serez en train de lire cette lettre, je serai déjà morte dans une Ford Perfect noire, garée aux abords du British Museum.

Bien à vous,

Victoria Holden

*(Attention : peut-être vaudrait-il mieux prendre un ton moins solennel et raconter les faits succinctement, sans transcrire les lettres. Le lecteur ne doit pas savoir qu'il s'agit de lettres reconstruites de mémoire. Il doit croire qu'elles sont toujours en ma possession, et il faut le justifier. Il faut retravailler le style, afin que maman écrive très différemment de moi.)*

Ce matin-là, à la même heure, Lawrence Groves, architecte de Cromwell Road, lisait une autre lettre de la même expéditrice :

Le 11 octobre 1954

Cher Larry,

J'aurais préféré quitter ce monde sans bruit et, surtout, sans te faire tant de mal, mais même contre mon gré, et pour ton bien, je dois te faire souffrir. Prépare-toi à connaître une histoire horrible. Je suis poussée par le désir pervers et irrésistible de la faire connaître à Doris et de la divulguer aux amis et parents. En plus de celle-ci, j'en expédie six copies, dont une à la famille d'Albert, une à mon père et une à la tante Mary Ann qui, nous aimant si peu, se chargera bien de la rendre publique. Je le regrette pour toi, mon pauvre Larry.

J'ai été une enfant normale jusqu'au divorce de mes parents. Ils m'ont trompée entre mes sept et douze ans. Ils n'ont pas eu la lucidité ou le courage de me dire la vérité et ont fait semblant de vivre ensemble pour que je ne souffre pas. Papa venait une ou deux fois par mois et m'emmenait en promenade. Il était censé travailler en Cornouailles. Il m'emmenait au cinéma, à Hyde Park, au zoo, mais maman ne nous accompagnait jamais. Je n'osais pas poser de questions, malgré mon inquiétude et ma tristesse. Et un beau jour, j'avais douze ans, j'ai surpris une conversation téléphonique ambiguë entre ma mère et Louis, un de ses cousins, et je me suis mise à guetter. Une nuit, après avoir fait semblant de dormir, je me suis levée pour les épier et je les ai surpris au lit. Peu après, j'ai su que papa s'était remarié et qu'il avait un enfant de quatre ans. À partir de ce jour, je me suis sentie outragée, bernée par le complot et le mensonge de mes parents. Pendant longtemps, j'ai souhaité mourir. J'étais croyante à l'époque et je demandais à Dieu de me prendre avec lui. Pendant toute mon adolescence, j'ai fait un rêve obsessionnel qui m'a torturée tout ce temps-là : je revoyais ma mère nue, à quatre pattes au bord du lit, et Louis, debout, la prenant en levrette tout en lui susurrant des obscénités.

Cette vision fit de moi une femme frigide. Quand j'avais quinze ans, l'idée d'être étreinte par un mâle poilu et haletant me dégoûtait. À dix-sept ans, j'étais aussi convoitée que ta Doris, mais pour ne pas sentir peser sur moi les regards lascifs et ne pas avoir à écouter les insinuations, je me laissais maigrir au maximum, je portais des ballerines, des vêtements amples, et je me négligeais à dessein, ce qui me causait bien des disputes avec maman.

Une fois à la fac de médecine, j'ai eu un penchant pour Eddy. Je l'admirais intellectuellement, il m'aidait dans mes études, il était aimable, empressé, beau gosse, comme toi, et je l'ai épousé en seconde année de médecine. À la naissance de Doris, j'avais vingt et un ans. Je me suis mariée avec Eddy pour n'avoir plus à vivre avec maman. Elle était devenue insupportable.

La nausée que les contacts sexuels me provoquaient au début s'était changée en ennui à force de simuler. Un jour j'en ai eu assez et je lui ai avoué ma frigidité. Eddy n'a pas supporté mon indifférence et nous nous sommes séparés. Je n'avais jamais été amoureuse de lui, mais il était bon avec moi.

J'ai bel et bien été amoureuse de Peter, en revanche. Je l'aimais tant au début que je m'efforçais autant que possible d'atteindre avec lui le bonheur sexuel. Je consultais des psychiatres, des sexologues, que sais-je encore ? Cela ne m'a servi à rien. Le divorce est survenu par lassitude mutuelle.

C'est quasiment à la fin de mes études de spécialisation en anesthésie que j'ai senti une vraie poussée érotique en contemplant un patient nu. Il s'agissait d'un jeune rameur aux beaux traits et aux parties génitales roses. Cette nuit-là, je me suis masturbée en pensant à lui et j'ai atteint mon premier orgasme. Alors qu'il était sur le point de quitter l'hôpital, une nuit que j'étais de permanence, je me suis assise près de son lit pour parler et je n'ai pas pu retenir l'impulsion de le toucher. J'ai commencé à lui caresser une jambe qui était découverte. Il m'a pris la main et l'a amenée à son sexe en érection. J'ai tenté de la retirer mais il l'a retenue en me suppliant du regard et, l'enveloppant dans la sienne, il s'est caressé jusqu'à l'éjaculation. Je ne l'ai plus jamais revu, mais son souvenir m'inspira plusieurs orgasmes solitaires.

Ensuite, j'ai fait pendant un certain temps quelques tentatives avec des hommes qui me plaisaient beaucoup, mais je n'ai récolté que des déceptions, des maux de tête, de l'anxiété, de l'humiliation. J'ai eu aussi deux ou trois aventures homosexuelles, mais j'ai compris aussitôt que cela ne réglerait pas mon problème.

Et un beau jour j'ai fait connaissance d'Albert. J'avais trente-quatre ans ; lui, trente-deux. C'était quelqu'un de si délicat que je l'ai pris à première vue pour un *gay*. Tu sais ce que beaucoup de gens pensaient de lui. Et, néanmoins, il a été un amant incomparable, puissant, unique, très habile. Dès le début il s'est montré amoureux et naturel ; il savait m'exciter par des mots, puis par des caresses prolongées, sans montrer la moindre hâte de se satisfaire. C'était quelque chose de nouveau et le miracle s'est produit. Au cours de notre premier week-end, j'ai été femme à plusieurs reprises, presque sans effort. Nous nous sommes mariés au bout de six mois. C'est durant nos quelques années de mariage que j'ai vécu le meilleur de ma vie. Mon monde avait changé de couleur, je travaillais avec enthousiasme, mon caractère s'améliorait. La seule idée de le retrouver à mon retour me remplissait d'optimisme. J'ai fini par avoir la certitude que la vie était quelque chose de vrai et de solide. Je me plaisais à arranger ses vêtements, à lui faire les ongles, à lui préparer son régime végétarien, à m'y soumettre moi-même pour me sentir plus près de lui. Sa présence me donnait de la sécurité. Et mon amour était aussi fait de respect et de confiance. Il quittait fréquemment Londres pour partir en voyage et je l'attendais avec anxiété, mais sans craindre d'infidélités conjugales indignes de lui. Albert m'avait dit qu'il avait été moyennement heureux durant son premier mariage et qu'il avait eu quelques aventures séduisantes, mais que j'étais la seule femme qui lui procurait ce qu'il avait toujours cherché. J'étais persuadée d'être devenue une excellente amante. J'ai toujours cru ce qu'il me disait. Pourquoi insister ? Tu sais bien combien j'ai adoré cet homme.

Passons maintenant à ce que je veux te dire : Albert n'est pas mort noyé comme tout le monde le croit. Ce que j'ai raconté n'est pas vrai, et il ne partait pas nager au large en pleine ivresse. Ce sont là des bobards que j'ai inventés. La seule chose vraie de ces journées-là a été ma douleur. Mais pas à cause de sa mort : à cause de la tragédie que j'ai vécue ; ç'a été de la compassion pour moi-même, de l'incapacité à me retrouver face à moi-même, à l'être endolori que j'avais été jusqu'à trente-quatre ans. J'étais tombée dans un vide pire, dans un monde sombre où je ne pourrais plus aller qu'à tâtons.

Cette idée de fêter notre cinquième anniversaire de mariage par un repas intime dans une station balnéaire près d'Exeter n'a été qu'un prétexte pour éviter que Doris et toi ne vous colliez à nous, comme les journées précédentes. Je le voulais pour moi seule, ce soir-là, en effet, mais pour d'autres motifs.

Nous sommes partis de l'auberge vers onze heures, et quand il restait encore trois miles pour arriver à Torquay, j'ai stoppé la voiture à un tournant de la route côtière et je lui ai demandé de m'embrasser. Puis j'ai sorti une bouteille de Courvoisier Grande Réserve qu'il adorait. Éméché comme il l'était, car il avait commencé à boire dans l'après-midi avec toi à la plage et continué durant le repas, il lui a suffi de deux ou trois verres pour s'endormir. Pour ne pas rater mon coup, j'avais d'ailleurs versé dans le cognac un narcotique liquide que j'avais volé à l'hôpital. J'ai laissé passer quelque minutes, lui ai injecté un très puissant somnifère et l'ai conduit à un boqueteau, à une dizaine de miles d'ici, vers le sud-est de Torquay. J'y suis arrivée après minuit – l'heure où les enfers déversent leur pestilence sur le monde – je lui ai ôté tout ce qui aurait pu servir à l'identifier, l'ai traîné jusqu'à un creux de terrain que j'avais repéré quelques jours avant, l'ai arrosé d'essence et y ai mis le feu.

Te rappelles-tu ce cadavre qu'on nous a demandé d'identifier à la morgue de Plymouth ? Celui que nous avons rejeté à cause de la montre et de la boucle de ceinture ? Eh bien, ce morceau de charbon était les restes de l'être que j'ai le plus aimé. Je lui avais enlevé auparavant sa prothèse et lui avais passé la montre et la ceinture que j'avais achetées moi-même pour brouiller la piste.

Maintenant, tu vas apprendre quelque chose d'horrifiant.

Une semaine avant ce cinquième anniversaire, j'avais assisté à Glasgow à des rencontres d'anesthésie qui duraient de mercredi à dimanche. Albert me téléphonait tous les après-midi, vers sept heures. J'attendais son appel dans la chambre d'hôtel. Tu ne peux savoir à quel point j'avais besoin de l'entendre, et de me faire cajoler, et de lui faire dire des niaiseries, et de lui demander comment il était habillé, ce qu'il avait mangé, etc. C'était pour moi le meilleur moment de la journée. Je sais que tu aimes beaucoup Doris, mais je suis sûre que tu ne pourras jamais imaginer ce qu'est l'amour d'une femme qui a trouvé ce qu'elle a trouvé en Albert, combien cet amour crée de liens de dépendance, combien il crée de contraintes, et quelle allégresse c'est de voir, d'entendre l'être qui t'a redonné la vie, de penser à lui.

Et quand il m'a téléphoné l'avant-dernier jour, un samedi, je lui ai dit que j'avais confirmé mon billet de retour à Londres pour le dimanche après-midi, mais, en raccrochant, j'ai été prise d'une envie très forte de me réveiller à ses côtés, de prendre le petit déjeuner avec lui le dimanche, et comme les thèmes inscrits à la séance du matin ne m'intéressaient pas, pas plus que le cocktail de clôture, je me suis efforcée d'obtenir un billet dans un vol de nuit ce même samedi. Comme cela n'a pas été possible, je me suis rendue à l'aéroport et j'ai obtenu une place sur la liste d'attente.

Quand je suis descendue du taxi devant chez nous, il était dix heures trente du soir. J'ai été surprise de voir de la lumière dans le salon et d'entendre de la musique à un volume très élevé. J'ai présumé qu'Albert profitait de mon absence pour boire quelques verres avec toi, ou avec Abby, ou alors que ses amis du club de jazz étaient là, et je suis entrée par la cuisine pour le surprendre. En passant la tête par la porte du salon, je l'ai vu nu, agenouillé, et devant lui, aussi quadrupède que sa grand-mère, ma fille Doris, ta femme, poussant des hurlements de jouissance, rauques, bestiaux.

Mes souffrances depuis cet instant jusqu'à aujourd'hui n'intéressent personne, pas plus que la raison pour laquelle j'ai décidé de me tuer. Je veux seulement qu'on sache pourquoi j'ai tué Albert. Les seuls sentiments qu'il me reste sont une vague compassion pour toi et pour mon père, et une grande terreur de moi-même. Dis à Doris que je la maudis.

Vicky

*(Cela risque d'être trop long ou trop court. De toute façon, les lettres sont bonnes et si je les maintiens, elles doivent conserver ce ton-là. Peut-être vaudrait-il mieux dire que je les reproduis de mémoire, presque dans leurs moindres détails, parce que je n'ai jamais pu les oublier. Et de plus c'est vrai.)*

Doris, la fille de Victoria, c'est moi. Jeune fille, je fus Doris Lee, et, successivement, Doris Groves, Doris de la Torre, Doris, baronne von Röffling, et enfin, Margaret Gaylord.

On vient de voir ce que ma mère pensait de moi. Elle fut un être conventionnel, bourré d'interdits, aussi ennuyeuse que peut l'être une Anglaise préoccupée de ses *manners*, écrasée par les préjugés, ployant sous le poids des traditions. La pauvre folle a tué l'homme qu'elle aimait intensément, par étroitesse de vue, à cause des crétineries inculquées par ses ancêtres.

*(Inclure des exemples du quotidien : sa théorie selon laquelle nous devions vivre comme si*

*quelqu'un nous épiait par le trou de la serrure ; ses efforts pour m'inscrire au club de golf ; ses intrigues pour faire connaître les exploits de son arrière-grand-père pendant la guerre des Boers ; les fastidieuses classes de bridge ; les leçons de piano ; la fois où elle m'a surprise en train de me masturber. Justifier mon admiration pour Rimbaud, comme l'antithèse de ce que représentait maman.)*

Larry, mon époux, qui avait alors trente-trois ans, me répudia après avoir lu la lettre. Tout comme me répudièrent mon père, mon grand-père, et ma famille des deux branches. Tous ceux qui avaient été mes amis me tournèrent le dos. Je restai seule en ce monde d'anormaux avec leur morale pourrie. Le mépris que m'inspira ma mère pour son incapacité à être heureuse, je l'étendis à toute l'Angleterre d'alors, en cette année du couronnement d'Elizabeth II.

*(Rappeler ma promenade depuis South Kensington jusqu'à Acton, le paysage de ce jour-là, ma dépression convertie en colère. Ajouter un peu de brouillard londonien et l'analogie avec mon paysage intérieur. Désir de fuir vers la lumière méditerranéenne.)*

## 2

## FRANCE

J'arrivai à Paris fin septembre 1954, avec un peu plus de trois cents livres. Je laissai les bagages à la consigne et partis à la recherche d'un homme pour passer la nuit. À dix-huit ans, j'étais très attrayante. En cet après-midi d'automne, en tout cas, c'est bien comme cela que je me sentais. J'achetai une bouteille de Pernod et descendis sur les quais de la rive gauche. Je me liai d'amitié avec un *clochard** fofolle qu'on appelait la Jolie et je finis dans les bras du capitaine Grousset, propriétaire d'une *péniche** qui sillonnait la Seine-et-Marne et qui me posséda pendant plusieurs semaines. C'était un homme d'une quarantaine d'années, costaud, bien fait de sa personne, plein de vie, gros buveur. Il m'attira beaucoup au début par ses très vives saillies d'humour populaire, légèrement cyniques. J'avais surtout besoin, ces jours-là, de réaffirmer mes sentiments contestataires et je me livrai à lui sans arrière-pensée.

J'étais prête à faire face aux dangers, à la soli-

* Tous les mots suivis d'un astérisque sont en français dans le texte.

tude, aux privations, comme le jeune Rimbaud dont j'admirais la poésie précoce et qui faisait partie de mes héros d'alors, en compagnie d'Oscar Wilde et de Gauguin, ceux qui étaient allés en quête de leur âme. Et ma première expérience de connaissance de moi-même me permit de constater que j'étais protégée par une cuirasse de rationalité et à l'abri aussi bien de la morale bourgeoise que des passions. Je pouvais les éprouver, mais non m'y soumettre.

Je vécus cinq semaines sur la péniche de Grousset, le temps d'un voyage aller et retour au Havre avec plusieurs escales. Au retour, je pris la fuite. Il s'était révélé brutal, incapable de réflexions intelligentes, maniaque du coït anal, un type qui rotait et pétait devant moi. Même ma mère était préférable à Grousset. Je retirai à la hâte de la gare mes valises où j'avais gardé presque tout mon argent et m'installai dans un petit hôtel du boulevard Saint-Michel. Une fois étendue sur le mauvais lit de cette chambre qui sentait le moisi, je me demandai avec rage ce que je foutais là.

J'avais fait part à Grousset, aimablement et à la bonne franquette, de mon désir de nous séparer, mais il avait refusé tout en me menaçant. Il me considérait comme une jeune oie pusillanime et il était prêt à tirer tout le parti possible de ma jeunesse et de mes charmes. Il avait sûrement l'idée de me faire travailler pour lui. Il m'avait écoutée, puis il m'avait giflée, comme une pute du trottoir.

Mon désir de connaître les bornes de mes appétits, de mes goûts, de mes convictions n'allait pas si loin. C'est là que j'eus la certitude que ma faculté de raisonnement ne se laisserait pas asservir par les passions des autres. Si les malédictions de ma mère n'y étaient pas arrivées, encore moins les menaces d'un marin borné.

*(Développer l'idée que quand tu te laisses imposer un rythme de combat, l'autre t'entraîne à sa propre forme de violence. Donner des exemples de la façon dont tu as su l'éviter, déjà toute gosse. Rappeler mes vacances à Glasgow, le cousin Fred, maman, Mary Ann, chacun à sa manière.)*

Je l'avais supporté deux jours de plus, à la fois calme et soumise. Bien que j'eusse renoncé à me connaître jusqu'aux profondeurs de Rimbaud, cette simulation patiente m'avait permis de comprendre ses pensées et ses intentions, et de les manipuler.

Je savais alors de moi ce que peut savoir une petite bourgeoise anglaise de la classe moyenne, soumise à l'indolence de sa mère, sans autre aventure que l'adultère avec son beau-père. Décidément, Rimbaud n'était pas ma ligne. Ni Wilde, *piuma al vento* de ses passions, ni Gauguin, quand il cherchait la liberté pour son génie mis en bouteille. Lavant les vêtements de Grousset sur la péniche, astiquant le plancher de sa cabine au savon et à la brosse, j'avais appris une fois pour toutes que je ne supporterais jamais les privations d'un prolétaire, à plus forte raison d'un pèlerin indigent. Si j'avais bien vu que l'horreur que m'inspirait maman m'avait poussée à rejeter l'urbanité de l'*establishment* britannique, j'avais également compris que je ne pourrais jamais vivre avec aucun des Grousset qui m'attendaient sur la difficile voie introspective de Rimbaud.

Cette soudaine conversion en un C, distinct du A que j'étais et du B que j'avais prétendu être, fut une constante de ma vie. Ce n'est que tout récemment que je me suis trouvée moi-même comme un personnage cohérent de ma propre et véritable histoire.

Outre cette révélation initiale, le séjour de huit mois à Paris me procura deux expériences enrichissantes : je me fis pute et meurtrière.

Comme pute, je débutai dans une maison élégante du quai Conti, gérée par Mme Ponsard, qui avait deux pupilles et trois chambres destinées à des femmes qu'elle choisissait pour leurs bonnes manières et leur éducation raffinée.

Sa maison était fréquenté par des hommes riches, certains très influents ; d'autres envoyaient leur chauffeur nous chercher. Durant ce séjour à Paris, quel que fût l'endroit où je résidais, je conservai mon petit hôtel du Boul' Mich, y compris quand, vers le milieu de l'été, Mme Ponsard m'offrit une chambre permanente chez elle.

Être une courtisane de classe était en l'occurrence une expérience culturelle. Cela m'intéressait comme un art très antique, dont je tirerais un jour ou l'autre parti sur le plan littéraire, et, dans les circonstances où je me trouvais, j'appréciais sa future utilité économique.

M$^{me}$ Ponsard se prit aussitôt d'affection pour moi et me révéla des secrets. Elle était une grande spécialiste dans l'art de s'occuper des impuissants. Je m'appliquai à apprendre. Deux mois me suffirent pour savoir qu'on a construit un énorme mythe autour de la prostitution et de ses arts. Tout était bien plus simple. Hormis un client qui, pour faire l'amour, s'enfonçait un stylo-bille dans le cul, je ne connus aucun dépravé original chez Mme Ponsard. (Je n'eus pas en tout cas la chance de Catherine Deneuve dans *Belle de Jour*.) Je ne tardai pas à m'ennuyer. Non des aléas, parfois ingrats, du métier, mais de la tristesse de ces quinquagénaires ternes qui, quand ils ne me donnaient pas des conseils paternels, feignaient d'être ce qu'ils n'étaient pas.

De douze à quinze ans, j'avais vécu à Calais dans un internat laïc de jeunes filles et je parlais le français presque sans accent. Je renouai à Paris avec une camarade de l'époque. Elle était mariée à un journaliste libéral, et tous deux m'acceptèrent très vite dans leur groupe. Je gagnais beaucoup chez la Ponsard et je m'habillais avec élégance. Je suivis des cours de littérature et d'histoire de l'art à la Sorbonne en auditeur libre et me mis à écrire un roman qui resta en rade. Quelques mois plus tard, un autre journaliste, un Belge, très beau gosse et excellent amant, tomba amoureux de moi. Nous eûmes une aventure. Bien entendu, il ne savait rien des mes activités au quai Conti. C'est alors que Grousset refit son apparition.

Il m'avait fait espionner et connaissait la nature

de mes activités. C'était sa grande occasion. Il me fit du chantage. Il commença à me soutirer de l'argent et à avoir des exigences. Je cédai, bien entendu. Je fis semblant d'être très effrayée et l'implorai de ne pas révéler le secret de ma double vie. Forte de mes nouveaux arts, je cultivai la vanité qu'il éprouvait à se sentir le jules d'une putain de luxe. Et je préparai son assassinat.

L'occasion se présenta quelques temps après. À l'époque où nous naviguions sur la Seine, nous nous étions arrêtés à Rouen ; il m'avait conduite dans un *bistrot* * situé près de l'église Saint-Maclou et appartenant à l'un de ses amis, où il se rendait chaque fois qu'il passait par Rouen.

Une petite semaine après sa réapparition, il me fit savoir qu'il voyagerait avec une cargaison jusqu'à Duclair. Je supposai qu'il ferait escale à Rouen. J'achetai un pistolet calibre .22, un vélo, des vêtements d'homme et je me procurai une barbe blonde et une perruque de femme aux longs cheveux noirs, dans un magasin d'articles de cinéma. Avant de quitter Paris, je me coupai les cheveux *à la garçonne* *.

J'arrivai à Rouen par le train, un jour avant Grousset. Je mis un pantalon, une veste, une gabardine aux épaulettes prononcées, une petite barbe blonde postiche, un béret basque et des lunettes de soleil. Mon seul bagage était un grand sac à main où j'avais mis mes vêtements de femme. La bicyclette arriverait dans un fourgon.

J'étudiai les lieux et conçus un plan que je répétai plusieurs fois.

Dès le lendemain matin, je me promenai sur les quais. Vers une heure de l'après-midi, je reconnus la *péniche** qui se préparait à accoster et je m'installai dans une ruelle appropriée pour mon embuscade. Mais quand il apparut, Grousset était accompagné d'un inconnu. Je gagnai le second poste d'observation que j'avais choisi, sur une petite place proche de Saint-Maclou.

Grousset et l'homme entrèrent dans le *bistrot** à deux heures et demie. Je donnai des graines aux pigeons. Il faisait froid. Je mis l'antivol de la bicyclette, resserrai mon écharpe, relevai le col de la gabardine et entrai quelques minutes après. Je m'assis dans leur dos, là où Grousset ne pouvait pas me voir, et me mis à lire le journal. J'entendais sa grosse voix. Il commanda du fromage, du saucisson et du vin de la maison. Je commandai un cognac. Au bout d'une heure environ, il se leva pour aller aux toilettes.

C'était samedi et il y avait beaucoup de bruit dans le local : les gobelets de dés sur le comptoir, Fernandel racontant des histoires et chantant une chanson de troupier à la radio, un groupe d'*habitués** en train de discuter d'un match de football. Je rageai en constatant qu'un autre homme m'avait précédée aux toilettes. Je gardai mon calme et renonçai à le tuer sur place. Je payai et sortis. Il me restait la troisième variante du plan. Je l'attendis à la sortie, montée sur la bicyclette, à un mètre de la porte, un pied sur le trottoir.

Quand il sortit, je l'eus à un mètre de moi. Je lui tirai trois balles dans le ventre. Une vingtaine de personnes me virent. Celui qui l'accompagnait se jeta par terre, se couvrant la tête. Avec le plus grand calme, sans rien dire, je fis décrire un arc de cercle à mon revolver en visant les badauds puis je m'enfuis à bicyclette. Je constatai que personne ne tentait de me poursuivre. Après un trajet en Z, j'arrivai à une rue piétonnière très passante, flanquée de galeries et de *boutiques**. J'abandonnai la bicyclette et disparus au milieu de la foule. Une demi-rue plus loin, j'entrai avec mon sac dans un bar élégant et me rendis dans les *toilettes**. Il me suffit d'enlever le pantalon et la gabardine pour me retrouver habillée en femme, avec des bottes, des bas de laine, un sweater blanc et un *tailleur**. Je mis la perruque, enfouis les vêtements dans le sac, ressortis du bar et me mêlai aux badauds et acheteurs. Tout en faisant du lèche-vitrines, je remontai la rue en sens opposé et me fis déposer dans le centre-ville en taxi. Je déjeunai seule dans un bon restaurant et pris un train dans l'après-midi pour rentrer à Paris.

Profitant de l'obscurité d'un tunnel, je me débarrassai de la gabardine et du pantalon. Je coupai la barbe en morceaux que je jetai dans les W.C. Je jetai dans la Seine le revolver et les lunettes noires enveloppés dans l'écharpe.

Je reconnais que ce fut un acte passionnel et aventureux, mais guidé par un plan logique, sereinement conçu et répété à l'avance.

*(Pour conclure ce chapitre, peut-être serait-il bon de faire un commentaire sur les mesures de sécurité que j'ai prises pour saisir ces notes sur l'ordinateur, le code du texte caché, etc.)*

# 3

# MEXIQUE, NEW YORK, PÉROU

Quelques jours après m'être débarrassée de Grousset, j'acceptai de Gérard, mon amant belge, une invitation à visiter le Maroc. Je dis à Mme Ponsard que je prendrais de courtes vacances et nous partîmes. Mais je n'arrivai jamais au Maroc. De passage à Séville, j'assistai à une corrida qui me bouleversa. Le soir, à mon hôtel, je fis la connaissance d'un des toreros qui nous invita à une fête flamenca dans une propriété des environs. Cette même nuit j'abandonnai Gérard et restai avec Jaime. C'était un fou qui risquait sa peau devant les taureaux. Et, pendant le *cante jondo*, avec cette voix brisée mais pleine d'harmoniques, ses traits prenaient un halo envoûtant. Il avait une virilité à fleur de peau, et tout en lui – sa bouche parfaite, ses yeux nerveux et magiques, son corps svelte – était l'incarnation d'une luxure raffinée. C'était un Arabe, un Gitan, un chevalier médiéval, avec son sens héroïque de la vie, et je voulus voir en lui ce que je n'avais pas trouvé à Paris : une antithèse du monde amidonné où j'avais grandi.

Quand il me dit qu'il partait en tournée au

Mexique et en Amérique du Sud, je le suppliai de me prendre dans sa cour de *cantaores* et de guitaristes ; je promis de payer mon billet et l'hôtel ; je ne serais avec lui que quand il aurait besoin de moi, et le jour où il ne me voudrait plus à ses côtés, je partirais sans bruit. Soit parce que je lui plaisais au lit, soit parce qu'il fut ému, il se conduisit en gentleman et paya mes frais. Nous fîmes la traversée sur un transatlantique français et nous logeâmes dans des hôtels de seconde catégorie. Au bout d'un mois de séjour au Mexique, Jaime commença à me lasser. Il ne me paraissait plus admirable que dans l'arène et sur les tables, mais son imagination s'était épuisée pour ce qui était du lit et du bavardage intime. Je décidai de le larguer à Acapulco et achetai des billets de retour pour Mexico, mais la veille de mon départ, en faisant des paris aussi suicidaires que ses véroniques dans l'arène, Jaime gagna quarante mille dollars à la roulette et, de retour à l'hôtel, il me fit cadeau de huit mille dollars et me demanda de partir.

Je le pris un peu en grippe, mais je parvins à me contrôler et lui fis mes adieux en feignant la résignation. Somme toute, je souhaitais bel et bien cette séparation. Quel meilleur dénouement aurais-je pu trouver ?

Cet imprévu me poussa à changer d'idée. Au lieu de rester à Mexico, je pris un avion pour New York.

Je descendis au Waldorf-Astoria pendant quinze jours, où je liai connaissance avec plusieurs personnages, intéressés par mes dix-neuf ans. Je m'habillai avec élégance et utilisai mes meilleures *manners* de petite-bourgeoise britannique. Je donnai comme prétexte de mon voyage la nécessité de prendre des notes du quotidien new-yorkais pour un roman que j'étais en train d'écrire. En arrivant, j'avais déclaré que je pensais rester un mois à l'hôtel et j'avais déposé presque dix mille dollars en argent liquide, plus quelques bijoux hérités de maman, dans le coffre-fort. Le lendemain, j'avais fait connaissance avec M. Prado, un millionnaire péruvien, avec qui j'eus une passade de trois jours, hors de l'hôtel. La veille de son départ, il m'invita à un dîner chez des compatriotes, où on nous fit un étalage fastueux de vaisselle et de nappes. À cette occasion-là, j'avais brillé comme une vraie dame britannique. Je fus bien obligée de savoir gré à ma mère des cours de savoir-vivre et de la rigoureuse étiquette qu'elle m'avait imposée à table depuis mon enfance. J'appris le lendemain que Prado avait payé mes frais d'hôtel et m'avait laissé une note où il avait inscrit ses téléphones privés de Lima et où il me promettait que, si je lui faisais l'honneur d'une visite, je disposerais pour moi d'une maison luxueuse aussi longtemps que je le voudrais. Et, avec une goguenardise qui prouvait qu'il n'avait pas avalé le conte de mes notes pour un roman, il me suggérait d'incorporer quelques scènes du Pérou, un pays plein d'histoire, d'attraits exotiques, etc. Mon habileté avec un sexagénaire comme lui m'avait sans doute dénoncée comme professionnelle. Mais il ne l'avait pas mentionné à ses compatriotes, parce que Marcelo de la Torre, un des attachés de la délégation péruvienne aux Nations Unies, un grand blond qui ne m'avait pas lâché des yeux pendant le repas dont j'ai parlé, me téléphona à l'hôtel pour m'inviter à sortir avec lui. J'acceptai. Il se montra courtois et adorablement superficiel durant cette première sortie. Je constatai aussitôt qu'il était timide et que, hormis sa prestance et sa mondanité, il manquait d'attraits. Mais, amoureuse de New York, je décidai néanmoins de cultiver son amitié à cause de ses relations. J'acceptai d'autres dîners, des fêtes chez des amis diplomates, des hommes politiques, des artistes, un couturier célèbre, et je connus à travers lui quelques *vedettes** de la *crème** new-yorkaise. J'eus d'emblée l'intuition que je ne devais pas coucher avec lui et je jouai la petite oie. Un beau jour, il me proposa le mariage. Il était veuf depuis deux ans, il avait une fille de mon âge, qui faisait des études en Californie, et deux garçons un peu plus jeunes qui vivaient avec leur grand-mère, à Lima.

Un an jour pour jour après mon départ de Londres, je devins Mme de la Torre et commençai à vivre dans un bel appartement en plein Manhattan. Nous y restâmes neuf mois. Ce fut une vie acceptable et nouvelle pour moi à l'époque. Marcelo parlait l'américain presque parfaitement et il avait une gentillesse et un charme personnel inoffensif qui le rendaient sympathique. Rares étaient les semaines où nous n'étions pas invités à des cocktails, à des réunions dans une ambiance cosmopolite ou à des sorties avec des gens intéressants. Ou sinon, au monde fascinant des spectacles. À New York, mes relations avec Marcelo furent très satisfaisantes.

Pendant ses heures de bureau, je visitais les musées, les bibliothèques, j'allais voir les amis que je m'étais faits et je m'attelais sérieusement à mon roman. Il était gratifiant d'attendre son retour en fin d'après-midi dans l'appartement. Mais nous sortions beaucoup. La ville nous offrait toujours quelque chose d'attrayant. Je peux dire que je participais pas mal à la vie nocturne de New York. Parmi tant de souvenirs brillants de ces mois-là, il y a quelques soirées que je ne peux comparer qu'à celles de ces jours-ci. Le charme de l'hommage rendu à Helen Hayes, cette femme éblouissante qui fêtait ses cinquante ans sur les planches, me conduisit pour la première fois à la grande salle de bal du Waldorf, où je n'étais jamais entrée malgré mon séjour dans cet hôtel. Deux semaines plus tard, je fus captivée par un jeune acteur japonais, Toshiro Mifune – qui aurait imaginé à l'époque qu'il arriverait là où il est arrivé ? – au Little Carnegie Theater. Il interprétait un rôle dans une pièce pas du tout importante dont le titre était, je crois, *Samouraï*. La fameuse Julie Andrews faisait partie des amis comédiens de Marcelo, et nous nous rendîmes à plusieurs reprises aux répétitions de *My Fair Lady*. Le jour de la première fut un succès. C'était l'époque où mes compatriotes anglais triomphaient à New York, surtout au cinéma : les gens faisaient la queue pour voir Alec Guiness au Plaza, et les critiques déversaient des wagons entiers de dithyrambes sur Richard III. Bravo, Sir Laurence Olivier !

Marcelo n'aimait pas beaucoup mes compatriotes, bien qu'il les traitât correctement. Quand trois anciens agents anglais qui avaient travaillé pour les Russes, et dont plus personne ne savait rien depuis cinq ans, reparurent à Moscou au grand scandale du public, Marcelo se mit à rire : selon lui, les Russes semblaient être de bons enculeurs de culs britanniques. Ce jour-là, fin saoul, il me dit que l'Angleterre était pleine de harpies et de tapettes. Je lui demandai dans quelle catégorie il me rangeait et il me répondit que j'étais l'exception qui confirmait la règle. Je n'avais jamais pensé qu'il pût être si hostile à mes compatriotes. Ce jour-là, je crois m'être irritée contre lui pour la première fois. Je crois que c'était parce qu'il était saoul plutôt que pour ses insultes grossières contre les Anglais. Marcelo buvait trop, mais hormis ce jour-là et une autre fois par la suite, il ne me fut jamais insupportable.

Vers le milieu de 1956, son gouvernement le rappela à Lima pour lui confier un poste au ministère des Affaires étrangères. Je pensai que je trouverais peut-être là un climat propice pour conclure mon roman. Je ne perdais rien en tout cas à faire l'essai et à connaître quelque chose de nouveau.

Sa mère me détesta dès le premier jour. Elle exerçait une grande influence sur lui. Et à Lima, où son travail lui imposait un autre mode d'existence et où la vie nocturne offrait peu d'attraits, je finis par le haïr. Il dépendait de sa mère d'une façon presque morbide et, poussé ou soutenu par elle, il commença à me maltraiter. Il se saoulait à la maison et devenait agressif. Il comptait plusieurs alcooliques parmi ses meilleurs amis, fermement alliés contre leurs femmes et en conflit avec elles. Au bout du quatrième verre, ils devenaient un groupe intraitable. Il m'obligeait à l'accompagner et voulait que je boive à leur rythme. Un soir que je refusai de les suivre dans leur penchant, il me gifla. Je pensai l'abandonner le lendemain même, sans rien lui dire, mais il ne me semblait pas juste de me retirer les mains vides au bout de deux ans.

Marcelo se vantait d'avoir fait des courses de voitures, et il avait en effet gagné plusieurs compétitions pendant une dizaine d'années. Sa spécialité était les routes de montagne, et son orgueil de *driver* pouvait le pousser à des extrêmes de fatuité incroyables, au point qu'il affirmait mieux conduire saoul que lucide. Je décidai de l'attaquer par ce biais.

Sous prétexte de connaître le Machu Picchu, je lui proposai un raid dans toute la sierra péruvienne de Lima au Cuzco. Il accepta, ravi ; il demanda une semaine de congé et nous partîmes tous les deux, seuls.

Dans un hôtel d'Ayacucho, je l'encourageai à se saouler copieusement. Il prit ensuite le volant devant plusieurs témoins. Arrivés à un endroit qui me semblait adéquat, je lui demandai d'arrêter pour admirer le paysage, et là j'entrepris de l'embrasser et de l'inciter à boire. J'avais mélangé cinq cents milligrammes d'élixir de phénobarbital aux derniers verres, et, en moins d'une minute, il sombra dans un sommeil profond, la tête sur le volant. Nous étions alors sur un chemin de terre, qui unissait Ayacucho à Andahuaylas. J'avais choisi un endroit plat, un col où la route commençait à descendre brusquement vers un virage dangereux. J'attendis que le lieu soit désert. Sur ces routes sinueuses, les véhicules roulaient lentement. On entendait le moindre moteur à plusieurs kilomètres. Marcelo ronflait profondément. À un moment de silence absolu, je desserrai le frein, descendis, poussai un peu la voiture pour lui donner de l'élan, remontai, conduisis la portière ouverte et sautai trois mètres avant le précipice. Quand je me penchai pour voir, les restes de la voiture, avec Marcelo dedans, s'étaient perdus dans les profondeurs d'un défilé, à sept cents mètres en contrebas.

La grosse fortune de sa famille était, hélas, aux mains de sa mère, qui la contrôlait fermement. Mais la villa où nous vivions et les trois voitures appartenaient à Marcelo. Une fois vendues et divisées entre les enfants, j'aurais dû toucher environ quatre-vingt mille dollars, mais ma belle-mère, rien que pour me voir partir au plus tôt, me fit signer des papiers et m'en versa cent vingt mille, avec lesquels je rentrai aux USA à la Noël de 1957.

Le suicide de ma mère m'avait inculqué du mépris ; l'assassinat de Grousset m'avait donné une profonde satisfaction, mais celui de Marcelo me laissa une certaine amertume. Il n'avait pas été mauvais avec moi. Mais, les derniers mois, il était devenu de plus en plus stupide et je ne me résignais pas à l'avoir en travers de mon chemin la vie durant. Ses enfants furent favorisés par sa disparition. Un crétin fait immanquablement du mal autour de lui, surtout à ceux qu'il aime le plus.

# 4

## ROFF

Avec l'argent de Marcelo, je vécus modestement deux années dans ce New York que j'aimais, et où je passai mon temps à étudier la littérature, à aller au théâtre ou au cinéma, et à écrire. J'abandonnai le roman qui avait été ma principale occupation au Pérou et me lançai dans un autre projet que j'écartai aussi au bout de quelques mois. Je vivais dans un appartement modeste près de Colombus Circle et refusais toute relation amoureuse stable. Je ne voulais pas d'interférences tant que je ne finirais pas d'écrire quelque chose. Je me masturbais assidûment.

C'est à la Noël 1958, au bout de deux ans, que je parvins enfin à terminer mon premier roman : *Ailes de cire*. J'avais alors vingt-deux ans. Et c'est tandis que je courais derrière un éditeur – qui ne se présentera jamais – que je fis la connaissance de Roff, en janvier 1959.

Je le vis pour la première fois sur une photo de journal, prise alors que la police le conduisait en prison pour avoir détourné un camion de lait et en avoir distribué les bouteilles dans le Bronx. Ce qui attira mon attention, ce fut sa grande prestance et l'adorable sourire de mépris avec lequel il regardait ses gardiens. Et je retins son nom, très singulier, soit dit en passant, pour un braqueur : Klaus, baron von Röffling.

Quelques semaines plus tard, je le rencontrai à Washington, à la sortie de la bibliothèque du Congrès, et le reconnus. Quand il passa près de moi, je le saluai en allemand :

– *Guten Tag.*

Nous engageâmes la conversation et, cette même nuit, nous couchâmes ensemble. Cette nuit-là et presque toutes les autres nuits des six années suivantes. Et trois mois après je devins Doris Baronin. Nous fîmes un simulacre de mariage à Munich avec une messe noire, au milieu de ses amis, et l'un d'entre eux, un faussaire, me fit cadeau d'un passeport allemand au nom de Doris Baronin von Röffling. Et chaque fois que je présentais ce document hors d'Allemagne, on m'appelait – ça ne ratait jamais – Mme Baronin, comme si le titre de noblesse était un nom. Quelque temps après, nous nous mariâmes officiellement aux USA. Roff avait obtenu la citoyenneté nord-américaine deux années avant, et le mariage en bonne et due forme était le moyen le plus rapide et le plus sûr de l'obtenir à mon tour.

Quelques jours après m'avoir connue, Roff lut le manuscrit de mon roman et le trouva bon. Ayant appris que je n'étais pas parvenue à intéresser un éditeur, il me dit qu'il en parlerait à un ami.

Et, en effet, il obtint aussitôt ce qu'il m'avait été

impossible d'obtenir en bien des mois. Il utilisa un expédient bien dans son style. Il se rendit chez un éditeur minable appelé Max, lui mit un pistolet sur la tempe et lui dit qu'il avait quarante-cinq jours pour publier mon livre. S'il ne le faisait pas, qu'il se considère comme mort. Il lui expliqua que je lui avais rendu un service colossal et qu'il n'avait pas d'autre moyen de me payer de retour. Et puis, il était cancéreux et les médecins ne lui donnaient que quelques mois de vie. Si Max ne publiait pas le livre et mourait, je deviendrais un best-seller quand on divulguerait son assassinat. Et Max publia mon livre, qui ne fit aucun remous. Pas un critique ne s'occupa de moi.

Je n'avais jamais connu alors un homme aussi captivant que Roff. C'était un *causeur** inspiré ; il chantait, il peignait, il dansait, il avait une culture humaniste propre à quelqu'un du XIXe siècle ; c'était un *gourmet**, un dandy, un amant comme je n'en ai plus jamais connu, et il manifestait une amoralité exemplaire.

Je ne peux pas dire que je l'aimais. Aujourd'hui que la vie m'a enfin apporté l'amour, je sais que je ressentais pour lui quelque chose de distinct, une admiration extasiée devant son génie pour agrémenter la vie, pour convertir chaque moment en quelque chose de digne, d'agréable, de mémorable, et j'eusse repoussé comme insensée la moindre idée de m'en séparer.

Dans les rapports érotiques, il n'avait absolument aucun préjugé. Son idéal était Alcibiade et, comme lui, il pratiquait toutes les formes possibles d'homo et d'hétérosexualité. Nous dormions parfois avec un couple de lesbiennes ou de jeunes *gays* ou avec d'autres couples, et, présidés par Roff, ces triangles, ces carrés et ces pentagones étaient empreints d'une élégance naturelle. Il avait de justes intuitions pour prévoir la conduite intime d'autrui, et il ne se trompait presque jamais en choisissant ses compagnons de « paganisme », comme il appelait ceux qui participaient à ses fêtes. Nous eûmes droit une seule fois à un couple de dépravés et une ou deux fois à des gens grossiers, sans imagination.

Pour donner un exemple de la subtilité et de la rapidité avec lesquelles il lisait la pensée des gens, il me suffira d'une anecdote survenue dans les premières semaines de nos relations. Nous dînions dans un restaurant de Manhattan, et je me sentis très attirée par le très jeune Italien qui nous servait de sommelier. Très peu de temps après, Roff dut répondre à un coup de téléphone et revint très excité : on l'avait invité ce soir-même à jouer au poker, avec dix mille dollars de mise et des caves de vingt minimum. Mais je ne pouvais pas l'accompagner, parce qu'on n'admettait pas de spectateurs. Un magnat de Chicago qui allait y participer avait imposé cette condition. Il se leva de nouveau un peu plus tard, et le bel Italien, sous prétexte de remplir les verres, me lança à brûle-pourpoint qu'il donnerait sa vie pour coucher une fois avec moi. Je m'excitai et, pensant que Roff ne serait pas avec moi cette nuit-là, je lui notai mon numéro de téléphone sur une serviette et lui demandai de m'appeler quand il aurait fini son service.

Je lui ouvris la porte de notre chambre d'hôtel vers les deux heures du matin. Pendant les préliminaires, le jeune garçon conserva son tricot de corps et, quand j'insistai, il se retourna et le retira d'un coup. Il portait écrit dans le dos à l'encre bleue : « Cadeau du baron von Röffling. »

Je ne savais si je devais rire ou m'alarmer, mais Roff, qui nous avait épiés, entra sur ces entrefaites et nous posséda tous les deux. Le jeune garçon se prêtait à toute sorte de mission et Roff l'avait deviné. Il lui avait donné cent dollars pour me faire des avances au restaurant et lui en avait promis deux cents autres s'il acceptait de se plier à tous nos caprices.

Tel était Roff : un homme clair, sans arrière-pensées. Il avait combattu dans la Wehrmacht, mais il ne fut jamais nazi. Après la guerre, il pencha de plus en plus vers des positions de gauche. S'il fallait le définir politiquement, je dirais que c'était un anarchiste tolstoïen, ayant une série de projets philanthropiques qu'il ne concrétisa jamais, bien qu'à ma connaissance, il ait pratiqué la générosité avec les petites gens. À la différence de Tolstoï, il n'avait rien de chrétien et, comme je l'ai dit, il se gaussait de la morale ayant trait au sexe ou à la propriété privée.

Il vivait du jeu ; du jeu propre, entre gentlemen. Il ne se mêlait jamais aux gredins, mais, après avoir été plumé, il braqua à deux reprises des banques rurales, emportant quinze mille et cent quarante mille dollars. Quand il était désargenté, il était pris d'une telle tristesse qu'il préférait mourir. Il risqua sa vie durant ces deux braquages, au plus haut point improvisés.

Roff avait eu une adolescence et une jeunesse princières dans sa Bavière natale. La guerre ruina sa famille et, en 1945, alors qu'il avait trente-neuf ans, il devint un aventurier international. Sa capacité à deviner les intentions des autres l'avertissait presque toujours quand un joueur bluffait. Il se considérait lui-même comme un télépathe récepteur, et, vrai ou faux, je peux certifier qu'il vivait de cet instinct.

Il avait trente ans de plus que moi. Il ne voulut jamais posséder son propre logement, même pas aux temps de grande prospérité. Nous vivions dans des meublés ou à l'hôtel, et quand nous nous mettions à voyager, nous parcourions l'Europe ou les USA en caravane. Que ces six années-là sont vite passées ! Ce n'est que tout récemment, je le répète, que j'ai connu un bonheur plus intense, et ma plus grande crainte est qu'il s'achève aussi, comme celui-là, abruptement.

Quand Roff tenta son troisième braquage, dans une misérable banque d'un trou perdu, non loin de Tallahassee, il fut tué et je fus arrêtée.

*(Conviendrait-il d'ajouter des détails sur ma participation comme chauffeur ? Ou alors sur le procès ? Je dois ajouter en tout cas que Roff écouta en l'approuvant une confession de ma vie, d'où je n'exclus que ce que je fis subir à Marcelo. Roff ne l'aurait pas accepté et ç'aurait été la fin de notre relation. C'est peut-être à cause de cette certitude que je ne pus jamais aimer cet homme fascinant.)*

# 5

# PRISON

Je fus incarcérée en Floride de mai 1965 à octobre 1969. Je ne sais par quel mauvais tour du destin je me retrouvai dans cette prison d'État, si loin de tout. C'était un endroit épouvantable. À peine avais-je mis le pied dans la cour qu'une mulâtresse hommasse, d'origine portoricaine, s'approcha de moi et se présenta comme Lynda. Et elle me dit à tue-tête, signalant les visages horribles qui m'entouraient :

– Tu vois toutes ces mochetés-là ? Elles ont toutes prévu de te bouffer et elles vont te prendre cette nuit-même. Moi, je ne force personne, mais je défends mes petites amies. Tu veux être la petite amie de cette métisse appétissante ou tu préfères que ces vautours te baisent ?

Quel autre choix avais-je ?

Je savais que pour survivre sans de trop grosses souffrances, je devais me gagner une des meneuses. Lynda, condamnée à vingt-deux ans de réclusion pour homicide, me protégea des humiliations et des brutalités qui m'auraient sûrement conduite à la folie ou au suicide. Dans l'intimité, elle était un peu fruste et grossièrement passionnée, avec des orgasmes loquaces qui me refroidirent au début. Mais j'appris au fil du temps à crier moi aussi des obscénités. Cela ne manque pas de charme.

Lynda s'amouracha éperdument de moi, et je me pris d'affection pour elle. Parrainée par la mafia de Miami qui veillait sur elle de l'extérieur, elle exerçait une certaine influence sur les autorités de la prison. Grâce à elle, j'eus des passe-droits en matière d'alimentation et de régime de travail obligatoire qui me permirent de me consacrer quasiment sept heures par jour à la lecture et à l'écriture. Et Lynda se chargeait de faire régner le silence. Au cours de ces quatre ans, je lus bien plus que durant toute ma vie antérieure, et en profitai au maximum. Et, une fois de plus, je me proposai d'écrire. J'avais déjà passé six mois en prison quand je conçus une autre trame et me mis au travail ; mais j'y renonçai à la deuxième année. Le récit était laborieux, je ne parvenais pas à donner le ton ni à transmettre le côté pathétique de la vie carcérale, telle que je la sentais. À l'époque, j'avais pas mal voyagé et lu, et ma vie était une corne d'abondance de matière première romanesque. Alors pourquoi n'arrivais-je à rien d'attrayant ? Je me dis que je n'avais pas assez étudié les questions de style et de structure. Aussi consacrai-je presque entièrement mes deux dernières années de prison à lire et à prendre des notes. Les autres prisonnières s'étaient accoutumées à moi ; elles me traitaient avec distance, mais respectueusement, et, hormis la première année d'adaptation à ce monde grossier et brutal, je peux dire que je ne souffris pas trop. Bien entendu, la privation de liberté est en soi une épreuve très dure, avec des moments inimaginables pour quiconque ne l'a pas connue. *(Décrire ma tentative de suicide.)* Pour vous libérer fût-ce quelques heures de cette monotonie désespérante, vous êtes capable de souhaiter les choses les plus injustes. *(Lynda assassine Rose.)* Mêmes les femmes les plus stables se réjouissaient intimement de n'importe quelle rixe. Cela rompait la monotonie du quotidien et donnait lieu à des conversations, à des souvenirs, à des anecdotes qui réveillaient les esprits et la bonne humeur dans les cellules. *(Décrire mon endurcissement et mon adaptation graduels aux bas-fonds.)* Durant les deux premières années, la tentation d'écrire me délivra de bien des anxiétés, mais je finis ensuite par souffrir beaucoup de l'enfermement.

Six mois avant ma libération, Lynda commença à se montrer très déprimée et agressive. L'idée de ne plus me revoir la perturbait. Pour la première fois, elle me maltraita verbalement. Pendant l'amour, elle se mit à m'infliger des morsures et des pincements qui convertirent nos rencontres en un cauchemar. Une nuit où je tentai de lui résister, elle me martela le ventre de coups de poing et me menaça d'un poinçon qu'elle sortit d'une cachette. Le lendemain, elle me jura pleine de repentir qu'elle ne me maltraiterait plus jamais, tout en m'avouant qu'elle n'était pas capable de survivre à mon absence et qu'elle avait conçu un plan d'évasion. Je constatai horrifiée qu'il était absurde et absolument impraticable. De toute évidence, elle voulait me compromettre dans un délit qui prolongerait mon séjour en prison.

On trouva Lynda morte dans les toilettes le lendemain, le cœur traversé d'un poinçon. Personne n'eut l'idée de me soupçonner. *(Donner des détails, notamment de la nuit d'insomnie et des préparatifs du plan.)*

Je crois sincèrement ne pas être une criminelle. Je n'éprouve aucune jouissance à tuer. La violence m'est esthétiquement déplorable. Les homicides que j'ai commis dans ma vie ont été de la légitime défense, entendue comme la défense non seulement de mon intégrité physique, mais aussi d'une liberté individuelle et d'une solvabilité économique, indispensables pour vivre une vie qui en vaille la peine.

Mon éducation religieuse au sein de l'Église anglicane fut bien plus un culte des convenances sociales qu'une foi chrétienne. Et je compris toute petite que Dieu, ou la Nature, ou ce que l'on veut, avait imposé au règne animal une coexistence basée sur la force ou sur l'intelligence, qui en est la forme supérieure. Qui, sinon la Création, avait prévu que le tigre tue le cerf, et l'homme la vache, pour pouvoir vivre ? En tout cas, cette loi fondamentale n'entre pas en contradiction avec le fait que Doris tue Lynda pour vivre, à plus forte raison quand Lynda compromet la vie ou la liberté de Doris.

*(1. La théorie de l'homicide par légitime défense a besoin d'être mieux élaborée. Insister sur le caractère biologique et non divin de l'homme. Rappeler le concept éternel du héros, d'Achille à nos jours.*

*2. Il est indispensable de bien décrire le quotidien de la prison : la routine, les repas, etc. Il conviendrait de visiter quelques prisons, pour retrouver des bruits, des odeurs, des visages. Inclure aussi de nombreuses anecdotes.*

*3. Dans ces premières notes, qui me servent à organiser mes idées, je dois donner des épisodes spectaculaires qui serviront à rendre le livre attrayant pour le grand public : rixes, dépravations ; la tentative d'assassinat de Gail, avortée par la délation de Lynda ; ma férocité surprenante, que j'ignorais moi-même ; la rossée que j'ai flanquée à La Borgne à l'atelier de couture ; ma participation à l'étranglement de Myriam, que la mafia de Miami avait ordonné à Lynda, etc. Relire des mémoires de prison. Penser éventuellement à inclure des citations de* La Ballade de la geôle, *de* Reading.*)*

# 6

# MIAMI, TIJUANA, EL PASO

À ma sortie de prison, j'eus une aventure à Miami avec un trafiquant d'objets d'art, que j'appellerai Charles. J'ai encore de l'estime pour lui, et si ces mémoires paraissent, je ne veux pas le compromettre. Il faisait essentiellement du trafic d'or, d'argent et d'objets précieux.

J'aspirais ces jours-là à trouver un amant riche qui m'aidât à sortir du bourbier économique où m'avait laissée Roff. Munie en tout et pour tout de deux mille dollars, je m'étais installée dans un hôtel de luxe à Daytona Beach, pour vivre quelque temps de la chasse et de la pêche. Et Charles fut un des premiers à succomber. J'avais déjà trente-trois ans, mais je pouvais en déclarer vingt-cinq sans éveiller de soupçons.

Nous devînmes vite intimes et il m'invita à New York à la fin de la semaine. Il me proposa finalement une affaire qui consistait à diriger de la contrebande d'or depuis le Panama. Je risquais de nouveau la prison, mais j'acceptai. Tout se passa bien et je gagnai deux mille dollars. Peu après, nous montâmes une opération similaire depuis le

Mexique, également avec de bons résultats. Je m'intéressai à ce genre d'affaires et m'installai à Tijuana. J'y vécus deux ans, jusqu'en 1971, sous une couverture de journaliste, mais j'agissais comme dépositaire, agent de liaison ou porteuse de marchandises destinées à Charles. Cela ne me rendit pas riche, et ce n'est d'ailleurs pas cela que j'espérais. Je m'étais mise en tête d'écrire un nouveau roman, et les commissions que je gagnais en faisant ce travail simple et peu risqué me permettaient de vivre, pas largement, certes, mais dans un certain confort et sans soucis, dans une résidence coloniale que j'avais louée aux environs de la ville.

Et je m'attelai avec entêtement à mon roman. Après les échecs antérieurs, c'était là un acte de volonté suprême, et, jusqu'à un certain point, de courage, parce que si cela ne fonctionnait pas, je devrais alors reconnaître ma médiocrité. Ma vraie aspiration d'alors était de vivre avec un noble objectif, d'une profession qui me vaudrait une grande reconnaissance publique. Je voulais accéder à la renommée dont je jouis aujourd'hui et vivre de plein droit, admirée ou, du moins, respectée par des personnes de talent.

Or, à la fin de ma seconde année au Mexique, le soupçon intolérable que je n'avais aucun talent littéraire commença à me ronger pour la première fois. J'entrai dans la pire crise de ma vie artistique. Je décidai de retourner aux États-Unis et m'établis dans une ferme, rustique mais confortable, à une quinzaine de kilomètres au nord d'El Paso, au Texas.

*(Décrire mon horreur de la médiocrité, le vide de ces mois-là, le projet « néronien », l'étape de l'alcoolisme, ma situation bancaire et mon absence de désespoir face à la ruine imminente. Détailler surtout par le menu les circonstances qui me conduisirent à planifier l'enlèvement de Jim, de façon à ce que tout le fortuit s'avère vraisemblable.)*

À la parution du roman *Le Parrain*, trois ou quatre années après les faits que je vais narrer, je me découvris un étonnant point commun avec le personnage en question. Don Corleone exigeait qu'on le respecte. Cette notion avait structuré sa vie. Moi aussi je cherchais le respect. Il voulait satisfaire des catégories de sa morale sicilienne. J'en avais d'autres, mais la même attitude. Comme lui, je voyais le monde divisé entre ceux qui méritent le respect et ceux qui ne le méritent pas. Des personnes et des cancrelats, comme je disais. C'est durant ces jours-là que j'élaborai ma théorie selon laquelle un médiocre a droit à la vie et au bonheur à condition qu'il ne commette pas deux péchés impardonnables : s'attribuer le talent dont il manque et se mettre en travers de la route ceux qui l'ont.

Jim ne se mit jamais en travers de ma route, mais son péché était la sottise. C'était un fils à papa millionnaire, non pas médiocre mais carrément stupide, incapable d'avoir une seule idée lucide, qui s'était entiché depuis deux ans des cultures précolombiennes et s'était mis à les étudier pour en démontrer l'origine extraterrestre, formulant à cet égard les arguments les plus saugrenus. Je l'écoutai intervenir sur une chaîne de la télévision mexicaine presque au moment où une interview qu'il avait accordée à un journal de Mexico assoiffé de sensationnalisme tomba entre mes mains, m'apprenant à la fois sa toquade et l'énorme fortune de son père. J'eus aussitôt l'idée de l'enlever et je réunis toute la documentation que je pus trouver sur lui. Puis je lui écrivis sous un faux nom et, après avoir fait l'éloge d'un article qu'il avait publié, je l'informai qu'en creusant récemment dans la cave de ma maison d'El Paso en vue de la réaménager, j'avais découvert un mur de pierre portant de très vieilles inscriptions et des dessins où l'on voyait des hommes dans d'étranges tenues, près de ce qui ressemblait à un vaisseau spatial. Je lui demandai la discrétion la plus totale par crainte d'une publicité nuisible et antiscientifique.

*(Donner ici beaucoup de détails des préparatifs : l'achat des menottes, l'aménagement de la cave pour pouvoir y entrer depuis le garage ; l'excavation du trou où je l'enterrerais ; mon déguisement ; le maquillage ; la rencontre « fortuite » ; le bluff des signaux extraterrestres, etc.)*

Le jour du rendez-vous, j'allai au parking du motel d'El Paso où il m'attendait. J'arrivai soigneusement déguisée, sous une perruque noire et lisse. Je portais des vêtements d'homme très amples, et des bottes mexicaines que j'avais équipées d'une semelle intérieure qui me grandissait considérablement. Nous arrivâmes à la ferme un dimanche, un peu avant midi, alors qu'Andrés, mon chauffeur-jardinier, se trouvait à la messe en ville avec les deux domestiques. Ils s'y rendaient habituellement à sept heures du matin, mais j'avais inventé un prétexte ce dimanche-là pour qu'ils assistent à celle de onze heures.

Nous entrâmes dans la cave par le garage, descendîmes l'escalier de pierre. Ensuite, tandis que nous avancions vers l'autre bout, j'appuyai du pied sur un dispositif que j'avais préparé d'avance et la lumière s'éteignit. Comme je marchais devant, je pris Jim par la main pour le guider et, quelques secondes plus tard, je lui passai les menottes, puis je rallumai et lui braquai un colt .45 au visage.

Après la première rencontre, j'apparus toujours devant lui encagoulée. Je voulais le rassurer. Cette précaution de ma part lui fit supposer que je ne pensais pas le tuer. Je lui dis d'entrée qu'à la moindre tentative de sa part de crier ou de faire du bruit, je le bâillonnerais et lui administrerais des somnifères. Et il avait si peur que, quand il me parlait, il susurrait.

J'avais mis à sa portée de l'eau, de la nourriture, du linge propre, et lui avais aménagé des conditions décentes pour faire ses besoins, que j'évacuais moi-même.

> *(Décrire ici quelques détails de ce qui se passa durant les vingt-deux jours où Jim fut mon prisonnier ; les précautions pour que mes domestiques ne puissent absolument pas entrer dans*

*la cave ni apprendre ce qui s'y passait ; les trois communications que j'eus avec le père de Jim de divers endroits des USA ; les photos de Jim lisant le supplément du* New York Times *durant les trois dimanches passés en captivité ; et le dispositif compliqué que je conçus pour encaisser les trois cent mille dollars en courant des risques minimes. Attention : il faut abonder en détails et donner au récit la tension qu'exige un thriller.)*

Après avoir compté l'argent, je descendis à la cave et lui tirai une balle dans la nuque. Il mourut sans s'en rendre compte. Je retirai l'assemblage de planches qui couvrait le trou, déposai le cadavre dans celui-ci, y déversai la terre que j'avais conservée dans douze sacs, tassai la surface du mieux que je pus et replaçai les planches puis tous les objets d'avant. Je mis au total trois heures, y compris plusieurs pauses, à l'enterrer et à effacer les traces.

Quelques jours plus tard, le propriétaire de la ferme m'autorisa, ravi, à faire à la cave une nouvelle amélioration à laquelle j'avais pensé. Je retirai le plancher de bois qui recouvrait la tombe de Jim et fis couler aux maçons une dalle de ciment, sous prétexte qu'elle servirait de support au groupe électrogène que je pensais installer. Six mois plus tard, j'achetai la ferme au prix exorbitant de quatre-vingt-cinq mille dollars payés comptant et la revendis l'année suivante pour soixante-dix mille.

Jamais personne ne soupçonna que je pouvais être impliquée dans l'enlèvement de Jim Glauber. Et ces trois cent mille dollars changèrent en effet ma vie.

# 7

# SUR LES PAS D'HEMINGWAY

*(Ce chapitre devrait débuter par une intériorisation de mon vécu pendant la période de crise, et aborder ensuite les circonstances singulières de ma relation avec Dominick.)*

Dominick était bien entendu un connaisseur et il agit avec moi en vrai professionnel. De but en blanc et sans prendre de gants, il me dit qu'*Ailes de cire* était un mauvais roman, mais une bonne histoire qu'il valait la peine de réécrire. Et il me suggéra quelques changements. Il insista surtout pour que je modifie la fin et élimine quelques traits de la personnalité de Mildred. Mais sa plus grande contribution, ce dont je lui serai redevable toute ma vie, fut de me demander de renoncer au roman et d'écrire un scénario littéraire pour le cinéma, dont il me critiqua impitoyablement les deux premières versions. Ce ne fut qu'au bout de la troisième qu'il me dit que, ça, oui, c'était correct et vendable. Et il avait raison. Greg l'acheta quatre mois plus tard, à la condition que je lui permette de faire quelques changements. Le succès relatif du film me remplit d'enthousiasme. Ensuite, de

1973 à 1976, j'écrivis quatre autres scénarios, dont deux seulement furent filmés : *Taverne en rose* et *Le coin de la foire*.

Mes trois scénarios filmés me firent gagner presque quatre-vingt mille dollars, mais je retrouvai surtout confiance dans mes possibilités, au point que je décidai de me lancer dans une plus grande entreprise : la vie d'Hemingway. En 1977-1978, je passai beaucoup de temps en France, en Espagne et en Afrique, suivant les pas de mon personnage. Fin 1978, il me restait à peine cinquante mille dollars sur ce que j'avais gagné en enlevant Jim et en écrivant mes trois scénarios. Les trois mois de safari dans la région du Kilimandjaro me coûtèrent une fortune. Et pour ne pas me ruiner complètement, j'avais commencé dès 1976 à vendre des articles à des journaux. Finalement, vers le milieu de 1978, je me rendis dans les Antilles et me liai au monde insulaire. Je finis par devenir une experte en yachting et en pêche. Et, utilisant mon amitié avec Tim Schneider, je fis partie de l'équipage du *Blue Parrot* à l'occasion du tournoi Hemingway de pêche à l'espadon qui se déroula dans les eaux cubaines en mai 1979.

*(Raconter ma relation avec Tim et mon ravissement de découvrir l'environnement havanais d'Hemingway.)*

Je n'avais pas imaginé qu'il pouvait exister tant de témoins de sa vie à La Havane. Je fis d'abord connaissance, à cette occasion, de Fuentes, son grand ami et compagnon de pêche, un Espagnol pittoresque et intarissable en anecdotes, puis d'autres personnages apparurent peu à peu par son intermédiaire. Je compris que je devais en profiter et décidai de revenir l'année suivante pour un séjour de plusieurs mois. Cuba était un pays bon marché et si je m'accréditais comme journaliste, je pourrais gagner un peu d'argent, payer mes recherches et rester assez longtemps pour boucler le scénario. À ce moment-là, plutôt qu'à un long métrage, je pensais à une série télévisée qui pouvait donner jusqu'à six épisodes.

Il me restait encore trois mois pour achever le scénario lorsque je fis la connaissance de Tony Santa Cruz.

*(Raconter ma rencontre fortuite avec le Rustaud, et, à travers lui, le contact avec la numismatique cubaine, les affaires avec Andrés Calahorra, etc., jusqu'au départ définitif sur le yacht.)*

# 8

# CÉLÉBRITÉ

Grâce à Tony, je gagnai un total d'un million cent quatre-vingt-cinq mille dollars. Cette fortune inattendue modifia mes plans au sujet d'Hemingway. Comme je ne subissais plus aucune contrainte économique, je décidai de convertir l'abondant matériau que j'avais réuni en quatre ans, non en un scénario de cinéma ou de télévision, mais en une biographie romanesque. J'achetai ma villa de Malibu et travaillai très intensément pendant un an et demi. En novembre 1982, je décidai de prendre des vacances et partis skier en Suisse. C'est là que je vis un soir à la télévision *Brubaker*, un film de Redford sur les prisons, et j'eus aussitôt l'idée d'écrire un scénario basé sur mon propre vécu. J'y pensai jusqu'à l'obsession pendant deux ou trois jours et l'idée me plaisait de plus en plus. Pour la première fois dans ma carrière artistique, j'avais une trame complète et un dénouement extrêmement original. Absolument emballée, je rentrai en Californie, relus le brouillon de mon roman inachevé en prison et y trouvai bien des choses utilisables. Je conçus entièrement la structure du scénario et partis pour la Floride. Je parlai à la directrice du pénitencier, lui narrai mon histoire, mon séjour dans cette même prison un quart de siècle avant et mon désir d'écrire quelque chose. Elle fut très aimable et me permit de visiter les locaux, de parler avec quelques prisonnières et de faire resurgir bien des sensations oubliées.

*(Raconter ma rencontre avec Lizz, qui devait encore purger cinq ans et ne voulait plus sortir. Je dois m'efforcer ici de définir les sensations contradictoires provoquées par le fait de revoir ma cellule.)*

Une vague tristesse s'empara de moi pendant plusieurs jours. C'était un sentiment ayant à voir avec la fugacité de la vie. Vingt-cinq ans s'étaient écoulés pour moi, mais ma cellule n'avait pas vieilli d'une minute. Tout apparaissait si semblable...

*(Raconter aussi les anecdotes que m'apporta Ann Baxter pour le personnage de Rita ; la haine que me vouait encore La Borgne, devenue une vieille femme aux cheveux blancs ; et le cas de Katty. Raconter aussi les cadeaux que je leur fis et la petite fête d'adieu dans ma cellule.)*

De retour à Malibu, je laissai Hemingway et me mis à travailler sur mon scénario. Je découvris avec beaucoup de satisfaction que je pouvais me rappeler les termes et tournures du langage carcéral, et les dialogues naquirent avec beaucoup d'authenticité.

J'avais pour voisins Ross Thomas et sa femme Rosalie. Ils sont tous deux très intelligents. Lui est un excellent romancier, possédant une vaste culture, dont les jugements littéraires m'ont toujours inspiré du respect. Non sans crainte, je lui fis lire la première mouture du scénario et j'attendis sa réponse avec anxiété. Il me la donna trois jours après. Il l'estima excellente et me promettait un succès retentissant. Et il me donna un conseil tout à fait judicieux. Étant donné que tout se déroulait dans une cellule, dans la cour et dans l'atelier de couture, il croyait que je devais tirer profit de cette économie de lieux et tenter d'écrire, non un scénario de film, mais une pièce de théâtre.

J'acceptai son conseil et conclus l'adaptation en une semaine. On connaît la suite.

*(Ne pas oublier l'insistance de l'agent de Ross pour que la publicité me présente comme un ex-détenue. Inclure ma satisfaction devant l'avalanche de lettres, pleines d'expressions de sympathie et de solidarité, justement à cause de mon passé de prisonnière. Parler du succès de* Mon amie Lynda *à Broadway ; des nombreuses propositions de films ; du succès public, de l'Emmy, etc. Détailler ma consécration comme dramaturge dans les années 1984-1986.)*

# 9

# JOHN

*(J'avais conçu ces notes au départ pour mes mémoires intimes, ou pour un roman posthume, mais John, après les avoir lues hier, m'a conseillé de les publier au plus tôt. Il dit qu'il suffirait de changer les noms de mes victimes et les lieux, et de maintenir pour l'essentiel le même contenu.*

*Et il m'a convaincue.*

*Tous les facteurs anecdotiques serviront à justifier mes thèses sur le droit à libérer les instincts, en vue de quoi je dois développer solidement les arguments suivants :*

*1. L'homme, en tant qu'être social, doit forcément se régir par des lois qui permettent la coexistence.*

*2. Mais, en tant qu'être biologique, il ne doit pas se soumettre à une morale qui contredise sa nature. Cela le frustre et le détruit. La répression des instincts est la source principale du malheur.*

*3. Bien des humains, à l'instar de certains animaux, ont d'ordinaire des instincts brutaux qui en font des voleurs et des meurtriers. Il faut donc des lois sévères pour protéger la société de ces instincts individuels. Mais il n'est pas rationnel qu'un assassin ou un voleur, après avoir purgé sa peine, soit marqué d'infamie. La société doit l'exécuter pour se défendre, mais il a le droit, lui, de mourir la conscience propre, et d'être aimé et respecté de ses congénères. La loi est un pacte social que personne ne peut refuser. Quiconque perd meurt ou va en prison. Mais on ne peut déshonorer celui qui n'a fait que suivre les impulsions de sa nature animale.*

*Il a fallu des siècles pour que le sexe cesse d'être immonde et lié au péché. Et l'être humain ne sera pas heureux tant qu'il existera une morale qui réprime son droit de voler et de tuer celui qu'il méprise. De fait, les nations plus civilisées se sont toujours arrogé le droit de tuer et de voler les peuples plus faibles sans que leurs citoyens battent leur coulpe et s'en repentent. Bref, la loi, d'accord ; la morale, non. John s'est proposé pour m'aider à faire des recherches et à fonder ceci sur de solides bases juridiques et philosophiques. Il dit que si je parviens à leur assurer une cohérence théorique, l'immortalité littéraire m'est garantie. La postérité ne m'avait jamais préoccupée, mais si elle l'intéresse, lui, je m'efforcerai d'aller en ce sens.)*

John est né en Alabama, mais il n'est pas raciste. C'est le fils d'un pasteur adventiste mais il n'est pas chrétien. Il a été dans la Légion étrangère mais il n'est pas un mercenaire. Il a tué des dizaines de personnes et il a pleuré comme un enfant quand une voiture a écrasé sa petite chienne Diana. Il est généreux, il aime les gens propres et simples, mais il a tué pour de l'argent, sans remords. Il est le seul homme que j'aime vraiment. Il est sage, fort et tendre. Bon amant. Tout comme Roff, il a beaucoup d'esprit et me transmet un optimisme perpétuel sans lequel je ne pourrais plus vivre. Il est le seul être humain qui connaisse intégralement et sans détours l'histoire de ma vie. Et c'est pour cela qu'il m'aime et m'admire. C'est aussi à lui que je dois d'avoir pu organiser mes idées et élaborer ma théorie du droit au crime. À cinquante ans, j'avais obtenu le succès et la renommée ; et c'est à cinquante-trois que je fis la connaissance de John. C'est lui qui m'a conseillé d'écrire ces mémoires. Je souffre quand je ne suis pas à ses côtés. Je ne sais ce que je deviendrais s'il lui arrivait quelque chose. Il a dix ans de moins que moi, et devant lui je me sens une gamine. Je voudrais croire en Dieu pour le prier tous les jours et lui demander de me permettre de mourir la tête reposant sur sa poitrine.

> *(Tel pourrait être le ton du chapitre consacré à mes relations avec John. Il est important de parler de l'évolution de mes sentiments : curiosité au départ, sympathie, attrait sexuel, intellectuel, et enfin un besoin débridé de l'avoir près de moi et de tout lui avouer. Je pourrais clore sur la découverte de ce mot qui n'avait jamais eu pour moi le moindre sens : tendresse. Décrire aussi le plaisir inouï de me sacrifier*

*pour le rendre heureux. Si je l'avais connu quand j'étais un peu plus jeune, j'aurais eu un enfant de lui. C'est le seul homme qui m'inspire un désir pareil. Je l'aime. Et cet amour me rend ma mère encore plus incompréhensible. Comment quelqu'un peut-il tuer ce qu'il aime ?)*

# TROISIÈME PARTIE

# 1

Mireya s'agita dans le lit, inquiète, chercha à tâtons le drap et le remonta jusqu'au cou, mais un déclic dans sa tête la fit s'asseoir brusquement. Elle palpa autour d'elle, tout en murmurant :

– Rafael, réveille-toi, Rafael !

Son compagnon de lit s'étira comme un chat avant d'ouvrir l'œil. Il s'éveilla tout à fait quand sa main à elle lui couvrit la bouche. Il l'interrogea du regard, et la femme, signalant la paroi, lui fit signe d'écouter attentivement.

Rafael s'assit sur le lit. Un léger bruit de tiroirs qu'on ouvre lui parvint de la pièce voisine. Il acquiesça. Il avait compris.

Elle se leva sur la pointe des pieds. De l'autre côté de la paroi, les bruits continuaient.

Rafael alla jusqu'au placard, l'ouvrit précautionneusement et en sortit une batte de base-ball en bois dur. Il continua de chercher et tira un fusil sous-marin. Il appuya la crosse sur sa cuisse et tira sur l'élastique pour le tendre. Il passa le fusil à la femme. Ils allèrent jusqu'à la porte en tâchant de faire le moins de bruit possible, l'homme en slip, la femme vêtue d'une chemise de nuit qui lui arrivait à peine à la naissance des cuisses. Ils sortirent en catimini dans le couloir, regardant de tous les côtés. Le bruit sourd d'un martèlement leur parvenait maintenant de la pièce mitoyenne, comme si quelqu'un était en train d'inspecter les murs. « L'argent ! » pensa Rafael avec angoisse.

La batte et le fusil sous-marin prêts, ils firent deux ou trois pas vers la pièce voisine où se trouvaient leur atelier d'artisanat et leur bureau d'« affaires ». Soudain Rafael heurta quelque chose qu'il ne parvint pas à identifier. Il entendit un très léger tintement. Ils attendirent immobiles. Les bruits ayant repris, Mireya indiqua de la tête : « Allons-y ! »

Debout près de la porte de l'atelier, Rafael écouta attentivement. On n'entendait aucun pas, seulement des coups sourds, sans doute sur la paroi opposée. Il semblait s'agir d'une seule personne. Mireya lui fit un geste : elle allumerait la lumière après qu'il aurait ouvert la porte d'un coup de pied, le fusil à la main. Déjà à peine quelques mois avant, ils avaient fait irruption dans la tanière de délinquants qui avaient agressé un distributeur à qui Rafael avait confié à crédit une petite valise pleine de sculptures et d'objets en cuir repoussé. L'un d'eux avait tiré un couteau, pensant effrayer Mireya. Elle l'avait laissé jouer les durs de cinéma et, guettant très calmement le bon moment, lui avait brisé le poignet d'un coup de batte. Comme le type pleurnichait qu'ils avaient dépensé tout l'argent, Mireya lui avait flanqué une dérouillée. Le complice, hypnotisé par la pointe du harpon, la regardait impuissant. Ils leur avaient donné un délai pour rendre l'argent. Sinon, gare à Pupy King Kong. La batte à la main, Mireya pensa que cette nuit-ci, quel que soit l'enfant de salaud, il tâterait de King Kong.

Mireya poussa doucement la porte tandis que Rafael reculait pour prendre son élan. Quand il le lui indiqua d'un geste, elle appuya sur l'interrupteur et la pièce s'illumina. Rafael poussa la porte à la cow-boy et entra d'un bond, prêt à déclencher le harpon. Mais ils ne virent personne. Mireya fit deux pas dans l'atelier, perçut du coin de l'œil un mouvement en dessous d'elle, dans son dos, près du mur, mais n'eut pas le temps de réagir. Un violent coup sur les jarrets lui fit plier les jambes. Tout en tombant, elle eut le temps de suivre du regard la trajectoire du fusil dans les airs, suivi de Rafael en personne qui s'effondra à ses côtés avec un grand fracas. Quand sa tête heurta le plancher, Mireya perdit connaissance.

Quand elle rouvrit les yeux, elle tenta de se lever, mais elle était bien ligotée sur le carrelage froid : les bras par-dessus la tête et les jambes écartées, chacune attachée à un pied de l'établi. Un morceau d'étoffe enfoncée dans sa bouche l'empêchait d'émettre le moindre son. Elle tourna la tête de côté et vit Rafael, lui aussi ligoté et bâillonné, sur une chaise. Un homme dont le visage était caché sous une cagoule élémentaire examinait le petit coffre-fort encastré dans le mur de l'atelier. Il tenait à la main une tige de plastique, longue et fine, terminée par une pointe métallique. Il était grand, au moins un mètre quatre-vingts, si ce n'est plus, pensa Mireya. Blanc, un peu voûté. Costaud, à en juger par le coup sur les jarrets. Fils de pute ! Pupy se chargera de toi ! Elle cloua son regard sur lui, tâchant de découvrir un trait, un indice qui puisse l'aider à l'identifier. C'est alors que le type se tourna vers elle. Il se pencha et lui ouvrit sa chemise de nuit en tirant dessus. Puis il se mit à lui pincer doucement le bout des seins de ses doigts calleux.

De sa chaise, Rafael mugit et tenta de se balancer. L'homme alla jusqu'à lui et l'attrapa par les cheveux calmement, tel un haltérophile qui cherche la meilleure position des mains avant l'effort. Soudain, d'un seul coup, il le souleva, la chaise et lui, par les cheveux. Le mugissement de Rafael se convertit en un gémissement sourd et ses yeux se remplirent de larmes. Le type secoua par terre l'énorme mèche de cheveux qu'il venait d'arracher, porta un doigt là où devaient se trouver ses lèvres sous la cagoule et siffla :

– Chuuuut !

Rafael, sur sa chaise, pleurait de douleur. L'homme le gifla à trois ou quatre reprises, jusqu'à ce qu'il se taise, et revint près de Mireya pour poursuivre sans hâte ses caresses. Puis il passa une main sous la culotte et chercha le sexe humide. Mireya s'insulta mentalement : était-ce possible que la peur produise de l'excitation ? Incroyable ! Ce que provoquaient les doigts de cet animal était une jouissance perverse, renforcée par la présence de Rafael. Elle ferma les yeux et tenta de penser sereinement. Elle devait s'efforcer de repérer les traits de ce type-là, pour le chercher ensuite. Il semblait avoir le calme d'un vrai pro. Qui était-ce donc ?

Soudain, l'homme lui serra un peu plus fort le mamelon et lui signala le coffre-fort.

Elle acquiesça et il lui ôta le bâillon de la bouche. Mireya se racla la gorge.

– Si je te donne la combinaison, tu t'en vas tout de suite ?

L'homme fit un geste indéfini et recommença à lui caresser les seins.

– La combinaison est compliquée, insista-t-elle à voix basse. Il faut connaître le truc. Si tu me libères, je t'ouvre le coffre.

Le type fit non de la tête.

– Tu ne me libères pas ?

Il fit non de nouveau. Sa main abandonna les seins de Mireya et chercha de nouveau l'entrejambe.

– Fous-moi la paix, tapette ! cria soudain la femme, incapable de réprimer la vague de colère que faisaient monter en elle cette cagoule noire indéchiffrable et ces mains grossières.

L'homme voulut lui fermer la bouche de la main, mais il s'y prit mal et Mireya le mordit férocement. Le coup de poing qui l'atteignit au sternum l'obligea à ouvrir la bouche pour chercher de l'air de toute urgence, mais elle reçut en retour le bâillon et une violente gifle. Sans proférer un son, l'homme la contempla tandis qu'elle reprenait son souffle. Mireya le vit approcher de sa joue le revers de la main mordue. Elle ferma les yeux. Elle pensa recevoir un coup terrible, mais l'homme à la cagoule se borna à nettoyer le sang en le frottant sur son visage à elle. Puis il se redressa et fit une sorte de geste d'incompréhension. Il prit la tige de plastique et lui en colla le bout métallique sur un sein. La décharge électrique la fit s'arquebouter en un spasme d'agonie. L'homme, accroupi, tira un couteau à cran d'arrêt de la poche de son pantalon, découpa soigneusement la culotte de Mireya et lui dénuda le sexe. Sous les yeux exorbités de la femme, il colla la pointe de la tige sur la vulve et se mit à la regarder, pensif. Mireya se sentit mourir. Il ne s'agissait pas cette fois-ci d'un voleur minable, mais d'un sadique. Le type, comme s'il avait réfléchi, s'approcha de Rafael et, d'un geste rapide, lui appliqua une décharge électrique dans l'oreille. Rafael se convulsa, son ventre se contracta et un jet de vomissure lui jaillit par les narines. Le type coupa le mouchoir qui lui couvrait la bouche et le contempla sans rien dire. Il lui tapota le dos une ou deux fois, puis, quand il fut sûr qu'il ne s'étoufferait plus, il lui releva le visage et, appuyant la tige sur le menton de son prisonnier, lui indiqua le coffre-fort.

Rafael se racla la gorge, cracha trois ou quatre fois, s'éclaircit un peu la voix et parla :

– Vingt-trois... à droite... huit, à gauche...

Le voleur entreprit de marquer la combinaison.

– ...onze, à droite... vingt... à gauche.

Le coffre s'ouvrit sans bruit. L'homme regarda

dedans, sortit une petite boîte métallique dotée d'une simple serrure, la força de la pointe du couteau et versa le contenu par terre. Plusieurs bijoux roulèrent sur le sol de l'atelier. Il se tourna alors, menaçant, vers Rafael et saisit la tige.

– Non, attends, gémit celui-ci. Au fond... il y a une cache, sous le plancher du coffre...

Le voleur mit la main, palpa et souleva une plaque métallique. Il tira de la cachette quatre liasses de billets. Il les posa sur la table de travail, regarda Rafael, refit « chuuut » et entreprit de compter l'argent. Satisfait, il le rangea dans une mallette d'Aéroflot, ferma le coffre-fort, nettoya consciencieusement toutes les traces éventuelles et s'accroupit devant Mireya qui avait contemplé la scène avec terreur et qui tremblait légèrement. Du couteau, il coupa deux bandes de la chemise de nuit. Il nettoya le visage de Rafael et le bâillonna de nouveau. Il ramassa la tige et la rangea dans la petite valise. Il referma le couteau et le mit dans sa poche. Mireya ferma les yeux : « Pourvu qu'il s'en aille. Mon Dieu, faites qu'il s'en aille, qu'il nous laisse en paix ! » Elle sanglota sourdement.

Mais l'intrus ne semblait pas avoir envie de partir si tôt. Il sortit de la pièce et revint presque tout de suite, deux serviettes dans la main. Il banda soigneusement les yeux de Rafael et s'assura que son prisonnier ne pouvait rien voir. Il fit de même avec elle. Puis il se déshabilla tranquillement, retira sa cagoule, s'accroupit à côté de la femme et commença à l'embrasser sur tout le corps, sans que Mireya résiste. Il la posséda brusquement, sans proférer le moindre son. Puis il se rhabilla, relâcha un peu les liens de la femme et partit sans trop se hâter.

Quand Mireya parvint à se libérer et à enlever le bandeau de son visage, elle découvrit à côté d'elle une carte bristol portant un MERCI BEAUCOUP écrit au crayon, en lettres d'imprimerie.

L'homme apparut sur le boulevard du bord de mer, à la hauteur de l'avenue des Présidents, un peu après deux heures du matin. Le butin, il l'avait bien camouflé dans la cour de sa maisonnette du quartier de La Ceiba. Il traversa rapidement l'avenue à quadruple voie, appuya sa bicyclette sur le mur, posa sur celui-ci un petit sac sale et entreprit d'en sortir son attirail de pêche.

– Eh, le Muet, je croyais que tu ne viendrais plus, lui dit un vieux métis maigre aux bras encore forts et aux cheveux très frisés, qui rembobinait du fil de nylon sur un moulinet.

Le nouveau venu sourit, répondit au salut d'une main, puis fit un geste éloquent.

– Tu tirais ton coup, hein ? rit le pêcheur. Ah, deux ? Eh ben, t'en as de la chance de pouvoir encore. Moi, j'en tire un et je dois me reposer une semaine. Et elle était bien, la frangine ?

Hochant de la tête et arquant les sourcils, Tony Santa Cruz se baisa très fort le bout des doigts.

## 2

Le Muet c'est un mec qui en a, putain, c'est un mec qui en a, fais bien gaffe, quand Le Muet dit que ça se fait, ça s'fait, tu peux m'croire, qu'est-ce qu'tu dis ? Ah, quand il dit, ouais, ça t'fait marrer, eh ben marre-toi tant qu'tu veux, hein ! parce que comme ça tu crois que les muets ça jacte pas, alors là mon pote tu t'fourres le doigt dans l'œil, parce que Le Muet quand il te regarde comme ça et qu'il te regarde droit dans les yeux, faut être un sacré con pour pas piger c'qu'il te dit, tiens, c'est exactement c'qui est arrivé à Cirilo et au Vieux quand ils ont voulu m'baiser en taule, eh ben Le Muet les a zyeutés sans leur dire que dalle, bien sûr, bordel de merde, c'est pas pour rien qu'il est muet, ouais, sans leur dire que dalle, il a fixé les yeux sur eux, comme ça, peinard, plus peinard que tout ce qu'tu veux, et eux ils l'ont envoyé se faire foutre et Le Muet a rien dit, mais alors que dalle, mon pote, il a croisé les bras comme ça, comme les costauds des films, et il les a laissés sortir l'poinçon et avancer sur moi, eh ben, à la fin, les mecs ils étaient pas beaux à voir, tu peux m'croire... Moi, j'avais la pétoche, mon pote, comment tu crois que j'allais pas l'avoir ! Tu sais pas qu'Cirilo il était indic dehors et, en taule, les matons l'traitaient comme un nabab et il faisait ce qu'il voulait, l'fils de pute ? Bah, j'ai eu une corrida avec eux. Ils avaient un bizness de cibiches dans la baraque, et j'ai voulu installer l'mien, mais ils m'ont coincé, ils m'ont balancé et les matuches m'ont collé deux fouilles que j't'dis pas, même le trou d'balle ils m'l'ont révisé, et ils m'ont dit de bien faire gaffe si j'voulais pas m'retrouver au mitard pour six mois, et alors j'les ai accusés, dans la baraque, j'leur ai gueulé que c'étaient rien que des donneurs, des moutons, que les matuches les protégeaient pour qu'ils balancent tous les détenus, et cette tapette de Cirilo m'a dit que j'lui donne les mesures d'la bière parce qu'il allait m'refroidir et moi j'lui ai répondu que j'allais lui donner la mesure de ma bite pour qu'il prépare sa bagouse et quand il a voulu me cogner j'lui ai flanqué mon poing en pleine gueule qu'il en a vu trente-six chandelles et même qu'il a pissé l'sang pendant une demi-heure. Le reste de la journée, l'est rien arrivé mais le soir ils ont voulu m'buter, mais moi, pas con, j'avais refilé cent billets à Jochito, l'infirmier, pour qu'il me mette à l'infirmerie en observation, parce que sans ça... Ils m'ont bousillé l'matelas, vieux, tu m'croiras pas, le plus gros bout qu'ils ont laissé il était grand comme ça, et ils ont dit à tout le monde dans la baraque qu'ils m'laisseraient comme ça quand ils me choperaient. Le Muet ? Il était dans un coin, avec trois autres départs illégaux. Tu sais qu'ces mecs-là ils s'cherchent et ils restent ensemble, non pas tout à fait, à Ariza c'est pas comme au Combinat, à Ariza tout l'monde est mélangé, les mecs des droits d'l'homme, les départs illégaux, les flingueurs, les cambrios, les fiers-à-bras, les marchés noirs, ceux d'la circulation, comme moi, mon pote, qu'je suis un type pacifique et j'veux pas d'emmerdes avec personne. J'crois qu'lui, ils l'ont chopé sur un bateau ou quelque chose comme ça, va savoir, il racontait jamais rien à personne, bien sûr, c'est pas pour rien qu'il est muet, mon pote. Non, muet seulement, il entendait parfaitement, tu peux m'croire, il avait une oreille de tuberculeux, comme disait ma grand-mère, qu'elle repose en paix. Il avait des cicatrices au visage et au cou, comme s'il avait reçu des balles, il avait la gueule bousillée et aussi un bras qu'il pouvait pas lever plus haut que la tête, m'est avis que c'est les flics quand ils l'ont attrapé, mais l'mec était sacrément balèze et quand il piquait une crise, putain, j'l'ai vu quand il venait juste d'arriver et qu'un connard a voulu lui faucher son matelas, eh ben j'ai jamais vu un gonze filer autant d'coups de poing et d'coups de pied à la fois, il l'a démoli sans dire un mot, bien sûr qu'est-ce qu'il allait dire, hein ? Mais après ça, tu peux m'croire, plus personne lui a cherché noise. T'imagines, un mec qui cause pas, qui fait qu'zyeuter, avec des yeux qui t'foutent la trouille, mon pote, moi j'avais parfois l'impression que c'mec, quelqu'un l'avait donné ou qu'il lui était arrivé un malheur du tonnerre de Dieu, parce qu'il fixait le mur comme si y voulait l'percer. Ah oui, le truc de Cirilo et du Vieux ! Non, eux, z'étaient dans une autre baraque, mais j'crois qu'après une visite de La Havane, ils ont dû les sortir de là, j'sais pas si une grosse huile y a fourré son nez, tu sais comme c'est, y a parfois un fils à papa qui s'fait choper, oh, bien sûr ils restent pas longtemps au mitard, mais y a des gens qui s'intéressent à eux, et j'ai l'impression qu'à un d'ces rififis, un mec bien placé a foutu le boxon et z'ont dû sortir le Vieux et Cirilo de leur cabane à eux et ils les ont passés dans la nôtre, et une semaine après, ils ont de nouveau installé leur bizness et ils m'ont baisé ma combine à moi, parce que j'vendais les bastos que Matilda m'apportait, ouais, la mulâtresse de Camajuaní ! En personne, une sacrée gonzesse, tu peux m'croire, et au pieu, j'te dis pas, qu'est-ce qu'elle peut jouir quand elle l'a dedans ! tiens, rien que d'y penser j'ai la queue au garde-à-vous comme un môme. Celle-là, je me l'envoie dès que j'arrive aux States, mon pote, j'vais lui faire un d'ces ramonages qu'elle va juter comme une salope... Quoi ? Avec le fils à Evaristo ? Tu rigoles, non ? Ce gamin c'est un p'tit con, on raconte même qu'il filait à moitié d'la jaquette. Tu vas voir un peu comment elle se trémousse, la mulâtresse, quand elle me voit, tu vas voir, *misis Matilde is jía ? Yes, darling, com foky-foky*, grosse baise *tou you*, ouais, comme ça, mon pote, j'vais lui causer en anglais et l'reste, pour qu'elle voie qu'j'en sais autant qu'ce connard, et puis en plus j'lui fais ça mieux que tous les gonzes qu'elle a eus, la salope ! Ouais, alors j'te disais que les mecs-là, z'ont voulu m'faire la fête et j'ai dû m'défendre, l'problème c'est que ça a commencé drôlement à chauffer, mon pote... et si y avait pas eu Le Muet... Pourquoi il l'a fait, tu dis ? Alors, là, j'en sais que dalle ! Moi, j'l'avais au respect, tu sais comment c'est au mitard, hein ? tu t'mêles de tes oignons et personne s'mêle des tiens, et si y a un connard qui ramène sa fraise, tu l'asticotes un bon coup pour qu'plus aucun mec s'avise de vouloir t'baiser, parce que si tu t'laisses enculer une fois, après, tout l'monde veut y passer. Alors, il s'est mis à fixer les mecs et eux ils l'ont envoyé chier. Non, non, il les a laissés s'approcher d'moi dans la cour et il les a eus comme des agneaux, par-derrière. Le dur-à-cuire, là dedans, c'était l'Vieux, moi j'savais comment m'y prendre avec cette tapette de Cirilo, alors quand Le Muet a enlevé son poinçon au Vieux et l'a mis sur le carreau, je lui ai fait sa fête à l'autre tantouse. Ouais, mon pote, il lui a flanqué un coup d'poing en pleine nuque et quand l'autre dégringolait, il lui a flanqué un coup de pied en pleine poitrine qui l'a liquidé. Après, tu peux imaginer le spectacle : les mecs se sont attroupés, les matons ont sorti leurs flingues, le bordel complet, et quand les choses se sont calmées, le Vieux et Cirilo, ils sont partis à l'hosto sur une civière ! Moi, on m'a flanqué au trou pendant un mois, mais pas plus, parce que le Vieux il avait l'poinçon à la main quand ils l'ont ramassé, j'crois bien que c'est Le Muet qui le lui a mis quand il l'a laissé sur le carreau, et comme ça les flics ils ont rien pu m'faire, seulement la bagarre. J'suis même pas passé en jugement, parce qu'on dirait qu'ils en avaient plein l'cul eux aussi de Cirilo et du Vieux. Non, j'les ai jamais plus revus, ils ont sûrement dû les flanquer dans une autre taule. En tout cas, mon pote, j'lui dois la vie à c'mec ! Non, il m'a jamais rien demandé en échange. Alors j'ai recommencé mon bizness de cigarettes, mais comme Le Muet, il fumait pas... L'a jamais rien accepté d'moi. J'te dis que c'est un mec qui en a. Ouais, mon pote, il a qu'une envie, c'est d'se tirer. Comment ? La langue des signes, mon vieux. En plus, le type il écrit sur des petites fiches blanches. Quoi ? Il disait : « Je veux me barrer du pays, arrange-moi ça. » Le fric ? Dis donc, mon pote, tu crois que Le Muet c'est un crève-la-faim ? Bien sûr qu'il en a. Il me l'a montré, mon pote. Non, j'sais pas comment, mais l'mec il sait y faire. Cinq mille. Non, j'sais pas, mais pour l'instant, moi, j'veux pas entendre causer d'dollars. Aux States ? Aux States, putain de merde, c'est d'Fidel et des cocos que j'veux plus entendre causer ! Mais ici, tu t'fous de ma gueule, non, si on m'chope avec des verts sur moi, on m'baise de nouveau ! Non, moi, pour l'instant, j'suis plus tranquille qu'un mort. J'touche même pas à l'eau-de-vie, mon pote ! Pas question ! Pour qu'on m'foute la paix. Et quand j'serai là-bas, j'lui enverrai ma photo au commissaire du quartier, un vrai fils de pute, en train de bâfrer du jambon et d'boire une canette de bière, avec Matilda en tanga, de dos pour qu'on voie bien le sacré valseur qu'elle a, en train de m'passer de l'huile comme celle que les touristes se mettent à Varadero pour bronzer. Il va en crever d'envie, l'enfant de salaud, parce que j'sais qu'il veut m'alpaguer, mais il a rien à me mettre sur le dos. Vendredi prochain ? Où ça ? Au carrefour qui va à la plage du Salto ? Parfait, mon pote. On y sera, Le Muet et moi. Te fais pas d'mouron. Ah ! et tu sais comment c'est pour le fric, hein ? Sur l'bateau. Avant, peau de zébi. Ouais, ouais, te fous pas en pétard, j'sais que t'es un mec réglo, mais j'veux pas que Le Muet il soupçonne quelque chose. D'ac, d'ac... Qu'est-ce que tu racontes ? Ah, ah ! À qui tu veux qu'il dise quelque chose, bordel de merde ? Ah, ah ! C'est pas pour rien qu'il est muet !

# 3

Pour l'équipage du *María del Carmen*, la journée avait été plus que bonne. Le requin qu'il ramenait attaché au bastingage pesait au moins sept cent cinquante kilos. Le petit port de Boca de Jaruco était encore à trois bonnes heures de navigation.

– Domínguez, hé, Domínguez ! cria le timonier tout en signalant un point en mer. Vise un peu là-bas !

Le patron regarda attentivement : à une cinquantaine de mètres, un madrier se balançait à la surface de l'eau.

– Attends, attends un peu, laisse-moi jeter un coup d'œil ! Il entra d'un saut dans la cabine et en ressortit, des jumelles à la main. Il s'approcha du bastingage et regarda attentivement. Oh merde alors ! grommela-t-il entre ses dents et, formant un entonnoir avec ses mains, il cria : « Homme à la mer ! À bâbord, homme à la mer ! »

Le timonier changea de cap sans attendre l'ordre.

Quand Tony Santa Cruz revint à lui sur un lit de l'Hôpital naval, dix jours s'étaient écoulés depuis qu'un bateau de pêche cubain l'avait rencontré, flottant à la dérive sur un madrier à presque vingt-cinq milles de la côte. Il donna du travail aux médecins : outre les blessures de balles à la tête, au cou et dans le dos, il souffrait d'une insolation et de brûlures aux épaules et aux bras. La perte de sang fit craindre une hypovolémie. Mais les médecins n'avaient pas été les seuls à travailler pendant ces dix journées-là. La police avait aussi fait son boulot : les empreintes digitales – confrontées aux archives pénales – lui permirent d'établir le domicile et le lieu de travail de l'individu. Un enquêteur s'entretint avec les voisins de la rue, mais personne ne savait où pouvait se trouver María de Jesús Oliva, mère du citoyen Antonio Santa Cruz Oliva, présumé coupable du délit de départ illégal du territoire national.

L'amélioration du patient permit, au fil du temps, d'éclaircir un certain nombre de points : la balle qui était entrée par la joue lui avait détruit une partie du palais et la langue ; la balle dans le cou avait touché les cordes vocales, ce qui ne lui permettait plus d'émettre que de très rauques vibrations qu'il ne parvenait pas ensuite à articuler. Il ne pourrait plus jamais parler, même pas à l'aide de dispositifs électroniques fixés au larynx. La blessure de la tête, en séton, n'avait laissé qu'une longue balafre blanchâtre qui serait vite recouverte par les cheveux. La balle dans le dos avait causé plus de dégâts : après avoir transpercé le poumon droit et heurté la clavicule, elle avait frappé l'articulation de l'épaule. Les immersions quotidiennes à vingt brasses, les descentes abyssales en apnée qui avaient fait de Tony un plongeur de profondeur respectable lui seraient désormais impossibles. Seules de longues séances de physiothérapie pourraient l'aider à conserver la mobilité du bras droit. Mais quelle physiothérapie peut-on faire en prison ? Et un certain temps à l'ombre attendait sans aucun doute Tony Santa Cruz.

Trois mois et onze jours plus tard, il fut considéré comme rétabli et il commença à résider à titre provisoire dans une cellule du Département technique d'investigation. Au début, les interrogatoires furent un véritable imbroglio. Demander des informations à un muet qui refusait obstinément de collaborer et ignorait le langage des signes était une tâche titanesque. Dans les premières semaines, il se borna à reconnaître que son nom, son adresse et son lieu de travail étaient bien ceux que la police avait découverts. Il ne savait absolument pas où se trouvait sa mère : c'est du moins ce que semblaient indiquer ses dodelinements entêtés. Et quand les questions portaient sur les blessures par balle, il détournait le regard et considérait l'interrogatoire comme terminé. À peine insistait-on qu'il répondait par une expression indéchiffrable. L'enquêteur, un vieux limier de Matanzas, tomba finalement dans le mille à l'aide d'une photo de la mère retrouvée lors d'une des perquisitions de l'appartement de Miramar. « Tu l'aimais beaucoup, n'est-ce pas, Tony ? Les voisins racontent que tu l'aimais énormément... » Les deux grosses larmes qui jaillirent soudainement des yeux du prisonnier furent un signe précurseur qu'il était sur le point de « se mettre à table ». Le capitaine était un homme chevronné qui en avait vu des vertes et des pas mûres, mais les pleurs des yeux durs le secouaient parfois d'un frisson de compassion. Il sentit qu'il avait tapé dans le mille. Tony réclama des feuilles de papier, les plia en quatre et les déchira, puis aligna méticuleusement les bords effilochés du papier et, d'un geste de la main, invita l'enquêteur à poser ses questions.

– Où est ta maman ?

« Morte », écrivit-il à une vitesse étonnante et d'une écriture élégante.

– Comment est-elle morte ?

« Noyée en mer. »

– Où ?

« À une vingtaine de milles de la côte. »

– Tu l'as vue mourir ?

« Oui. »

– Vous partiez du pays ?

« Oui. »

– Comment ?

« Sur un radeau. »

– Qui a tiré sur toi ?

Une flambée de haine embrasa les yeux clairs qui se clouèrent au mur, réticents.

– Comment as-tu obtenu le radeau ?

Tony inspira et hésita un moment, comme s'il se demandait s'il allait continuer de répondre.

« Je l'ai construit moi-même », écrivit-il enfin.

– Comment ?

« En clouant des planches et en mettant quatre chambres à air dessous. »

– Et tu pensais arriver en Floride là-dessus ?

Tony acquiesça.

– Que s'est-il passé en haute mer ?

« Il ne s'est rien passé. »

– Vous avez rencontré quelqu'un ?

Négation de la tête.

– Comment t'a-t-on blessé ?

Tony froissa les feuilles et les lança dans un coin de la pièce. Puis il fixa son regard sur la table, et toutes les questions de l'interrogateur rebondirent sur sa cuirasse de muet.

Une fois l'instruction du cas terminé, le tribunal provincial de La Havane condamna Tony Santa Cruz à huit années d'incarcération comme peine cumulée de deux chefs d'accusation : départ illégal du territoire national et homicide par imprudence. Le condamné ne voulut même pas rencontrer l'avocat de la défense commis d'office. Celui-ci basa sa maigre plaidoirie de clémence sur l'état physique de son client, sur sa bonne conduite au travail ces dernières années, tout en mettant en relief la tragédie qu'avait représentée pour lui la mort de sa mère par noyade. Pendant le procès, Tony refusa de répondre par écrit aux questions que lui adressèrent le procureur, le défenseur et jusqu'au président du tribunal. Le capitaine, appelé à la barre des témoins, reconnut qu'il lui avait été impossible d'éclaircir nombre des circonstances les plus importantes du cas, faute de collaboration de la part de l'accusé. Bref, un procès rapide. En deux petites heures, Tony passa de la catégorie de détenu provisoire à celle de prisonnier. Il fut transféré trois jours plus tard dans un camion cellulaire à la prison d'Ariza, près de Cienfuegos, où il devait purger sa peine.

Dix-huit mois plus tard, exécutant la sanction accessoire de saisie de biens, la direction provinciale du logement dans la capitale occupa l'appartement de Miramar, qui était au nom de Jacinto Oliva, frère de feue María de Jesús, décédé lui aussi depuis plusieurs années déjà, et remit les maigres objets personnels de Tony Santa Cruz au dépôt, où celui-ci pourrait les réclamer une fois purgée sa peine et après avoir effectué les démarches pertinentes.

## 4

« Oh L'Havane, oh, L'Havane, L'Havane, L'Havane, L'Havane, L'Havane, L'Havane, L'Havane, L'Ha-va-neuuu ! » La musique inonde le porche où trois ou quatre couples dansent, entassés, et se déverse dans la rue. Tony les regarde écœuré. L'Havane ! Il y est depuis trois jours et il est sur le point de perdre patience. Il n'a pas encore dormi dans un lit depuis qu'il est sorti d'Ariza, et, même si ça le fait rager, il regrette son matelas de la prison. Il a dormi dans un édifice en chantier, à dix ou douze rues de là, se réveillant chaque fois qu'un bruit étrange envahissait son sommeil ténu. Il porte attachés entre le ceinturon et la peau, dans un sac de plastique, les six mille pesos et quelque qu'on lui a remis à la sortie de la prison. Cinq ans et demi comme maçon, moins trente pour cent pour entretien. C'est tout. Cent pesos payés à un taxi collectif pour ne pas avoir à faire l'interminable queue à la gare. Quarante de plus en nourriture, presque exclusivement des pizzas. Le serveur les lui vend pour trois pesos à la porte de service. Il a une envie terrible de boire quelques bières, mais on dirait qu'en six années à l'ombre elles se sont envolées. Elles ont peut-être quitté le pays ! Il sent que La Havane est devenue inhospitalière, aride, dangereuse ; des mecs qui te zyeutent d'un air bizarre quand tu passes devant chez eux, des mémés qui te fixent du regard, des commentaires à voix basse, ce type-là n'est pas d'ici, des bravaches qui te regardent pour voir pourquoi tu te ramènes, des flics qui te demandent tes papiers et qui grognent, avec un regard en coin, quand tu leur tends le document qui indique que tu viens de plonger, ce document que tu dois présenter au commissariat de police de ta commune de résidence. Et c'est quoi, d'ailleurs, ta commune de résidence ? Sagua la Grande ? Tu vas t'enterrer de nouveau dans ce trou ? L'appartement de Miramar n'existe plus : il était au nom de Jacinto... Tu ferais mieux de pas y penser. Alors, où est-ce que tu vas crécher ? Chez ton grand-oncle, ou quelque chose comme ça, l'oncle de ta maman qu'il te reste encore... Après tout, Isabela est sur la côte, face aux States, et c'est là-bas que se trouve ce que tu cherches, là-bas qu'il doit être... Et pourquoi pas ? Tu te pointes, tu balances deux ou trois mille billets au vieux et tu t'installes. C'est du tout cuit. Oui, mais alors prépare-toi : petit patelin, gros enfer. Qu'est-ce que tu crois que vont dire les gens d'un mec bizarre comme toi, muet, à moitié manchot, aux cheveux blancs, le fils de María qu'a fait de la taule, eh eh, faites gaffe, et je te colle mon billet qu'à la première chose suspecte, ils te dénoncent. Tu ne crois pas aux conneries que le

Gobe-Mouches répétait tous les matins : et l'amour du prochain, et le pardon des péchés, et Dieu en son infinie miséricorde et bla-bla-bla et bla-bla-bla. Si t'avais pu parler, tu lui aurais crié : Regarde un peu, connard, vise un peu la miséricorde, deux assiettes d'eau sale par jour avec une banane bouillie et un pois chiche flottant dessus, plus une cuillerée de confiture d'allez savoir quoi, un morceau de poisson la veille de la visite pour que la famille s'inquiète pas, et toujours aux aguets, parce que la taule c'est toujours la taule et le reste c'est du radotage, de la merde en bouteille, des sermons pour les jobards, vise un peu, crétin, comment on t'a pardonné tes péchés, tu dois pas tirer deux ans ici pour deux caisses de lait concentré ?, bordel à queue, si au moins t'avais embarqué deux millions de billets verts, je dis pas, mais pour cette misère... ! La Havane peut être un endroit plus aride que la surface de la Lune, Tony, vise bien ces maisonnettes du quartier Juanelo, cherche sur les murs les traces des inondations, parce que quand le fleuve monte – quand je pense qu'on appelle fleuve ce filet de merde liquide ! – les gens doivent grimper sur les toits, oui, parce qu'à Juanelo y a pas de grands édifices ni de voisins qui ont des appartements spacieux qui peuvent te prendre tes affaires ni que dalle, tu montes le frigo sur la cuisinière, la machine à laver sur le lit, et le téléviseur sur l'armoire et tu grimpes toi-même jusqu'à ce que ça redescende, parce qu'après la pluie le beau temps, c'est toujours comme ça. Et pendant ce temps, vise ces gens qui vivent dans la crasse, dans des maisonnettes où les pièces font pas plus de deux sur un et demi, vise un peu comme ils s'amusent, comme ils dansent, comme ils s'enfilent des bouteilles à la généalogie plus que douteuse, comme ils se pelotent les fesses et l'entrecuisse, comme ils se donnent la langue et cherchent un coin tranquille pour baiser à la va-vite, comme ils s'effraient et prennent des gueules de sainte-nitouche quand une voisine, presque toujours une vieille fille, les découvre et dit à voix haute que les gens ont plus honte de rien, qu'ils font des saletés n'importe où, vise-les s'amuser et jouir de cette petite vie minuscule dont ils peuvent disposer, vise-les tourner, sourire, se passer la langue sur les lèvres, satisfaits de la fête qu'ils ont improvisée sans aucune autre aspiration dans la vie, vise-les et vise-toi toi-même, bousillé, espérant qu'un pote te rende un service pour pouvoir survivre un moment, vise-les et respire profond, parce que tu peux même plus gueuler de rage, et répète-toi pour toi-même qu'elle a beau être misérable, l'existence de cette petite mulâtresse qui dandine du cul sous le porche, ou de cette petite vieille qui se gratte en catimini les rides entre les seins, de toute façon elles sont trois échelons au-dessus de toi, et voilà que tu arrives pour la cinquième fois au coin de la rue du Gobe-Mouches, enfin, c'est pas malheureux ! Y a d'la lumière dans la pièce. On va bien voir jusqu'où vont la charité et la miséricorde.

Tony marche lentement, enfile le couloir, monte l'escalier de ciment rudimentaire et frappe à la porte, trois fois, quatre fois, sans force. Des bruits de meubles qu'on écarte, le claquement d'une serrure, le grincement d'un pêne, et le visage du Gobe-Mouches qui scrute d'abord puis s'illumine d'un sourire franc :

– Le Muet ! Quelle surprise ! Dieu soit loué ! Alléluia !

Les dix mois durant lesquels Tony Santa Cruz vécut dans la petite piaule du Gobe-Mouches dans le quartier Juanelo lui permirent de régler un certain nombre de problèmes. En premier lieu, celui de la commune de résidence. Il obtint quelques jours plus tard une carte d'identité légitime et, suivant les conseils de l'officier de police devant qui il devait se présenter chaque semaine, il reprit son ancien emploi de balayeur des rues. Le contrat lui assurait six mois de travail, et Tony avait pris la mesure du boulot à la petite carriole et au balai de bruyère. À six heures du matin, tous les jours, il sortait ses instruments du dépôt et gagnait la rue Sainte-Émilie, première étape de son trajet quotidien. Il revenait à dix heures et demie, vidait sa petite poubelle, rangeait le balai et la pelle et rentrait se reposer. L'après-midi, quand le soir tombait, Tony commençait à se déplacer en ville. Il avait des choses à vérifier. Pour un muet tout est bien plus compliqué. Mais s'il y avait quelque chose de plus compliqué que ses investigations, c'était bien de dormir, d'arriver à trouver le sommeil au milieu de cette ruche humaine saturée de magnétophones, de cérémonies religieuses afro-cubaines, de gueulantes de soûlots qui découchaient, de vagissements de nourrissons, d'engueulades de couples et de gémissements orgasmiques. L'humidité et le silence lugubre de la taule, uniquement brisés par le bruit sec des talons des gardiens faisant leur ronde, lui manquaient. C'est au cours d'une de ces nuits à Juanelo que Tony avait découvert la Bible. Il continuait de se moquer des prières entêtées et quotidiennes du Gobe-Mouches, qui refusait d'écouter de la musique ou de lire autre chose que ce gros bouquin, qui était tout usé à force d'avoir été tripoté, au papier extrêmement fin et imprimé en lettres minuscules. Et c'est à un de ces moments de dépression où son cerveau refusait obstinément de penser à autre chose qu'il se mit à feuilleter le seul livre disponible dans la maison, sautant d'un paragraphe à l'autre, laissant en rade des chapitres entiers, regardant sans les lire les longues généalogies, passant par-dessus des phrases et des mots parfois incompréhensibles qui apparaissaient à tout bout de champ. Soudain, presque au milieu du livre, il tomba sur un texte qu'il lut et relut :

Il y a le moment pour tout, et un temps pour tout faire sous le ciel :
Un temps pour enfanter,
et un temps pour mourir ;
un temps pour planter,
et un temps pour arracher le plant.
Un temps pour tuer,

et un temps pour guérir ;
un temps pour détruire,
et un temps pour bâtir.
Un temps pour pleurer,
et un temps pour rire...
Un temps pour aimer,
et un temps pour haïr...

Oui, ce gros bouquin avait quelque chose à lui dire. Il continua de lire presque jusqu'à l'aube. Et ce matin-là, tout en ramassant les saletés des rues du quartier Rocafort, il lui sembla écouter, dans ce dialogue quotidien qu'il soutenait avec lui-même, une nouvelle voix, claire et précise, qui l'aidait à mettre certaines choses à leur place.

Mais la lecture de la Bible ne lui dura qu'un peu plus de trois semaines. Il lisait la nuit, afin que Gobe-Mouches ne le découvre pas et n'ait pas l'idée de le recruter pour ces cérémonies au temple les samedi après-midi. Et l'insomnie persistait. Il commença à étendre ses randonnées, ses rondes autour des domiciles d'anciennes relations. Et, sans s'en rendre compte, un après-midi, vers quatre heures et demie, il se surprit, il s'éveilla plutôt en train de marcher frénétiquement en direction du boulevard de la Mer. Ah, cette odeur de la mer, ces éclaboussures des vagues ! Il sauta sur les récifs, se colla au mur pour qu'on ne le voie pas d'en-haut, dissimula ses souliers, sa chemise et ses papiers dans un creux de rocher et se jeta à l'eau. Ce fut comme s'il plongeait dans le temps, dans un liquide atavique, fœtal, dont il avait été expulsé à jamais. À jamais ?

Une fois sorti de prison, il avait retardé pendant des mois le moment de la vérité. Il savait que son épaule le gênerait quand il essaierait de nager le crawl. En faisant la brasse, il s'étonna d'avancer sans trop d'efforts, presque comme avant. Il essaya ensuite la nage indienne et nagea dix, quinze, vingt minutes. Ses jambes répondaient de mieux en mieux. De puissants coups de pied lui permettaient de compenser la faiblesse du bras blessé.

Il se reposa quelques minutes, en faisant la planche. Il recommença à nager énergiquement. Il s'éloigna du rivage et sentit une légère fatigue. Il revint vers les récifs en nageant lentement et s'allongea. Il fléchit les doigts, s'assit et respira une grande bouffée d'air. Il sourit : merde, il était bien plus en forme qu'il ne l'aurait cru. Il entra de nouveau dans l'eau et entreprit de s'éloigner d'une vingtaine de mètres. Il regarda le fond. Un banc de sable lui souriait, blanchâtre dans l'eau émeraude, à quelque sept ou huit mètres. Il aspira l'air sans se hâter, et un léger élancement au poumon droit l'avertit. Mais il insista : il remplit et vida lentement ses poumons, trois fois, quatre fois, jusqu'à ce qu'il lui semble qu'il pouvait maîtriser la situation. Le coup d'aiguillon devenait de moins en moins perceptible. Il plongea sous l'eau énergiquement.

Il ne put dépasser les trois mètres : la piqûre de l'aiguillon se transforma en coups de couteau de boucher. Quand il émergea comme un bolide, une quinte de toux le secoua au point de lui provoquer un étourdissement. Il nagea jusqu'à la côte, s'accrocha aux rochers, mit la tête entre les bras. C'est tout ce qu'il restait de Tony Santa Cruz, le maître de la côte, la star de la plongée en profondeur, celui devant lequel il fallait ôter son chapeau à La Copa. Un autre chapitre clos. Un autre coup de massue auquel succéderaient bien des heures de tristesse.

Il sortit sur les récifs, s'habilla lentement et marcha, marcha, arrivant enfin, deux heures et demie plus tard, à la piaule du quartier Juanelo. Il se jeta sur le lit sans même se déchausser, ferma les yeux et, sans s'en rendre compte, s'endormit. Quand il se réveilla le lendemain matin, il se sentit curieusement vide et reposé. Il s'habilla et se dirigea sans hâte vers le dépôt. Le soleil était déjà haut sur l'horizon. Pour la première fois, il arriverait tard au travail.

## 5

Antonio, tout le monde l'appelle Le Muet, et moi aussi. Ah, parce qu'il est muet, comme une carpe. Non, moi je lui parle normalement, et lui il me répond avec les mains, ou alors il écrit sur des petites fiches qu'il a toujours sur lui. Sourd-muet ? Ah non, pas du tout alors, il entend aussi bien que toi et moi. Non, je sais pas, et comme lui il m'en a jamais parlé, eh bien je lui demande pas. À mon avis, on a voulu le descendre. Oui, c'est ça, des cicatrices au cou et dans le dos. Ça va pas la tête, toi ! Ma vieille, avec le caractère qu'il a ! Quand il est en pétard, il reste comme ça, tout calme, tout calme, il respire même plus et il fixe le mur du regard que ça t'en fout la trouille, comme s'il voulait renverser la maison ! Une fois même, je sais plus pourquoi, t'aurais vu ça, j'avais qu'une envie, c'était de déguerpir. Non, non, je lui avais rien fait. On était à table et, tout à coup, je me suis souvenue que j'avais acheté de la bière, Heineken, ou Labat, je me souviens plus, des canettes bleues. Je lui en ai apporté une et quand il l'a vue il l'a écrasée de la main, comme ça, sans même bouger. Et après ça il a plus voulu manger et il est resté assis au moins deux heures, à fixer le mur, et quand il est parti j'ai cru qu'il reviendrait plus. Oui, j'ai même pleuré, si tu veux savoir, parce que je savais pas ce qui lui arrivait. Mais le lendemain matin, il est revenu. Oh non, pas du tout, alors, très affectueux au contraire. Lui demander ? Quand il pique ces crises, moi je bouge plus. Il est gentil avec moi et il se mêle pas de mes affaires. Il me bouscule pas et il cherche pas à savoir ce que je fais. Jamais. Si je rentre pas dormir, il me demande rien. Absolument rien. Il est pas con et il sait ce que je trafique. Non, de l'argent non plus. Il m'en a jamais demandé. Oh, bien sûr, je lui achète bien un petit cadeau de temps en temps. Et lui aussi. Eh, qu'est-ce que tu crois ? Écoute, j'avais jamais encore rencontré un mec pareil. Il vit et il te laisse vivre. Il m'aide pour la maison, il demande jamais rien et tous les mois il me laisse cent cinquante pesos sur la table pour les frais. Il fume pas, et il boit quasiment pas. Oh, une petite bière, comme ça, un petit verre de rhum. Tu dis ? Ah, ça oui, alors ! Là oui, il parle, il crie, il chante, je peux te le dire ! Et après il remet ça... Eh, qu'est-ce que tu crois ? Non, j'ai pas envie. Tu crois que je suis comme Dagmara qui raconte à tout le monde comment ses mecs, ils baisent et de quelle taille ils l'ont ? C'est pas pour rien qu'elle a reçu une baffe en pleine Riviera. Ah, tu savais pas ? Elle s'est mise à dire qu'elle couchait pas avec Felo parce qu'elle, ce qui lui plaisait, c'était les mecs bien montés et que la queue à Felo, elle ressemblait à une verrue. Les flics ont même dû intervenir. Oui, ma vieille, mon truc à moi, c'est la discrétion. Et avec mon Muet, c'est donnant donnant. S'il se mêle pas de mes affaires, eh bien, moi, je me mêle pas des siennes. Et s'il traficote, j'en sais rien. En tout cas, chez moi, il a que ses fringues, ses trucs de pêche et ses cahiers. Ah, oui, parce que, tu vas pas me croire, eh bien, il étudie avec moi. L'anglais, ma vieille ! Avec Raimundo, le petit vieux tapette qui vit à Santos Suárez. Oui, c'est un excellent prof. Il a une méthode avec des disques. Non, je les ai enregistrés sur des cassettes, alors si t'en as besoin... Lui, il s'est intéressé et je peux te dire qu'il apprend drôlement ! Évidemment, il a cet avantage. Mais il écrit bien comme tout et il comprend aussi plein de choses. Tiens, quand je pige rien, il me donne un coup de main. Oui, il est vachement intelligent. Ses affaires ? Oui, je les fouille de temps à autre. Bien sûr ! Tu crois que je suis une crétine ? Non, il se rend pas compte, parce que sinon... Tiens, il a une boîte avec des photos, je crois que c'est de sa maman, et à peu près quatre mille pesos. Pas un centime ! Il n'en est pas question, ma vieille ! Oui, je peux te dire que tout va bien et je veux pas d'embrouilles avec mon Muet. J'ai tiré le gros lot ! Je sais pas, il doit avoir la quarantaine, mais même s'il a des cheveux blancs, et son bras à moitié esquinté, c'est un sacré costaud. Il flanque de ces coups de poing ! Moi ? Non, il m'a jamais touchée. La seule punition qu'il me donne, c'est justement celle dont j'ai besoin. Tu blagues ? Dure comme tout, comme si elle était neuve. Ah, ma vieille, insiste pas tant, fous-moi la paix ! Eh, fais attention, coupe pas si bas sur les côtés parce qu'après on me voit les racines. Tu dis ? Non, sur le bord de mer, et je crois bien que c'est Notre-Dame de Regla qui me l'a envoyé. Oui, tout a commencé parce qu'il m'a tirée d'un sacré pétrin où j'étais. En janvier, je crois. Tu te souviens quand on nous a interdit d'entrer dans les hôtels et à la marina Hemingway ? Eh bien, ça s'est passé ces jours-là, ou un peu après. Je devais payer une dette et j'avais pas un rond, alors je me suis mise à faire le bord de mer pour attraper le premier qui se présenterait. Oui, moi non plus, ça me plaît pas, mais t'attrapes parfois quelque chose de bon. Tiens, c'est comme ça que j'ai pêché le Catalan qui m'a amenée au caye Largo. Tu te souviens ? Ah, si je pouvais me repayer une semaine comme celle-là ! Bon, alors, je faisais le bord de mer, et Le Muet me lorgnait, il arrêtait pas de me lorgner. Il était en train de pêcher. Il me disait rien. Évidemment, comment j'aurais pu savoir ! Mais je sentais bien qu'il arrêtait pas de zyeuter là où tu sais. Ah, j'adore quand les mecs, ils s'excitent rien qu'en me regardant. C'est pas pour rien que je mets la minijupe, pour qu'ils s'excitent. Ce que t'annonces pas, tu le vends pas, pas vrai ? Alors, comme ça, je marchais sur le bord du trottoir, espérant pêcher un étranger, quand là-dessus, voilà Ruby qui se pointe avec le nègre qui lui servait toujours de boniche, oui, celui qui tabassait quand les gens voulaient pas de combines avec lui. J'aurais voulu disparaître sous terre ! Tu parles, je devais deux cents dollars à Ruby et j'en avais encore cinquante à lui rembourser. Bien entendu, il a foncé sur moi aussi sec et il m'a réclamé le fric. Tu parles du moment... ! Alors, je me suis mise à pleurnicher, je lui ai dit que je le rembourserais dans trois ou quatre jours, mais ce fils de pute m'a dit que je devais lui en donner trois cents... Tu te rends compte un peu ! Moi ? Alors, la moutarde m'est montée au nez ! Je me suis fâchée ! Et je lui ai lâché tout ce que j'avais envie de lui lâcher ! Il m'a flanqué une beigne. Non, pas le nègre, Ruby. Il m'a flanqué une baffe et il m'a dit qu'ils allaient me faire ma fête tout de suite, et le nègre m'a fait une clef, oui, il m'a tordu le bras et j'ai eu peur qu'il me le pète. Tout de suite ! Et puis, à cette heure-là, tu parles s'il y avait un flic ! Et les gens ils s'en foutent, personne ose intervenir. J'ai eu la trouille, tu peux me croire. Avec la réputation qu'avaient ces deux mecs ! Salopards, va ! Tu te souviens des Finlandais qu'on a retrouvés dans le bois de La Havane ? Les gens disaient que c'étaient eux. Attends, de la part de qui ? Dis-lui que je suis sortie, ma vieille, et qu'il rappelle plus tard. Et merci bien. Où j'en étais ? Ah oui, j'avais vraiment la trouille, et je pouvais même pas crier. À quoi bon ? Les pêcheurs se mêlent de rien de tout ça, eux ils pêchent, tu sais, et ils y passent la nuit, zyeutant tout ce qui se passe. Non, le truc de Cuchito, ç'a été autre chose. Personne lui a demandé de les défier. Bon, alors, comme je te disais, Ruby était en train de m'insulter et le nègre de me tordre le bras quand, tout d'un coup, Le

Muet s'avance sur Ruby, il le dévisage, et il regarde le nègre et il recommence à regarder Ruby, sérieux comme un pape. Alors, Ruby, qui se croit le roi du boulevard, sort un couteau. Écoute, ma vieille, je sais pas comment il s'y est pris, mais il l'a bousillé. T'aurais dû voir ça ! Le nègre ? Il a volé par-dessus le mur, qu'on aurait dit un charognard. Moi ? Je suis restée où j'étais, j'étais effrayée, je tremblais... Qu'est-ce que tu voulais qu'il me dise, puisqu'il est muet ? Tu vises un peu le tableau : Ruby sur le bitume, je pensais qu'il était mort, le nègre en train de se plaindre sur les rochers d'en-bas, et moi qui pissait de peur au milieu du trottoir. Rien. Il a attrapé son attirail, il m'a prise par le bras et on s'est cassés de là. Non, non, il a tiré une petite fiche blanche qu'il avait dans sa poche, et où il disait qu'il était muet. Eh bien, il m'a raccompagnée jusqu'ici et je l'ai invité à prendre un café, et tu connais la suite. Un peu plus d'un an. Bah, on raconte que le nègre, il s'est taillé à Guantánamo, le bras dans le plâtre. Non, non, Ruby, je l'ai jamais plus revu. En tout cas, il est plus jamais reparu sur le front de mer. Et pourtant c'était un dur à cuire. Il s'est peut-être barré dans le Nord. Tu veux un verre, ma vieille ? Y a de tout, du rhum, du cognac, du whisky. Mais oui, je t'ai dit qu'il buvait pas ! C'est vrai ! Non, prends tes aises, aujourd'hui il vient pas. Il est parti pour une semaine. Il avait des parents à voir, ou alors des potes, du côté de Matanzas ou de Santa Clara... Eh, ma vieille, tire pas si fort !

# 6

La seule fois où Ruby tenta de retourner dans son royaume, un mois et demi après son accrochage avec Tony Santa Cruz, ce fut celle de sa retraite définitive. Il ne se rendit pas compte que le type d'âge mûr et apparemment déglingué qui lui avait flanqué une raclée sur le front de mer l'avait pris en filature. Ruby, anxieux, se dirigeait à pied vers le cimetière de Colomb où il gardait le gros de ses « économies » sous le bac à fleurs d'un très vieux caveau. Une fois arrivé, il entreprit de fouiller dans la cachette, en tira des billets qu'il mit dans sa poche, laissa tout en l'état et repartit. Il ne sut jamais à qui appartenait le bras couvert de taches de rousseur qui lui emprisonna la gorge, lui coupant la respiration, ni le poing qui lui brisa la nuque d'un coup sauvage.

Deux ans et demi plus tard, l'équipe de Pépé l'Holguinais, fossoyeur à La Havane, passerait un mauvais quart d'heure devant les proches du défunt dont elle s'occupait ce matin-là : en retirant la dalle du caveau de famille, un cadavre, disposé sur le couvercle du cercueil supérieur, leur souhaita la bienvenue de ce rire moqueur typique des têtes de mort. Une sacrée trouvaille pour un dimanche matin ! Pépé replaça la dalle et fit ses excuses aux parents affligés, tout en envoyant chier en son for intérieur le fils de pute qui lui avait fait ce coup-là. Ç'allait faire un drôle de ramdam quand il informerait l'administration de la nécropole. Heureusement, la tombe d'à-côté était vide et tout se passa comme prévu, pourboire compris.

Tony arrivait parfois plus tôt sur le front de mer, se déshabillait et nageait un moment. Puis il installait ses cannes sur le mur et commençait à pêcher. Il s'introduisit peu à peu dans la société exclusive des pêcheurs de rivage, participant à leur fiction avec force gestes et hochements de tête, aidant de temps à autre tel ou tel des vieux quand survenaient des problèmes avec les cyclistes qui se prenaient dans les fils ou avec les magouilleurs qui rôdaient autour des touristes ou venaient surveiller leurs petites putes. Une de ces nuits-là, alors que ses potes de la pêche n'étaient pas encore arrivés, les cuisses parfaites d'une gamine l'excitèrent. Il s'écoula un bon moment sans qu'il sache trop comment l'aborder. Mais la chance, qui emmêle tout, était dans son camp ce soir-là. Trois coups de poing, un coup de pied et un lancer par-dessus le mur lui gagnèrent Elenita. Le lendemain, il récupéra ses affaires dans la piaule de Gobe-Mouches, où il se sentait vraiment de plus en plus à l'étroit, et il déménagea dans l'appartement de la gamine, au quartier de La Ceiba. Il n'eut pas de mal à s'adapter à cette nouvelle vie : c'étaient deux solitaires qui partageaient leur lit et se protégeaient mutuellement. Pour Elena, son muet n'était pas seulement une force enviable et compétente à son seul service, mais peut-être aussi l'unique soutien dont elle avait bénéficié depuis le divorce de ses parents, le changement d'appartement obligatoire et la fuite de sa maman à l'étranger. Tony jouissait de ce corps lascif et s'adonnait aux cajoleries folâtres de la jeune fille qui avait en outre le mérite de faire ce qu'elle faisait avec discrétion et dignement. Elenita lui fit découvrir les faits et gestes des proxénètes de la capitale : une ruche de guêpes, parfois féroces, toujours avides, mais vulnérables. Si vulnérables qu'ils devinrent son meilleur terrain de chasse. Dès qu'Elenita lui eut donné le bout du fil, Tony découvrit peu à peu par lui-même le tracé du grand labyrinthe havanais qui débouche sur le dollar clandestin. Et il se mit à planifier ses coups.

Il mena d'abord une enquête sur Ruby, qui était chez lui, se rétablissant de plusieurs fractures, et qui redescendrait dans l'arène d'ici à quelques semaines. C'était un mec dangereux. Selon Elenita, il était capable de tuer. Ses amis pêcheurs l'avertirent qu'il était mauvais. Un vétéran du mur, qui vivait au Fanguito et le connaissait depuis l'enfance, assurait que c'était un dur à cuire et qu'il avait des potes bien placés dans le milieu.

Tony décida de commencer par lui, sait-on

jamais. Peut-être pourrait-il faire d'une pierre deux coups. Et ce fut exactement comme ça, et bien mieux qu'il ne l'aurait présumé. Il piqua à Ruby presque sept mille cinq cents dollars avec le plus grand calme. Deux ou trois coups comme ça, et il pourrait de nouveau redresser sa vie.

Il attendit trois mois pour faire un nouveau coup. Il avait plusieurs candidats sur sa liste : deux chauffeurs de taxi, piliers de la Chorrera, où ils prenaient contact avec les gonzesses et leurs clients ; un métis petit et maigre, toujours vêtu d'une chemise-veste et portant des bottes de motard de la police, qui distribuait des sachets de cocaïne à vingt-cinq dollars le gramme, « la cocaïne la moins chère au monde », selon ce qu'on disait sur le front de mer ; une maquerelle qui faisait la collecte de ses nombreuses pupilles à partir de deux heures du matin, et un couple d'artisans qui roulaient fréquemment dans des voitures louées en dollars et dont la villa, du moins de l'extérieur, semblait beaucoup promettre. Il recueillait les informations en gardant les yeux bien ouverts. Les pêcheurs n'existaient pas pour les touristes occupés à leur bringue tropicale avec les *jineteras* et leurs potes. C'est comme s'ils n'étaient pas là. En plus, pour les gens, les muets, les aveugles et les invalides n'existaient pas plus.

Libéré enfin du balai de bruyère et de la pelle, il complétait les renseignements obtenus près du mur par des filatures éventuelles. L'esbroufe gratuite de cette mafia flambant neuf lui facilitait le travail. Il n'en menait pas moins des enquêtes, s'aidant d'un bloc-notes. Il lui fallait choisir soigneusement la source d'informations, presque toujours une petite vieille ou une ménagère d'âge mûr, et l'aborder en révélant sa mutité avant que l'autre ait le temps de réagir. Cela provoquait aussitôt un flot de compassion et une envie d'aider. Il sortait alors une petite feuille de papier de sa poche : « Camarade, je suis muet. Je cherche un homme qui travaille comme chauffeur de taxi. » Les réponses pleuvaient aussitôt. Il vit ici ou là, il travaille le matin, l'après-midi, le soir, il a une femme, des enfants, une amante, il boit, il fume, il provoque des scandales, il coopère dans la rue, il ne va jamais aux réunions du comité, il rentre tard, etc.

Il disposait d'une autre magnifique source d'informations à domicile : les amies d'Elena, bien que peu nombreuses, maudissaient constamment leurs jules, leurs mères maquerelles, leurs collègues, leurs clients, les flics qui les arrêtaient et qu'elles subornaient, les garçons d'ascenseur des hôtels et les portiers des établissements touristiques.

C'est à partir de ces commérages qu'il centra son attention sur deux candidats : l'un des chauffeurs de taxi, un mec fanfaron et flambeur, et le couple d'artisans.

Il concrétisa les deux projets en six mois. Il dut tuer le chauffeur quand celui-ci voulut opposer de la résistance. Mais il l'avait prévu. Il le refroidit d'un seul coup de poignard sous les côtes, de bas en haut, cherchant le cœur. C'était comme ça que son père tuait les porcs. Il le laissa sur place, assis dans son taxi, et il partit avec l'argent. Le coup des artisans lui prit plus de temps et n'exigea pas trop de violence. Juste ce qu'il fallait. Le seul imprévu fut que la femme sous sa chemise de nuit transparente était vraiment baisable.

Les choses marchaient bien. Mais il ne fallait pas tenter le sort, qui l'avait toujours traité à coups de pied au cul. Tony Santa Cruz savait que sa chance ne durait jamais longtemps. Du moins en terre cubaine. Il était temps de chercher de nouveaux horizons. Il paya un chauffeur de taxi collectif pour qu'il le conduise à Santa Clara. Il laissa une enveloppe contenant de l'argent à quelqu'un de confiance pour qu'il le remette à Elena au cas où il ne réapparaîtrait pas d'ici un mois. Et un beau matin de mars 1989, les yeux rougis à cause de la mauvaise nuit passée à la gare routière de Santo Domingo et l'estomac calciné par d'innombrables petites tasses de café lavasse et sucré au possible, il frappa discrètement à la porte d'une maisonnette, aux environs de Corralillo. Il avait obtenu l'adresse par l'intermédiaire du Camionneur, qui avait été son compagnon de cellule pendant les cinq ans de prison à Ariza. Son pote l'avait récemment averti par lettre de l'imminence de « bonnes vacances, avec partie de pêche et tout le reste », le prévenant d'« envoyer le fric pour la réservation ». Et Tony Santa Cruz, Le Muet, était là, misant de nouveau tout sur une seule carte. Mais, bordel de merde, il allait bien un jour tirer un atout maître !

## 7

Hialeah, le 15 février 1991

Chère cousine,

Souhaitant que tout le monde soit en bonne santé, nous ici, nous allons bien, Dieu merci, je voudrais te parler tout d'abord de mamie, et je te dirai que la pauvre, je la comprends, elle ne voulait pas rentrer là-bas, mais qu'elle n'allait pas non plus abandonner ses petits-enfants. Elle a assez souffert quand Maxito est resté en Russie et lui a écrit qu'il ne revenait pas parce qu'il avait épousé une Russe. Nous lui avons cousu deux billets de cent dollars dans sa doublure, pour qu'elle ait quelque chose à manger là-bas, et nous espérons qu'on ne les trouvera pas quand elle arrivera à La Havane, mais, comme tu sais, les gens du gouvernement sont insupportables avec ceux qui viennent ici voir leurs parents. Tante Rosa est partie aujourd'hui à Miami passer deux jours chez Marquitos et mercredi elle part à Cuba, que Dieu l'accompagne.

J'ai une bonne nouvelle à t'annoncer. Je ne sais

pas si je t'ai parlé de Tony, le monsieur qui travaille avec Rafaelito à la ferraille, qui est venu avec vous ici, il a à peu près quarante-cinq ans et il est très sérieux et il travaille bien, et tout le monde est content de lui, et moi aussi, et on est devenus fiancés et il dit que dès qu'il aura payé une dette qu'il a envers un bureau de l'État de la Floride, on se mariera, personne le sait encore, tu es la première à laquelle je le raconte, ma chère cousine, je suis très heureuse parce que j'ai enfin rencontré quelqu'un de bon. Rafaelito l'a connu en prison à Cuba, parce qu'il voulait partir du pays, et on dirait que quand ils l'ont attrapé ils l'ont blessé, parce qu'il resté muet et il a un bras amoché, mais ça n'a pas d'importance, parce qu'il est encore fort et en bonne santé, en plus il est très gentil et éduqué, il ne fume pas et ne boit pas, et il n'aime pas jouer aux dominos ou à la loterie, il passe son temps à lire et c'est quelqu'un de très propre, les dimanche il nous accompagne à la messe à l'hermitage de la Charité-du-Cuivre. Tu sais comment il est, Rafaelito, qui ne croit à rien, mais Tony est différent, on se comprend très bien : il entend parfaitement et quand il veut me dire quelque chose, il me parle par signes ou il écrit quelque chose sur un bloc-notes, et je te dirai aussi qu'il lit et qu'il comprend l'anglais tout à fait bien, et tu sais que même si nous sommes ici depuis un an et demi, maman et moi il n'y a pas eu moyen qu'on se débrouille dans cette langue, ce qui d'ailleurs n'est pas utile, parce que tous nos voisins sont Cubains ou Colombiens, mais Tony lit des journaux et des revues américaines et à la télévision il met les chaînes en anglais pour connaître les nouvelles, il m'accompagne presque toujours au *groseri* et il m'aide à faire les courses, il lit toutes les étiquettes et il cherche toujours le mieux et le meilleur marché, quand je ne comprends pas une étiquette, il me la traduit et il l'écrit sur le bloc-notes. Hier, on est allés se promener en voiture et on s'est bien amusés, il conduit lentement parce qu'il a appris à la ferraille et il n'aime pas faire de la vitesse. On est allés à la plage et au restaurant, et on est rentrés dans l'après-midi. Je l'ai tellement fait rêver que je lui ai demandé de m'amener un moment jusqu'à l'hermitage, et j'ai mis un cierge à Notre-Dame, et après on s'est promenés, c'est si beau, avec la mer qui me rappelle toujours Cuba. Maman est très contente, même si je ne lui ai encore rien dit, mais elle se rend compte de tout. La semaine prochaine, Tony pense aller à New York voir une sœur qui est allée vivre là-bas quand il était enfant, et quand il reviendra il va demander ma main, je me sens comme quand j'avais quinze ans, je vais devoir demander à Rafaelito de parler au patron pour qu'il augmente la paie de Tony pour qu'on puisse louer un appartement près d'ici, je ne veux pas rester vivre avec maman, mais je ne peux pas non plus m'éloigner trop pour pouvoir lui rendre visite de temps à autre, et tu peux être sûre que je t'inviterai à mon mariage, chère cousine, pour que tu sois ma dame d'honneur.

Ici il fait un temps merveilleux, avec beaucoup de soleil, sans nuages, et la 23e chaîne a passé un reportage sur les chutes de neige dans le Maine, vrai, je sais vraiment pas comment vous avez eu l'idée d'aller vivre à un endroit si froid. Tu dois être gelée tout le temps, ma pauvre cousine. Pourquoi vous ne venez pas passer la Noël avec nous ? Imagine un peu, on pourrait aller tous les jours à la plage comme à Cuba.

Tony Santa Cruz n'avait aucune sœur à chercher à New York. Son chemin était plus long – comme il le redoutait et le souhaitait à la fois – et sans retour. Il devait traverser le pays jusqu'au Pacifique, atteindre la Californie et mettre un point final aux cauchemars qui le tourmentaient depuis bientôt dix ans.

Il descendit du car à Jacksonville. Il mangea sur le pouce dans un snack-bar et consulta les itinéraires. Il pouvait choisir plusieurs routes dans les trois prochaines heures : Birminghan, Memphis, Little Rock. Il pensa qu'il raccourcirait le chemin en prenant par l'Arkansas. Il s'assit sur un banc, tira une fiche blanche de sa poche et écrivit : « Please, Little Rock, 8 :45 p.m. » Au guichet, l'employé acquiesça avec empressement, lui remit son billet et lui rendit cérémonieusement la monnaie. Tony avait encore deux heures devant lui. Il alla au kiosque à journaux, acheta les derniers numéros de *Newsweek* et d'*U.S. News and World Report*, et s'assit sur un banc pour attendre le départ de son bus.

La monotonie du paysage texan le faisait somnoler. « Une masse d'air polaire... » répétaient les speakers de la télévision à chaque journal parlé. Il se souvint des vagues couleur de plomb qui assaillaient le mur du front de mer, qui changeaient de teinte sur les récifs et dont la crête blanc-bleu se pulvérisait sur le parapet de béton, remplissant tout, à des rues de distance, d'une poudre de salpêtre qui finissait par se transformer au fil du temps en rouille sur les surfaces métalliques. Les fronts froids havanais, imitation ridicule du vrai hiver, ennemis des putes, des jules et des pêcheurs de rivage. Une nuit plus ou moins fraîche, et le lendemain on recommençait à suer comme si de rien n'était. Là-bas il n'avait jamais porté de manteau, il dormait même sans drap de dessus, mais ici la vague de froid l'avait obligé à dépenser soixante-cinq dollars dans un parka d'occasion, acheté dans un magasin de l'Armée du salut, à Wichita Falls. Les motels n'étaient pas chers, et il s'était contenté de manger uniquement dans des *fast-foods*. Il ne s'était permis qu'un seul luxe la nuit précédente. Quand il avait ouvert la porte de la chambre et qu'il était tombé sur cette fille basanée à moitié gelée dans sa minijupe, qui l'avait invité à passer une bonne soirée pour quelques petits billets, il l'avait laissé entrer. Dix-sept, dix-huit ans à tout casser. Du sang mexicain ou indien. De bons lolos, un petit cul bien rond, des jambes bien moulées et des cuisses de concours.

Il entreprit de se déshabiller, tandis qu'elle se glissait sous les draps. « Eh, ça fait cent *bucks* la nuit », précisa la fille. Après avoir sorti un billet de la poche de son pantalon et l'avoir placé sur ses vêtements à elle, il l'entreprit avec une faim qui venait de loin.

Marlène ? Kimberly ? Rose-Marie ? Il ne se rappelait plus le prénom. Et qu'importait un prénom, après tout ! Il ne pourrait même pas décrire son visage. Mais son cul basané et rond, en revanche, il s'en souviendrait longtemps, ça oui.

Il compliqua la route à dessein. Bien des années s'étaient écoulées, et il pouvait bien attendre quelques jours, quelques semaines de plus. Il ne voulait pas arriver à Los Angeles par le sud ou par l'est. Il ne savait pas pourquoi, mais il percevait que s'il arrivait par l'une de ces directions-là, ce serait comme s'il annonçait qu'il venait d'un endroit situé au sud-est de l'univers. Et cet endroit, tant pour lui que pour tous ceux qui partageaient sa vie quotidienne à Hialeah, c'était Cuba. Il agissait avec l'instinct du déprédateur : il devait laisser le moins de traces possible. Il payait toujours comptant, en petites coupures. Il voyageait en car, sur des trajets ni trop courts ni trop longs, en profitant pour réfléchir, pour lire la plus grande quantité possible de revues et de journaux et pour s'imprégner du paysage de cet immense pays. Le voyage ne s'était pas trop mal passé ; il n'aurait jamais imaginé tous les avantages que représentait le fait d'être muet dans un pays où l'on parlait une langue qui n'était pas la sienne. Il en avait profité pour décourager toute tentative de vérifier quelque chose à son sujet. Les réceptionnistes des motels lui tendaient le registre en silence, encaissaient et l'oubliaient au bout de quelques minutes. Les vendeurs de billets de transport lui souriaient, lui signalant du doigt les portes de sortie. Dans les *fast-foods*, les serveuses s'empressaient de le servir. Toutes les autres choses dont il avait besoin, il les trouvait dans les annuaires de téléphone et dans les pages d'annonces des journaux. Un certain nombre de fiches blanches sur lesquelles il écrivait en capitales d'imprimerie réglaient son problème : « Available room ? » « Please, the bus station ? » « How much ? » Il n'avait besoin de guère plus pour traverser le continent de l'Atlantique au Pacifique. Quelques mots et quelques billets. Et un motif, un bon motif. Et il l'avait, lui.

Il entra dans une petite pizzeria, d'à peine dix ou douze tables. Prenant l'expression de quelqu'un qui s'excuse presque, il commanda une pizza aux pepperoni et une bière qu'un garçon adolescent lui apporta quasiment sur-le-champ. Il mâcha lentement, tout en prenant une décision difficile, peut-être celle qui l'effrayait le plus de son périple transcontinental. Il se permit de commander une autre bière, qu'il avala aussi très lentement. Il tira une fiche blanche de sa poche, écrivit quelque chose et demanda l'addition. Il paya, laissant un pourboire adéquat. Il rentra à pied à son hôtel, récupéra sa valise et prit un taxi. Frissonnant presque, il montra la fiche écrite au chauffeur : « Please, to the airport », disait-elle. Il ne pouvait nier qu'à ce moment précis, et pour la première fois de sa vie, il avait peur. Tony Santa Cruz n'avait jamais pris l'avion.

## 8

La seule chose qui ne plaisait pas à Tony dans l'atelier, c'était la bande de Noirs chahuteurs, joueurs de dés et fumeurs d'herbe, qui conduisaient les fourgonnettes de l'entreprise. Quand trois ou quatre d'entre eux se retrouvaient ensemble, le boucan qu'ils faisaient était insupportable. Pire qu'à Cuba. Il préférait les cinq Salvadoriens qui vissaient à ses côtés, silencieux et redoutant la *migra*, ou les gardes de sécurité, des Chicanos ou des Mexicains, allez savoir leur putain de nationalité, car ils ne parvenaient pas à les distinguer. Toujours en train de parler de la « race », à s'inviter à des baptêmes, à des mariages, à des funérailles. Depuis cinq mois qu'il était là, il était parvenu à se constituer une cuirasse impénétrable, profitant de sa difficulté de communication. Il travaillait vite et bien. Peu lui importait que sa paie soit une misère. Son boulot consistait à monter, tournevis en main, différents modèles de petits contacts électriques, selon un brevet de son employeur, qui les produisait en série et les vendait à différentes industries. Que dirait

Mrs. Thorpe si Tony lui montrait sa carte de sécurité sociale ? Sûr qu'il ferait dans sa culotte et les foutrait tous à la porte. Mais cela n'arriverait jamais. Aux yeux de tous, il était un autre immigrant illégal, une autre de ces plantes arrachées dont les racines à la dérive s'étaient accrochées au sol salin de la côte Ouest.

Ses affaires marchaient bien. Il était arrivé là en sachant beaucoup de choses, énormément de choses : adresses, horaires, habitudes, préférences, relations, vices. Quel pays ! Les célébrités vivaient comme si elles étaient nues en pleine place publique. Elles apparaissaient et disparaissaient des affiches, mais reparaissaient, tantôt en diffusant leur propre lumière, tantôt à l'ombre de l'étoile du moment. Par ailleurs, quand ils n'avaient plus personne de très important de qui s'occuper, les échottiers fouillaient et finissaient par mettre au jour de vieilles et nouvelles histoires d'anciens protagonistes. Écrasé par l'avalanche d'articles, de photos, d'entrefilets et de notes de la chronique sociale, Tony s'asseyait parfois dans sa minuscule chambre, ouvrait le tiroir où il conservait les coupures de journaux et de revues et se mettait à rêver que le type en *dinner jacket* qui souriait au bras de cette intéressante quinquagénaire, c'était lui, Mr. Tony Santa Cruz, propriétaire d'un port nautique à Key West, à Hawaii, dans le golfe du Mexique ; que le quadragénaire athlétique qui mettait de l'ambre solaire sur le dos bronzé de la dame, c'était lui, ni plus ni moins, Tony, champion des profondeurs de Miramar, allez, on va descendre pour voir qui résiste arrêté une minute au fond à vingt brasses, vas-y, et il fermait les yeux, sentant le saveur salée de la mer sur les lèvres, la caresse froide de l'eau sur sa peau, reconstruisant les contours du fond marin havanais, de ce désert pelé où les poissons ne venaient presque que par habitude pour finir emmêlés dans sa nasse, et Tony se voyait lui-même, debout à la proue de ce beau yacht de la photo, deux langoustes à la main, tandis qu'elle souriait là-bas, un peu sur le côté, une longue flûte de champagne entre ses doigts fins. Mais au-delà du yacht, au-delà du sable, au-delà des salons magiques de Beverly Hills, au-delà des éclairs des flashs et des objectifs des caméras, il y avait la mer, la mer et le canon d'un pistolet, la mer et les balles qui entraient dans le corps de sa mère... la mer et l'abîme, la nausée, l'impuissance... La mer qui l'avait rejeté de son sein, les poumons tourmentés, et l'avait plongé des journées durant dans une tristesse corrosive dont seule la haine l'avait sauvé, cette même haine semi-consciente qui avait aidé le moribond accroché à son madrier à vingt-cinq milles de La Havane, la haine nourricière qui avait soutenu ses désespoirs et ses envies de mourir pendant les années de prison ; la haine technique et minutieuse qui l'avait accompagné jour après jour durant les préparatifs de sa vengeance ; la haine balsamique par laquelle il s'apaisait à La Havane, en parcourant la solitude innocente de ses rues nocturnes. Mais à Los Angeles, une ville violente où personne ne peut rafraîchir ses haines, ni les promener seul la nuit, Tony était devenu l'ami du whisky. Tout le temps où il s'était confiné dans son taudis de prétendu immigrant illégal, il avait connu une haine euphorique qui lui permettait de lancer dans le vide un regard souriant et de se réjouir l'imagination par la cruauté de sa revanche.

Tout était prêt et pensé dans les moindres détails. Il avait travaillé à son compte afin d'obtenir tout ce qu'il lui fallait pour modifier l'aspect de sa moto et la mettre au point. Il l'avait peinte, il lui avait ajouté quelques dispositifs – de nouveaux rétroviseurs, un pare-brise teinté, des lumières tapageuses – il lui avait changé la plaque minéralogique pour une autre du Wyoming et ajouté un nouveau carburateur qui fonctionnait avec la précision d'un chronomètre suisse. Les pneus, eux aussi, sait-on jamais, étaient neufs.

Il avait mis cinq semaines à se fabriquer ce qu'on appelle dans l'argot militaire un « poste d'observation ». Au début, il s'était presque senti dans un piège sans issue. Les sables de Malibu n'étaient pas un bon endroit pour épier. Les locataires distingués de la plupart des villas préservaient soigneusement leur droit de jouir d'une intimité bien gagnée et encore mieux payée. Dès lors, comment surveiller son objectif sans attirer l'attention ? Il traversa plusieurs fois la zone à pied, à moto, en taxi... Cette exploration l'avait conduit à une conclusion fondamentale : il devait parvenir à se fondre dans le paysage, se convertir en quelque chose de quotidien, d'habituel, en un objet banal parmi d'autres objets banals.

La solution, simple comme tout ce qui est génial, c'était sa lecture passionnée des revues qui la lui avait fournie. Il découvrit quelque chose qui attira son attention dans un vieux numéro du *National Geographic Magazine*. Pourquoi pas, après tout ? Il rumina l'idée pendant dix ou douze jours, chercha d'autres revues, passa quatre à cinq après-midi dans une bibliothèque publique et finit par se décider. Les dépenses n'étaient pas excessives : des jumelles sur un trépied, un appareil de photo adaptable, une casquette, un T-shirt adéquat et la location d'une boîte postale...

Quand il descendit de sa vieille moto et qu'il s'installa sur un promontoire, à environ sept cents mètres de son objectif, personne ne le dérangea. Il avait vérifié au cours de ses promenades antérieures que, de là, la façade et l'entrée latérale de la villa, ainsi que ses jardins et le garage, étaient parfaitement visibles. Le reste se voyait de la mer, où un yacht blanc discret se balançait à l'embarcadère, mais cet angle ne l'intéressait pas beaucoup. Il resta au même endroit au moment du crépuscule, feignant de surveiller le ciel, mais orientant ses jumelles en direction de la grille, du portail et de l'étage de la villa. Il ne prit pas beaucoup de photos à cette occasion. Personne ne le gêna non plus le lendemain. Même pas la voiture de police qui patrouilla lentement la route côtière, tandis qu'il s'installait en prenant tout son temps. La troisième journée de surveillance se déroula aussi sans encombre. Le quatrième jour, un couple de vieux, qui vivait là de toute évidence, passa devant lui au cours de sa promenade de l'après-midi et se borna à le saluer d'un hochement de tête. Il répondit, satisfait : apparemment, il n'attirait pas l'attention. Trois jours plus tard, il commença à se rendre à la plage en début de matinée. Il ne lui fut pas difficile de modifier ses heures de travail.

Il échangeait déjà des saluts silencieux avec cinq ou six des promeneurs habituels du matin, sans que personne ne lui ait jamais demandé ce qu'il faisait là. Et ce n'était pas la peine. Avec sa casquette bleue de joueur de base-ball, dont la visière portait ostensiblement un B jaune flanqué de deux petites ailes dorées, avec ses jumelles, son appareil photo, son carnet de notes et son T-shirt qui disait par-devant, dans des lettres couleur moutarde énormes, BIRDCAL, et par-derrière, en noir, The National Birdwatch Cooperative, il était l'un des milliers d'écologistes, naturalistes, amis des animaux, bien-pensants ou cinglés, qu'on pouvait rencontrer en Californie – et dans tout le pays – à chaque pas. Une fois, un petit groupe d'enfants, conduit par une femme d'âge mûr, aux traits nettement latins, l'entoura. Tony fit ce qu'il avait prévu. Il répondit par des gestes rapides, indiquant qu'il ne pouvait pas parler, se dirigea en hâte vers sa moto, ouvrit les sacoches, en tira une liasse de brochures et de revues après avoir compté les enfants du doigt, les leur distribua et, comme s'il s'excusait de sa mutité, ouvrit la bouche et montra son moignon de langue à la nurse, qui ne put s'empêcher de frissonner et de lâcher un Doux Jésus ! prononcé dans le plus pur dialecte chicano du sud de Los Angeles. Aussitôt il les invita à regarder dans les jumelles vers un petit point situé très haut, mais la femme, comme une poule effrayée, rameuta les enfants en balbutiant des remerciements. Il ne les revit plus pendant deux ou trois semaines, et quand il aperçut de nouveau l'uniforme rose à carreaux de la nurse, celle-ci se borna à le saluer de loin de la main.

Ç'avait été une excellent idée de se faire confectionner une douzaine de T-shirts portant des inscriptions de groupes d'observateurs d'oiseaux et de demander des brochures et des matériaux de promotion à plusieurs institutions de ce secteur. Ah ! merveilleux pays où tout pouvait se faire par la poste. Il distribua des prospectus à quatre ou cinq autres reprises et éloigna des enfants curieux en opposant l'obstacle infranchissable de sa mutité. Il était finalement devenu une pièce de plus de cette plage californienne un peu monotone. Accroché à ses jumelles, photographiant ceux qui entraient ou sortaient, notant soigneusement sur son carnet les mouvements des personnes et des véhicules, le jour vint où il put déterminer le pouls, les battements, la respiration de cette maison-là. L'heure était venue de les faire cesser. Il prépara son coup pour le dimanche suivant. La presse bavarde des milieux hollywoodiens lui avait fourni une information intéressante et il pensait pouvoir trouver ce qu'il cherchait dans la maison le dimanche matin. Il veilla jusqu'au petit matin, surveillant le portail et, un peu après trois heures, la Porsche blanche arriva en effet. C'était elle qui était au volant. Curieux, parce c'était lui qui conduisait d'ordinaire.

Il y avait onze ans que Tony Santa Cruz peaufinait sa haine. Il lui lâcherait la bride dans quelques heures à peine et aurait la fête tant attendue. Sa *mise en scène*, comme disaient les journaux qui parlaient de Broadway. Mais le scénario et la direction en seraient de Mr. Tony Santa Cruz. Avec une dédicace en première page : « À la mémoire de ma mère chérie. » Étrange pièce en un seul acte, avec trois artistes et sans spectateur.

À six heures trente, tout en mettant ses fiches blanches dans les poches de son blouson, Tony se rappela quelque chose qu'il avait lu un jour. Il ferma la porte de la maisonnette, ouvrit la petite remise et sortit la moto dans la cour. Oui, dans la Bible du Gobe-Mouches. Il fit démarrer la moto et laissa chauffer le moteur. Il ajusta son sac à dos à l'aide de mouvements lents et soigneux, comme s'il avait peur de voir s'enfuir les mots. Oui, c'était ça : « Il y a le moment pour tout, et un temps pour tout faire sous le ciel : Un temps pour enfanter, et un temps pour mourir ; un temps pour planter, et un temps pour arracher le plant. Un temps pour tuer... »

Il sourit et regarda en direction du croisement.

À 7 h 13, il entendit le crissement des pneus du boulanger. Il ne pouvait se tromper. Quand il prenait l'avenue et enfilait la route côtière, l'Italien fou se prenait pour un pilote de formule 1.

Il ouvrit le portail et enfourcha sa moto. Quand il vit passer le boulanger, il compta mentalement jusqu'à sept et démarra sans se presser. Il négocia avec soin la courbe de la rampe qui donnait sur l'avenue et accéléra brutalement en direction de la camionnette. Il savait que quand il aurait compté dix-neuf, la camionnette serait en train d'arriver au portail, mais qu'il devait, lui, ralentir et se maintenir derrière la dernière côte pour ne pas être vu du gardien. Et quand il atteindrait vingt-huit, il devait la laisser filer.

En arrivant au sommet de la côte, soixante mètres plus loin, il vit la camionnette franchissant le portail. Il était arrivé dans son décompte à trente-trois. Son calcul, vérifié à plusieurs reprises aux jumelles, avait été parfait.

Il coupa le contact et se laissa aller sur la forte pente.

Cinq mètres avant le portail, il vit le gardien de profil en train de se diriger vers la guérite.

Il empoigna la hache.

« Un temps pour tuer... »

# 9

Mardi, 07 h 15

Patrick O'Donnel, quarante-six ans, ex-marine, ancien combattant du Viêt-nam, travaillait depuis onze ans chez Star Security. Sa défense courageuse d'une banque de Beverly Hills lui avait valu cinq mois d'hospitalisation pour fractures multiples du fémur et du genou. Une rafale l'avait atteint juste au moment où il sautait en *barrel roll* par-dessus l'un des comptoirs. L'interruption de sa carrière de karatéka alors qu'il se préparait à atteindre le deuxième dan fut aussi l'effondrement de son monde. Abstème mystique, comme de nombreux enfants de père alcoolique, il tourna une partie de sa frustration vers la gourmandise. Deux ans après l'accident, il était passé de 82 kilos à presque 120. Ses chefs de la Star avaient besoin de gardiens athlétiques et costauds, et ils l'avertirent que s'il prenait une livre de plus, il serait licencié. Patrick avait besoin de ce poste. Nulle part ailleurs il ne pourrait gagner les quarante-cinq mille dollars annuels que lui payait la Star. Il y avait un passé et un *goodwill* auxquels il ne pouvait renoncer. Pas plus qu'il ne pouvait renoncer à Sally, une femme autoritaire et portée sur la consommation, ni à ses deux enfants adolescents, qui étaient coiffés court et croyaient en lui.

Dans le cadre de son dernier régime, il avait décidé de ne plus prendre le petit déjeuner chez lui. Il emportait un thermos de café non sucré là où on l'envoyait travailler. Il ne mangeait plus rien de solide jusqu'au retour, vers quatre heures de l'après-midi, où il faisait alors un repas substantiel omnivore. Réconcilié avec la vie, il respirait profondément et s'endormait devant le téléviseur. Cette routine et quelques exercices faits sans grand enthousiasme au petit jour lui avaient permis de perdre régulièrement six kilos par mois. C'est quand il en avait déjà perdu une vingtaine qu'il commença à garder la maison de Margaret Gaylord où la camionnette du pain arrivait tous les jours à 7 h 15.

Les premiers jours, après avoir ouvert la grille et l'avoir refermée depuis la guérite, il montait dans la camionnette aux côtés du boulanger et l'escortait jusqu'à l'entrée de la cuisine, au fond de la demeure. L'odeur du pain chaud que répandait l'intérieur du véhicule lui infligea sa première défaite. Il admit qu'après avoir perdu vingt kilos, il pouvait se permettre deux petits pains matinaux qui l'aideraient à supporter l'amère solitude de son café. Somme toute, Sally n'en saurait rien. Et, en effet, malgré les deux petits pains, il avait continué de perdre six kilos par mois, si bien qu'un peu plus tard il avait ajouté un peu de sucre au café et, plus récemment encore, un soupçon de beurre sur les pains.

Dès qu'il avait appris qu'Angelo, propriétaire de son établissement, était en même temps le chauffeur de la camionnette de livraison, Patrick avait cessé de l'escorter. En entrant, le boulanger lui tendait les petits pains sans descendre, recevait les pièces de monnaie et continuait son chemin jusqu'au fond pour que la cuisinière fasse son choix de la journée.

Ce matin-là, Patrick vit, comme à l'accoutumée, la camionnette apparaître au sommet de la côte, face à la grille, à quelque trois cents mètres. Il n'aurait pas pu voir la moto qui la suivait parce qu'elle n'avait pas encore atteint le sommet.

Fidèle à sa routine, il se tourna vers la petite table où étaient posés la radio et le téléphone, prit le thermos, se servit du café pour qu'il tiédisse un peu, poussa le bouton qui faisait coulisser la grille et descendit les trois marches de la guérite pour recevoir le pain.

Dans son dos, une moto descendait lentement la pente, le moteur éteint.

Cela faisait déjà une heure que Patrick comptait les minutes qui le séparaient du meilleur moment de la matinée. Suivant les conseils d'un autre gros, expert en la matière, il allait inaugurer ce jour-ci une pratique de mastication lente afin que le pain lui dure plus de temps dans la bouche. Le gros lui avait assuré qu'avec un peu de maestria, chaque petit pain pouvait lui durer une demi-heure dans la bouche, sans parler d'un avantage supplémentaire : cette mastication soutenue provoquant de la fatigue, avaler la dernière bouchée était moins dramatique, presque un soulagement.

Patrick O'Donnel ignorait qu'il ne mastiquerait jamais plus de pain, ni lentement ni vite. La trame de son destin était tissée.

Il salua l'Italien, tendit le bras vers la vitre, prit les pains, constata qu'ils étaient encore tout chauds et dorés, avala sa dernière salive et se tourna vers la guérite pour fermer la grille. Envoûté par la contemplation des petits pains, il ne fit pas attention à la moto qui entrait depuis l'avenue côtière. En entendant le fracas, il fit le geste de se retourner, mais la moto était déjà entrée et le renversa sur le côté. Il n'eut même pas le temps de s'emparer de son arme. Un coup de hache lui avait fendu le crâne. Les deux petits pains roulèrent sur le gazon. Ils n'étaient pas pour lui.

L'homme de la camionnette qui avait tout vu dans le rétroviseur accéléra pour gagner le fond et se réfugier dans la résidence. La moto le rattrapa quand, déjà à l'intérieur, il tentait de refermer la porte de la cuisine. La hache s'incrusta dans son cou. La cuisinière, une Mexicaine qui avait commencé à pousser des hurlements, une louche de bois à la main, fut mise hors de combat d'un coup de poing au menton.

L'inconnu entendit une autre voix féminine qui criait en espagnol de l'intérieur, puis le tambourinage sourd de quelqu'un qui descendait l'escalier de bois à toute vitesse. Quand des voix d'hommes lui parvinrent depuis la cour, il se cacha derrière la porte et tira son pistolet. Il était 7 h 18.

7 h 22

Le cadavre du boulanger gisait sur le plancher de la pièce attenante à la cuisine. Juan, le jardinier chicano, était assis les deux poignets ligotés : le gauche, à la cheville droite de Carmen, la femme de chambre salvadorienne, qui pleurait sur le ventre, et le droit, à la cheville gauche de Lupita, la cuisinière, qui priait, marmonnant quelque chose d'inintelligible sur la grande flaque de sa propre urine.

Entre-temps, l'inconnu traînait le corps de Patrick O'Donnel pour le dissimuler sous le plancher surélevé de la guérite. Précaution superflue car personne ne pourrait le voir de l'extérieur dès qu'il aurait refermé la grille, face à laquelle une barrière de cactus haute et dense protégeait depuis trente ans l'intimité des stars qui habitaient la résidence. Jamais aucun paparazzi n'était parvenu à prendre de photos depuis la rue, ni à pénétrer dans les jardins.

Le motard entra dans la guérite, décrocha le téléphone, s'inclina pour lire les instructions au bas de la console automatique et poussa le bouton rouge marqué *CLOSE*. Et de fait, le portail se referma.

Il retourna au fond de la maison. Le cadavre du chauffeur, un Noir gigantesque, gisait près du garage. Il hésita : devait-il le jeter au fond de la piscine proche ou le dissimuler dans le garage ? Il se décida pour le garage et revint dans la cuisine.

Avant d'entrer, il retira son casque et ses lunettes de soleil, tira de son sac une cagoule blanche, l'enfila, ferma la grosse porte de fer qui faisait communiquer la cuisine avec la cour, en passant le guichet, entra dans l'office et verrouilla la porte d'accès au garage. Il parcourut le rez-de-chaussée et vérifia que les deux autres entrées de la maison étaient dûment fermées. Il ferma aussi toutes les fenêtres.

De retour dans la cuisine, il s'assit devant une petite table, tira de la poche de son blouson un tas de petites fiches blanches et un stylo-bille et écrivit en espagnol :

OÙ LES PROPRIÉTAIRES PRENNENT-ILS LE PETIT DÉJEUNER ?

Le jardinier se hâta de répondre :

– Ça dépend, monsieur.

L'homme à la cagoule lui fit signe de poursuivre.

Le jardinier se racla la gorge, regarda la cuisinière qui, toujours allongée sur le ventre, continuait de marmonner pour le salut de son âme et se décida enfin, avec une expression de culpabilité, à parler dans un espagnol mexicain très gringo.

– En général, ils descendent au *dining room*, mais d'autres fois ils se le font servir *upstairs*, au petit salon, ou dans leur chambre, ou...

La femme de chambre, comme si elle devinait le

sort tragique qui attendait ses patrons, redoubla ses pleurs. L'homme encagoulé lui flanqua une grande claque sur une fesse et le sanglot réprimé se transforma en hoquet.

. OÙ VONT-ILS PRENDRE LE PETIT DÉJEUNER AUJOURD'HUI ET À QUELLE HEURE ?

Le jardinier secoua la cuisinière et lui lut la question tout haut. Elle interrompit ses prières et, d'une voix quasi inaudible, répondit en zézayant un peu :

– Je ne sais pas, parce qu'ils sont rentrés très tard, mais s'il fait beau, ils descendent à la piscine prendre juste leurs jus de fruit.

FERMENT-ILS LA PORTE DE LEUR CHAMBRE À CLÉ ?

Le jardinier détourna le regard et la cuisinière ne répondit pas.

L'homme à la cagoule fit signe à la femme de chambre. Le jardinier lui expliqua :

– Monsieur dit que si tu sais...

Elle se remit à sangloter et reçut une claque encore plus forte sur les fesses.

7 h 31

John dormait nu, le haut du corps découvert. Margaret s'était réveillée presque une heure avant et pensait à la soirée de la veille. Ils avaient dîné à Woodland Hills, chez les Cooper. Et malgré la présence de deux Oscar d'interprétation, d'un Pulitzer de littérature, d'un autre romancier célèbre, sans parler de plusieurs scénaristes et réalisateurs, la vedette de la soirée avait été John dès qu'il avait commencé à raconter des histoires de son enfance. Morris, envoûté par le récit, avait déclaré que John avait le don suprême de la littérature orale. Il l'avait comparé à Homère et aux troubadours. John était en verve et comme, au lieu des habituels *causeurs* qui monopolisaient le pousse-café, il avait eu ce soir-là un auditoire curieux, disposé à l'écouter, il s'était enhardi à boire plus que de coutume. Libéré de ses inhibitions, il avait entrepris de mimer les différentes manières de se sucer le pouce qu'avaient ses trois frères et lui-même. Il en était devenu si comique que Lynn Warren, déjà à moitié saoule, commença à uriner sur son siège et dut sortir en courant.

John était un poète, et vivre à ses côtés, un privilège. L'évocation de son oncle Larry, qui ne pouvait voir un flacon de médicament sans l'avaler comme de la liqueur, était pleine d'une poésie nostalgique, mâtinée de saillies ingénieuses et d'une appréhension de la réalité réservée uniquement aux êtres très intelligents et sensibles. Margaret avait découvert en John une réserve inappréciable pour sa dramaturgie. Elle avait commencé à le plagier et il s'en montrait satisfait. Pourtant, quand Reynolds lui avait demandé pourquoi il n'écrivait pas, il avait éludé la réponse : il ne savait pas écrire, il confondait le j et le g, et le k avec le q. Reynolds s'était fâché, mais, recourant à l'arme invincible de sa vraie modestie, John lui avait fait ses excuses. Il avait dit qu'il se sentait ridicule et un peu humilié face à plusieurs créateurs fameux, quand il se surprenait lui-même en train de s'excuser de ne pas savoir écrire. Il n'écrivait pas, de même qu'il ne pilotait pas d'avion ou ne collectionnait pas d'orchidées, pour la bonne raison qu'il n'en sentait pas l'impulsion, tout simplement. « Et l'impulsion de raconter ? », avait rétorqué Morris. La réponse de John avait été convaincante : quand il racontait une histoire, c'était parce qu'il avait du plaisir à la repenser à haute voix. Il oubliait ses interlocuteurs et égrenait les détails au fil de son évocation. Il savait que la lettre écrite ne lui procurerait aucune jouissance. Il devrait freiner le flux des souvenirs, trouver les mots adéquats, enjoliver les idées, chercher des formes originales, et cela l'angoissait. Mais, par-dessus tout, il n'avait jamais prétendu passer à la postérité. Et, reprenant son ton goguenard, il avait révélé qu'il n'aspirait pas à la célébrité ni à aucun prix, parce qu'il en avait déjà trop remporté. Satisfaisant l'attente qu'il avait suscitée, il déclara avoir triomphé, comme Diogène, de ses passions, de la peur, des erreurs que lui avaient inculquées ses parents et ses professeurs, de la pauvreté de ses origines, et voilà pourquoi il s'était décerné à lui-même plusieurs prix, plus précieux qu'un Nobel à ses yeux. Et puis, marié à un talent littéraire, la postérité de ses meilleures trouvailles était garantie.

La matière première anecdotique et de nombreuses reparties des deux dernières comédies que préparait Margaret provenaient de John. Elle n'avait encore connu personne qui disposât de cette étrange combinaison : penser par images, tout en étant capable d'intérioriser des connaissances et de théoriser à froid. Ce soir-là, ses anecdotes et ses commentaires sur la guerre du Golfe avaient été une dissertation magistrale, pleine de sagesse et d'une émotion sincère. L'auditoire lui avait dédié un silence qui retentissait aussi fort que des applaudissements. Quand il leur avait fait ses adieux, presque tous lui avaient renouvelé ou offert leur amitié et leur toit. Elle savait qu'elle n'aurait pas pu, seule, les captiver à ce point.

Oui, Margaret admirait John et attendait beaucoup de ses contributions. Elle était tombée sur un vrai génie, réservé à elle seule. Elle n'en avait jamais été plus convaincue que ce matin. Si elle parvenait à le mettre en permanence au service de son théâtre, elle s'assurerait une place au Parnasse, aux côtés d'O'Neill et de Thornton Wilder. Cela avait bien valu la peine de vivre, de souffrir, de tuer. Sa récompense en était John, ce courant de poésie et de vérité. Elle se rappela que Lynn et Edith ne perdaient pas John des yeux, mais lui, qui l'avait sûrement remarqué, avait redoublé d'égards envers Margaret, lui avait allumé ses cigarettes comme s'il lui faisait encore la cour, et il lui prenait constamment une main ou la regardait avec sa tendresse omnisciente.

Ils vivaient ensemble depuis maintenant trois

ans, en un *crescendo* affectif interminable. Rien dans son expérience n'était comparable au besoin qu'elle avait de lui à tout moment. Elle avait été heureuse avec Roff, et quand celui-ci était décédé et qu'elle s'était retrouvée en prison, elle avait pensé que ses meilleures années étaient révolues. Quelle erreur ! La vie aux côtés de Roff avait été un grand jeu, et, à l'instar de tous les jeux, une évasion ingénieuse. En revanche, avec John, elle vivait pour la première fois une réalité intense qui lui permettait d'être elle-même, sans faux-fuyants ni fictions. Et il l'aimait, lui, pour cela : parce qu'elle était ce qu'elle était, avec son histoire en noir et blanc. Bien que de contenus différents, les jalons de l'un et de l'autre présentaient beaucoup de coïncidences : refus adolescent de la famille, errances par le monde, homicides pour de l'argent, prison, rationalité absolue, refus de tous les « ismes » ; obéissance aux instincts ; orgueil de s'être ingéniés à survivre sans humiliations dans ce monde de merde, régi par l'argent et la tradition ; amour des livres, de la vérité par-dessus tout, des petites gens, des animaux, de la délicatesse dans le traitement quotidien. C'était un miracle que deux êtres aussi complexes aient pu se rencontrer et se reconnaître. Complexes et complémentaires. Margaret s'était demandé à maintes reprises ce qu'il adviendrait d'elle si elle perdait John. Elle ne se suiciderait pas, bien entendu. Elle se réfugierait dans le travail ; elle ne pourrait vivre que dans le recueillement, attachée à écrire ses mémoires, à l'évoquer jour après jour. Oui, le perdre serait une façon de mourir. Et ce serait aussi dire adieu pour toujours au sexe. John était le seul qui eût besoin, pour lui faire l'amour, de la regarder dans les yeux. Il disait ne pouvoir s'exciter qu'en regardant les femmes au-dedans. Peu lui importaient les appâts érotiques si les yeux de son amante ne savaient pas parler. Cette façon singulière d'aimer lui avait paru au début une courtoisie, une façon d'annuler la différence d'âge et d'attraits physiques entre une femme de cinquante-trois ans et un homme, assurément athlétique, de quarante et un. Mais, au bout de trois années de vie commune, elle avait su que c'était vrai : tant qu'elle conserverait une étincelle de sexualité en son corps et John dans son lit, Margaret resterait une femme jusqu'à un âge avancé.

John était en outre le seul être humain, homme ou femme, envers qui elle avait éprouvé une impulsion maternelle définie. Elle se complaisait à lui préparer son bain, à le peigner, à lui faire les ongles, à lui acheter des cadeaux. Et il lui était d'une dévotion canine. Il ne montrait jamais le moindre désir de sortir seul. Il s'intéressait à son travail, l'aidait à concevoir les trames. Quand quelque chose lui suggérait un souvenir, il mettait à sa disposition une série d'anecdotes abondantes et inspirées. Il était son compagnon, son amant, son fils, son père, son secrétaire et, surtout, son poète. Impossible d'imaginer, à peine quatre ans avant, qu'un homme moins âgé qu'elle occuperait un tel espace dans sa vie.

Il se tourna de côté, entrouvrit un œil et lui sourit. Elle lui prit la main et, de l'autre, entreprit de le caresser. Il aimait qu'elle lui passe lentement la pointe des ongles depuis les tempes jusqu'au sommet du crâne, mais rien qu'en remontant. Pour lui plaire et l'entendre gémir d'un plaisir félin, elle était capable de passer des heures à cette caresse.

Tournant le dos à la porte de la chambre, Margaret ne prit pas garde que la lourde poignée de bronze repoussé s'inclinait très lentement vers le bas. Elle continua de gratter John et de lui souffler sur le visage. Elle tâcherait de dormir encore un petit peu, au moins jusqu'à huit heures. Puis elle inviterait John à la piscine, et ils iraient déjeuner à Los Angeles. L'après-midi, elle avait rendez-vous avec son agent.

La poignée de la porte, parfaitement huilée, luisante, finit par arriver, en un mouvement imperceptible mais constant, à la position des vingt minutes.

Margaret découvrit un ou deux cheveux blancs sur les sourcils de John. Dès qu'il se réveillerait, elle les lui épilerait. Peut-être lui couperait-elle aussi les mèches des tempes qui avaient trop poussé. Elle nota aussi quelques minuscules verrues sur ses paupières. Cholestérol ? Elle l'emmènerait le lui faire contrôler.

La poignée indiquait vingt-huit minutes.

Margaret commença à somnoler. Elle lâcha la main de John et passa le bras sous l'oreiller. Très doucement, comme venant d'une plaine lointaine et gelée, on entendait *L'Hive*r de Vivaldi.

La poignée revint rapidement à sa position de

départ et on entendit trois petits coups sur la porte.

Margaret se redressa sur les coudes. Bizarre ? Ce devait être Carmen. Pourquoi ne l'appelait-elle pas par l'*intercom* ? Serait-il en panne ?

On recommença à frapper.

Contrariée, elle rejeta les draps et descendit du lit. John murmura quelque chose et se retourna de l'autre côté.

Elle glissa ses pieds dans les pantoufles et marcha nue vers le fauteuil de cuir *capitonné* où elle avait laissé sa robe de chambre. Elle se pencha à la fenêtre et ne vit aucun véhicule dans le jardin.

Les petits coups se répétèrent, plus forts. Elle s'arrangea un peu les cheveux et se disposa à ouvrir.

À la porte, il n'y avait personne.

Quand elle fit un pas en avant pour se pencher, un homme encagoulé surgit devant elle et la repoussa brutalement à l'intérieur. Margaret s'effondra de côté, contre la paroi de bois, à l'autre bout de la chambre. Son cri d'épouvante réveilla John qui se dressa d'un bond. L'homme à la cagoule, une batte de base-ball entre les mains, le renversa d'un coup formidable sur la tempe droite. John parvint à se protéger en levant le bras et sentit craquer les os de son poignet. Il s'effondra par terre. L'homme en cagoule lui coupa la respiration d'un coup de pied sauvage en plein dans les côtes. Margaret tenta de se dresser, mais l'homme l'attrapa par les cheveux, la traîna jusqu'au lit et lui attacha une main avec des menottes au lourd pied de bois sculpté. John gémissait, étourdi. C'était un tas de chair inerte. Margaret l'imagina brisé de l'intérieur et commença à sentir une rigidité derrière les oreilles. L'horreur avait été toute sa vie un mot abstrait, presque uniquement une interjection, mais en trois secondes à peine il venait de se remplir d'un contenu physique : une chatouille lui remonta de la nuque au cuir chevelu, comme si un peigne électrique très froid lui hérissait les cheveux.

L'inconnu laissa la batte de côté et prit John par les aisselles pour l'asseoir sur le fauteuil. Il tira un fil de fer très fin d'un sac qu'il posa par terre et lui fit un nœud autour du cou.

Elle se mit à l'implorer.

– S'il vous plaît ! Demandez-moi ce que vous voulez, j'ai de l'argent, beaucoup d'argent, nous ne vous dénoncerons pas, laissez-le, ne lui faites pas de mal, nous vous donnerons ce que vous nous demandez, de grâce, monsieur, je vous comprends, j'ai eu besoin d'argent moi aussi et je l'ai volé, j'ai tué, monsieur, vous en avez besoin et nous en avons, la violence est inutile, en parlant nous pouvons nous comprendre, j'accepte tout ce que vous demandez...

Voyant que l'inconnu continuait de serrer le fil de fer autour du cou de John, elle se cacha les yeux et se mit à pleurer, tout en continuant de parler :

– Si John a de vieux comptes à régler avec vous, je vous en paie le triple, le quadruple, tout ce que vous me demanderez, mais vous ne gagneriez rien à l'étrangler.

Une fois le cou bien entouré, l'inconnu redressa un peu John sur le fauteuil et passa les fils derrière le dossier pour les croiser ensuite sous les pieds arrière du siège et les amarrer en un nœud multiple.

Voyant qu'il ne l'avait pas étranglé, Margaret tenta de retrouver son calme.

John avait ouvert les yeux. D'une main, il se soutenait le poignet, par en dessous. Il regarda l'homme à la cagoule avec sérénité et dit :

– Dis-nous ce que tu veux ?

L'homme sortit ses fiches et gribouilla :

A COLD BEER

– Une bière fraîche ? répéta John, pour que Margaret l'entende.

– Prenez-la dans le freezer, dit-elle, et elle indiqua une porte d'acajou, encastrée dans le santal clair qui tapissait la chambre.

L'homme alla à l'endroit indiqué, inspecta ce qu'il y avait dedans et ne trouva que de la bière en bouteille.

Il reprit ses fiches et écrivit :

I DON'T LIKE BOTTLES I LIKE BEER IN BLUE CANS

– Alors, descendez, dit-elle, et demandez-la aux domestiques.

Il décida de mentir. Il écrivit :

ALL ARE DEAD I KILLED THEM

John baissa le regard, et Margaret, en respirant avec horreur, laissa échapper un gémissement sourd.

– Que voulez-vous de nous, s'il vous plaît ?

L'homme à la cagoule sortit de la chambre sans lui répondre.

– C'est un fou homicide, dit-elle. Que faisons-nous ?

– Lui raconter nos vie, exagérer un peu, le distraire, laisser à la Security le temps de frapper à la porte, je ne sais... répondit John, et il fit un geste de douleur, les yeux révulsés.

– Il t'a fait très mal ?

– Le poignet et les côtes fracturés.

L'homme à la cagoule reparut à la porte. Il ramenait une canette bleue, de bière bon marché. Il alla au téléviseur, l'alluma, prit deux oreillers sur le lit et le posa par terre à côté de Margaret. Il ouvrit sa bière, arrangea les oreillers pour en faire un dossier, s'assit par terre et passa une main par-dessus l'épaule de la femme. Il regarda un programme pour enfants pendant quelques minutes, tout en lui caressant distraitement un bras.

Margaret interrogeait John d'un regard désespéré.

Il lui fit comprendre par gestes que plus l'inconnu prendrait son temps et mieux ce serait pour eux. Malgré la douleur évidente qui lui lacérait le visage, il l'exhorta à rester sereine. Il était 7 h 51.

8 h 05

Les vigiles de la Star disposaient de quatre téléphones pour entrer en communication avec le centre de Los Angeles. Les fondateurs de la société, très vieux jeu, faisaient plus confiance aux services téléphoniques de l'État de Californie qu'aux systèmes modernes de micro-ondes, de télécopieurs, de modems, de messagerie électronique et tout le saint-frusquin, qui les mettaient en boule. Leur rythme à eux, avant de se retirer de la police, était celui des années cinquante. C'était un bon rythme, qu'ils n'avaient pas besoin d'accélérer pour être à la dernière mode en matière de communications.

Ainsi, les vigiles qui travaillaient pour eux les informaient toutes les heures de la situation dans leurs maisons respectives. Chaque rapport se faisait en quelques secondes. Le vigile s'identifiait par son code et disait : « Ici 127 : R.A.S. » S'il devait fournir quelque observation d'intérêt pour la sécurité du lieu sous sa surveillance, il lui fallait le faire en moins d'une minute, si bien que chaque téléphone de la Star pouvait recevoir soixante appels par heure. Avec quatre lignes, la société couvrait largement les besoins de ses deux cent douze clients habituels.

Patrick O'Donnel devait téléphoner sans faute à la quatrième minute de chaque heure. Ce matin-là, il avait informé normalement à 06 h 04 et à 07 h 04. Ne recevant pas son appel à L.A. à 08 h 04, le centre lui téléphona à 08 h 05, sans obtenir de réponse, bien qu'on entendît pourtant le téléphone sonner dans la guérite. La société appela alors à la villa. Personne ne répondit non plus au premier appel.

8 h 06

L'homme à la cagoule, debout maintenant près de la table, finit de compter l'argent qu'il avait tiré du petit coffre et le mit dans son sac. Il prit la clef de l'endroit qu'elle lui indiqua et ouvrit le tiroir. Il se mit à examiner les bijoux dans le plus grand calme. Le téléphone sonna de nouveau.

John et Margaret se firent un signe d'intelligence et John s'adressa à l'homme à la cagoule.

– L'appel, expliqua-t-il, vient de la compagnie de sécurité qui veille sur notre maison. Comme elle n'a pas reçu le rapport du vigile, elle téléphone pour savoir s'il est arrivé quelque chose.

L'homme finit d'avaler sa bière, descendit du lit, écrivit quelque chose et montra la fiche à Margaret :

REPEAT IN SPANISH

Elle le lui répéta en espagnol et ajouta :

– Nous devons répondre quelque chose, parce que, sans ça, la police sera ici dans vingt minutes au plus tard. Nous pouvons dire que mon mari s'est accidenté et que le gardien a dû le conduire à l'hôpital ou quelque chose comme ça... Je vous en prie, vous pouvez être sûr que nous avons tout intérêt à ce que vous puissiez vous enfuir.

En guise de réponse, l'inconnu retira sa cagoule et la regarda, souriant. Il chercha une fiche blanche dans la poche de son pantalon :

TU NE DEVINES PAS QUI JE SUIS ?

Bien que le type eût commencé à s'exprimer en espagnol, il ne semblait pas être un Latino, ni quelqu'un qu'elle connût. C'était un homme quasi chauve, aux yeux clairs, aux cheveux et à la barbe très blancs. Quand il était encagoulé, elle l'avait imaginé bien plus jeune. Pourtant, en le voyant marcher de profil, il lui sembla le connaître.

Le téléphone continuait de sonner.

Margaret eut à cet instant la certitude qu'elle allait mourir. John et elle allaient mourir sous peu. Si l'homme avait enlevé sa cagoule, c'était qu'il ne craignait pas qu'ils le reconnaissent. Margaret commença à perdre le contrôle de ses sphincters.

L'homme s'accroupit à côté d'elle. Il remonta sa barbe et lui montra une cicatrice de balle, au cou. Le téléphone recommença à sonner.

Elle continuait de le regarder, perdue. C'était sans aucune doute un malade mental qui était venu pour John. Pourquoi diable lui montrait-il cette blessure ?

Son seul espoir était dans ce que pourrait faire la Star. Le mieux serait de converser avec lui. Oui, de lui raconter sa vie, par exemple. Dommage que John lui ait dit ce truc du téléphone.

L'homme se retourna et ôta son blouson et sa chemise. Il avait une autre cicatrice dans le dos.

Peut-être alors un ancien combattant du Viêt-nam qui était venu se venger ? Y avait-il quelque chose que John lui avait toujours caché ?

L'homme continua de la regarder fixement. Il se pencha et sortit une autre fiche blanche :

TU NE ME CONNAIS VRAIMENT PAS, MON CHOU ?

Margaret sentit qu'elle ne devait pas se laisser dominer par l'épouvante ni par l'imminence de la mort. L'homme était peut-être un fou échappé d'un asile. Elle devait gagner du temps, lui parler, oui, le distraire. Comment se faisait-il que John n'ait l'idée de rien ?

– Ces bijoux valent plus de cent mille dollars, dit-elle, et si vous permettez que mon mari sorte, je peux vous en offrir cent mille autres.

Elle fit une pause. John l'encouragea d'un hochement de tête.

– Hein ? Qu'est-ce que vous en dites ?, poursuivit-elle. Je reste ici entre vos mains, pour vous donner la garantie que je ne...

Il la fit taire d'un geste brusque des deux mains. Il fouilla dans son sac, en sortit une enveloppe et, de celle-ci, une photo qu'il lui tendit, lui faisant signe de la prendre.

Elle avait les doigts gourds et ne pouvait quasiment pas bouger le bras. Elle se sentait au bord de l'évanouissement.

Quand l'inconnu lui mit la photo sous le nez, elle vit...

Hein ?

Elle fronça les sourcils. C'était une vieille photo.

Elle ? Mais oui, c'était bien elle !

Oui, en maillot de bain, dans ce deux-pièces sexy, scandaleux, rouge et blanc qu'elle avait porté... à Cuba ! Qu'elle avait porté la seule fois où il le lui avait demandé, lui... !

Lui ? Oui, celui qui était assis à ses côtés, au bord de la piscine.

Lui ! ! !

Quand elle comprit que Tony Santa Cruz était vivant et qu'elle l'avait devant elle, Margaret déféqua d'un seul coup. Un hurlement épouvantable parcourut toute la villa. En bas, la cuisinière et la femme de chambre faisaient des signes de croix et pleuraient en criant.

Tony alla chercher sa batte. Elle ne pouvait pas parler, elle ne pouvait pas penser, elle ne pouvait que hurler et voir et se griffer le visage et, tout en hurlant, c'est comme si elle sombrait dans un abîme, et elle souhaitait seulement mourir, mourir au plus tôt, et elle vit Tony, batte à la main, faire un pas en arrière pour prendre ses distances et défoncer la tête de John à grands coups féroces, un, deux, trois coups, et le corps inerte de son bien-aimé secoué par les impacts comme une marionnette, et elle, dans un silence d'agonie, sans respirer, tous les muscles raidis, puis elle vit Tony, après qu'il lui eut rejeté la tête en arrière, égorger lentement John d'une oreille à l'autre, le sang coulant en abondance sur la poitrine et le ventre nus, et elle sentit sa bouche se contracter, partir de côté, se tordre, un cauchemar ? non, sa bouche se tordait bel et bien, les lèvres se fronçaient du côté droit et s'étiraient douloureusement du côté gauche au point de se dresser à la verticale au bord de la joue, tandis que ses entrailles se vidaient et qu'elle se mettait à trembler, le cœur avait cessé de battre durant plusieurs secondes et repartait maintenant avec furie, sans contrôle, elle s'accroupit en position fœtale, mais elle vit pourtant Tony, les mains ensanglantées, s'asseoir sur le plancher à côté d'elle et se nettoyer les mains sur la descente de lit, elle voulut fermer les yeux mais sans le pouvoir, le gauche commença à augmenter, à enfler et à durcir, comme s'il voulait éclater ou sortir de l'orbite, et la dernière chose qu'elle vit ce fut Tony Santa Cruz en train de tirer de son sac des tenailles et une scie.

Margaret mourut d'un arrêt du cœur.

Il comprit qu'elle était morte : sans cesser d'être pelotonnée sur elle, elle étira soudain la jambe, couverte d'excréments.

Tony jeta les tenailles et la scie dans le sac et se mit à pleurer, hochant la tête comme s'il ne pouvait y croire. Il avait attendu onze années ce moment-ci. Il avait rêvé de la mutiler, de la transformer en une morte-vivante comme lui. Il avait pensé lui arracher des morceaux du visage, une oreille, avec les tenailles, lui scier les seins, mais la laisser en vie, convertie en un rebut, mais elle lui avait échappé. Par sa faute. Qu'est-ce qu'il avait besoin de tuer le type avant ? Encore que oui, il avait prévu de le tuer, parce qu'il devait détruire sous ses yeux à elle ce qu'elle aimait le plus. Œil pour œil.

Il remit sa chemise et son blouson, ramassa la batte et descendit au rez-de-chaussée, détruisant tout ce qu'il rencontrait sur son passage. Il décapita une statue, poignarda un paravent chinois, brisa des vitres, des miroirs, des jarres, mit le feu à un rideau.

Il se déplaçait sans hâte.

Il sortit sa moto du garage et s'approcha de la grille. Ça lui était bien égal qu'on l'intercepte. Il écumait un peu de la bouche. Mourir en se battant contre la flicaille gringa le laissait froid.

Mais personne ne se mit en travers de son chemin. Il descendit calmement de sa moto, entra dans la guérite, ouvrit le portail et une demi-heure plus tard abandonna son engin à un bout du parc Hollenbeck, à l'est de Los Angeles.

Maintenant rasséréné, il eut envie de se tuer. Quel sens avait sa vie à présent ? Il déambula sans rien voir pendant trois heures, quatre heures, jusqu'à ce que l'épuisement l'oblige à s'arrêter. Il entra dans un bar. Il commanda une bouteille de whisky. Seule, sans soda ni glaçons. Il laissa un billet de cinquante dollars sur le comptoir. Le garçon regarda discrètement l'heure et hocha la tête sans rien dire. Il lui tendit la bouteille et, tout en comptant la monnaie, le vit du coin de l'œil s'enfiler un demi-verre.

# 10

Eh, Carola, apporte-moi une ou deux bières. Ah, et bien fraîches, hein ! Si tu savais comme j'regrette celle de là-bas, mon vieux Beto ! Celle qu'avait une étiquette, et même la plus minable en bouteille, si tu veux, parce que celle d'ici, on dirait d'la pisse. Enfin, les voilà ! Qu'est-ce que t'en dis ? De la vraie Pilsen, mon frère ! La meilleure bière du monde ! Tu t'rends compte, les Tchèques ont bousillé celle du communisme et maintenant ils l'amènent par ici. À La Havane, en tout cas, c'est pas demain la veille qu'ils vont pouvoir s'enfiler une bière pareille. Tant que ça changera pas... Aaaaah, ça fait du bien par où ça passe, mon pote ! Bien, et alors, comme elle s'en sort ma frangine à Jersey City ? Elle doit crever d'froid. À vous le pompon, mon pote. Vous la voyez, vous lui faites du gringue, vous vous mariez et vous vous barrez aussi sec. Merde alors, tu nous as même pas laissé le temps d'dire ouf ! Bah, au fond, j'm'en réjouis, Beto, tu peux m'croire, parce que je pensais qu'Ana, elle allait rester vieille fille. Oui, mon pote, parce que notre foutu monde, il est comme ça. Mignonne, gentille comme tout, et elle allait rester seule... Et pourtant tu vois des bonnes à rien qui se marient deux fois, trois fois... Quelle merde ! Non, non, avec maman, y a pas d'problèmes, dis à Ana de pas s'tracasser. T'as vu comme elle est, Carola, elle s'occupe de maman comme si elle était sa fille. Bien sûr, c'serait l'bouquet qu'elle s'occupe pas d'maman. J'suis pas son mec pour rien, non ! Carola ! Carolaaa... ! Apporte-moi des cacahuètes... ! Hein ? C'est du pareil, alors des amandes, ou des pistaches, ce qui t'chante ! Mais apporte quelque chose, et aussi une autre bière. Eh bien, oui, mon vieux Beto, tu vois, moi qu'avais pas un radis dans l'patelin... Ça a pas mal marché du tout. Mais j'regrette là-bas. Eh ben, ouais, merde, rigole pas ! Les cinq ans qu'j'ai passé en taule ? Bah, la taule c'est fait pour les mecs. Et puis t'y entres et t'en sors. Mais c'est pas facile, crois-moi, tu vis cinquante ans à un endroit, et va pas croire, recommencer à nouveau, c'est un sacré truc, mon pote. Un autre pays, une autre langue, et même les femmes. T'as vu un peu comme elles ont pas d'fesses, les gringas d'ici ! Heureusement qu'il y a ici beaucoup de Latinos, ouais, des gens de là-bas, des Colombiens, des Nicas, de tout c'que tu veux. Non, non, j'te dis, j'peux pas m'plaindre. Mes affaires vont bien. Depuis qu'je suis l'patron, j'me suis fait au moins quarante mille net. Ah, ah, bien sûr, mon vieux, on attrape toujours un p'tit quelque chose sous la table. Et toi aussi, t'es en train de faire surface, hein ? Dis donc, à propos, si t'as besoin d'quelque chose, dis-le-moi. Merde, pour qu'on dise pas que j'ai pas aidé mon beauf ! C'est vrai ? C'est comme tu veux. Voilà, ça y est, le ravitaillement arrive... *Quick delivery*, qu'on appelle ça ici. Carola, mon chou, assied-toi un moment et prends une bière avec nous. Sinon, qu'est-ce qu'il va dire, Beto ? La vieille ? Ah, c'est vrai, j'avais oublié. Bon, occupe-toi d'elle et ramène-toi, d'ac ? Comme j'te disais, mon frère, personne peut dire ici, à Hialeah, qu'Rafael le Camionneur, il a pas tendu la perche à ses potes quand ils le lui ont demandé. Tiens, prends un peu Tony, Le Muet. Oui, oui, en personne. Ana t'en a parlé ? Qu'est-ce que tu crois ? Non, ç'a été un flirt tranquille. Oui, j'crois qu'elle s'était fait des idées, mais l'mec il a disparu dans la nature. Non, non, un mec bien et avec des couilles au cul. En taule, il m'a sauvé la vie. Et après on est venu ici ensemble, on a tout risqué sur une barque, mon vieux. J'sais pas, c'est un mec bizarre. Il a disparu d'ici pendant au moins un an et quelque. Réjouis-toi, parce que t'en as profité, t'es arrivé et t'as tiré l'gros lot. T'as pas à t'plaindre ! Et alors, le mec vient d'se pointer d'nouveau, et j'lui ai tendu la perche encore une fois. Oui, il est là, à la ferraille, il fait d'la mécanique toute la journée, et la nuit il bosse comme gardien. J'le paie bien, parce que si tu vas aider un pote c'est pas pour en profiter, hein ? Et Rafael le Camionneur, il fait pas ce genre de saloperie à un compatriote, et encore moins à quelqu'un qui a été franco avec lui. Il vit dans une de ces caravanes, par là, il va nulle part, il passe son temps à lire des vieilles revues et à regarder une boîte de coupures de journaux qu'il a sous la table. J'crois qu'il est un peu cinglé. Tiens, si tu veux savoir, c'mec-là, il buvait pas, il fumait pas, rien de rien, il a disparu tout c'temps que j't'ai dit dans la nature, et il revient, devenu un soûlot, avec une blondasse du genre traînée, oui, une yankee toute maigre, avec des marques de piqûres pleins les bras. Si elle se... ? Ah, ça, j't'en fiche mon billet ! J'crois bien que même Le Muet, maintenant, il fait l'voyage. Si tu veux savoir, la petite traînée, elle planait parfois tout à fait, les yeux grands ouverts et avec une envie de baiser un âne ! Une sacrée connasse ! Bon, alors, comme je te disais, Le Muet radine sa fraise dans sa caravane, et il m'demande s'il peut travailler d'nouveau à la ferraille. Qu'est-ce que tu crois que j'lui ai répondu ? Eh ben, qu'il pouvait toujours compter sur moi. C'est vrai que sa gonzesse à la con, elle me plaisait pas, mais alors pas du tout. Une grande gueule, une menteuse, toujours en train d'cracher sur les Latinos... Oui, parce que la connasse, elle croyait que j'savais pas l'anglais, et je l'ai surveillée, un jour qu'Le Muet était complètement parti, ouais, avec une biture du tonnerre de Dieu, et je l'ai foutue à la porte à grands coups d'pied dans l'cul. Qu'est-ce qu'elle a dit ? Elle mourait d'peur, mon pote ! Tiens, j'ai sorti l'flingue que j'avais dans le tiroir d'la cuisine et j'lui ai dit tout bas : *fok aut of jiar bich, aï kil you.* Pour si elle avait pas pigé ! Eh ben, tu m'croiras si tu veux, mais elle est redescendue aussi sec sur terre, elle a pris ses affaires et elle s'est barrée en quatrième vitesse. J'l'ai jamais plus revue. Mais lui, parce que c'est mon pote, j'lui ai dit que dalle. Tant qu'il bosse comme il faut et qu'il me fout pas l'merdier, j'me fous comme de l'an quarante qu'il s'biture tant qu'il veut et qu'il s'fume toute l'herbe qu'il a envie. C'est pas mes oignons ! Quoi ? Oui, je t'écoute, Carola. Ça va commencer ? Bon, mon pote, attrape ta bière, on va voir le match. Ah, tu sais pas ? Merde alors, l'équipe d'Oakland ! Tu vas voir le sacré *home run* qu'il va leur mettre Canseco, aujourd'hui ! Quand ce gars-là s'installe sur le marbre et s'met en position, avec sa batte dans les mains, c'est pas rien, tu peux m'croire... ! J'ai l'impression d'voir Cheíto Rodríguez au stade Sandino. Je t'le jure sur la tête d'ma mère, mon pote...

## Rivages/noir

Joan Aiken
*Mort un dimanche de pluie* (n° 11)
Robert Edmond Alter
*Attractions : Meurtres* (n° 72)
Claude Amoz
*L'Ancien crime* (n° 321)
Jean-Baptiste Baronian
*Le Tueur fou* (n° 202)
William Bayer
*Labyrinthe de miroirs* (n° 281)
Marc Behm
*La Reine de la nuit* (n° 135)
*Trouille* (n° 163)
*À côté de la plaque* (n° 188)
*Et ne cherche pas à savoir* (n° 235)
*Crabe* (n° 275)
Tonino Benacquista
*Les Morsures de l'aube* (n° 143)
*La Machine à broyer les petites filles* (n° 169)
Bruce Benderson
*Toxico* (n° 306)
Pieke Biermann
*Potsdamer Platz* (n° 131)
*Violetta* (n° 160)
*Battements de cœur* (n° 248)
Michael Blodgett
*Captain Blood* (n° 185)
Daniel Brajkovic
*Chiens féroces* (n° 307)
Wolfgang Brenner
*Welcome* Ossi ! (n° 308)
Paul Buck
*Les Tueurs de la lune de miel* (n° 175)
Edward Bunker
*Aucune bête aussi féroce* (n° 127)
*La Bête contre les murs* (n° 174)
*La Bête au ventre* (n° 225)

James Lee Burke
*Prisonniers du ciel* (n° 132)
*Black Cherry Blues* (n° 159)
*Une saison pour la peur* (n° 238)
*Le Bagnard* (n° 272)
*Une tache sur l'éternité* (n° 293)
*Dans la brume électrique avec les morts confédérés* (n° 314)

W.R. Burnett
*Romelle* (n° 36)
*King Cole* (n° 56)
*Fin de parcours* (n° 60)

Jean-Jacques Busino
*Un café, une cigarette* (n° 172)
*Dieu a tort* (n° 236)
*Le Bal des capons* (n° 278)
*La Dette du diable* (n° 311)

Daniel Chavarría
*Adiós muchachos* (n° 269)
*Un thé en Amazonie* (n° 302)

George Chesbro
*Une affaire de sorciers* (n° 95)
*L'Ombre d'un homme brisé* (n° 147)
*Bone* (n° 164)
*La Cité où les pierres murmurent* (n° 184)
*Les Cantiques de l'Archange* (n° 251)
*Les Bêtes du Walhalla* (n° 252)
*L'Odeur froide de la pierre sacrée* (n° 291)

Andrew Coburn
*Toutes peines confondues* (n° 129)

Michael Collins
*L'Égorgeur* (n° 148)
*Rosa la Rouge* (n° 267)

Robin Cook
*Cauchemar dans la rue* (n° 64)
*J'étais Dora Suarez* (n° 116)
*Vices privés, vertus publiques* (n° 166)
*La Rue obscène* (n° 200)
*Quand se lève le brouillard rouge* (n° 231)

*Le Mort à vif* (n° 241)
*Bombe surprise* (n° 260)

Peter Corris
*La Plage vide* (n° 46)
*Des morts dans l'âme* (n° 57)
*Chair blanche* (n° 65)
*Le Garçon merveilleux* (n° 80)
*Héroïne Annie* (n° 102)
*Escorte pour une mort douce* (n° 111)
*Le Fils perdu* (n° 128)
*Le Camp des vainqueurs* (n° 176)

Hélène Couturier
*Fils de femme* (n° 233)

James Crumley
*Putes* (n° 92)

Mildred Davis
*Dark Place* (n° 10)

Jean-Paul Demure
*Milac* (n° 240)
*Fin de chasse* (n° 289)

Pascal Dessaint
*La vie n'est pas une punition* (n° 224)
*Bouche d'ombre* (n° 255)
*À trop courber l'échine* (n° 280)
*Du bruit sous le silence* (n° 312)

Thomas Disch / John Sladek
*Black Alice* (n° 154)

Wessel Ebersohn
*La Nuit divisée* (n° 153)
*Coin perdu pour mourir* (n° 193)
*Le Cercle fermé* (n° 249)

Stanley Ellin
*La Corrida des pendus* (n° 14)

James Ellroy
*Lune sanglante* (n° 27)
*À cause de la nuit* (n° 31)
*La Colline aux suicidés* (n° 40)
*Brown's Requiem* (n° 54)

*Clandestin* (n° 97)
*Le Dahlia noir* (n° 100)
*Un tueur sur la route* (n° 109)
*Le Grand Nulle Part* (n° 112)
*L.A. Confidential* (n° 120)
*White Jazz* (n° 141)
*Dick Contino's Blues* (n° 212)
*American Tabloid* (n° 282)
*Ma part d'ombre* (n° 319)

Howard Fast
*Sylvia* (n° 85)
*L'Ange déchu* (n° 106)

Kinky Friedman
*Meurtre à Greenwich Village* (n° 62)
*Quand le chat n'est pas là* (n° 108)
*Meurtres au Lone Star Café* (n° 151)
*Le Vieux Coup de la sauterelle* (n° 197)
*Elvis, Jésus et Coca-Cola* (n° 264)

Samuel Fuller
*L'Inexorable Enquête* (n° 190)
*La Grande Mêlée* (n° 230)

Barry Gifford
*Port Tropique* (n° 68)
*Sailor et Lula* (n° 107)
*Perdita Durango* (n° 140)
*Jour de chance pour Sailor* (n° 210)
*Rude journée pour l'Homme Léopard* (n° 253)

David Goodis
*La Blonde au coin de la rue* (n° 9)
*Beauté bleue* (n° 37)
*Rue Barbare* (n° 66)
*Retour à la vie* (n° 67)
*Obsession* (n° 75)

James Grady
*Le Fleuve des ténèbres* (n° 180)
*Tonnerre* (n° 254)

Russell H. Greenan
*Sombres crapules* (n° 138)
*La Vie secrète d'Algernon Pendleton* (n° 156)
*C'est arrivé à Boston ?* (n° 205)

*La Nuit du jugement dernier* (n° 237)
*Un cœur en or massif* (n° 262)

Joseph Hansen
*Par qui la mort arrive* (n° 4)
*Le petit chien riait* (n° 44)
*Un pied dans la tombe* (n° 49)
*Obédience* (n° 70)
*Le Noyé d'Arena Blanca* (n° 76)
*Pente douce* (n° 79)
*Le Garçon enterré ce matin* (n° 104)
*Un pays de vieux* (n° 155)
*Le Livre de Bohannon* (n° 214)

John Harvey
*Cœurs solitaires* (n° 144)
*Les Étrangers dans la maison* (n° 201)
*Scalpel* (n° 228)
*Off Minor* (n° 261)
*Les Années perdues* (n° 299)

Vicki Hendricks
*Miami Purity* (n° 304)

George V. Higgins
*Les Copains d'Eddie Coyle* (n° 114)
*Le Contrat Mandeville* (n° 191)
*Le Rat en flammes* (n° 243)
*Paris risqués* (n° 287)

Tony Hillerman
*Là où dansent les morts* (n° 6)
*Le Vent sombre* (n° 16)
*La Voie du fantôme* (n° 35)
*Femme-qui-écoute* (n° 61)
*Porteurs-de-peau* (n° 96)
*La Voie de l'Ennemi* (n° 98)
*Le Voleur de Temps* (n° 110)
*La Mouche sur le mur* (n° 113)
*Dieu-qui-parle* (n° 122)
*Coyote attend* (n° 134)
*Le Grand Vol de la banque de Taos* (n° 145)
*Les Clowns sacrés* (n° 244)
*Moon* (n° 292)

Chester Himes
*Qu'on lui jette la première pierre* (n° 88)
Dolores Hitchens
*La Victime expiatoire* (n° 89)
Geoffrey Homes
*Pendez-moi haut et court* (n° 93)
*La Rue de la femme qui pleure* (n° 94)
Dorothy B. Hughes
*Et tournent les chevaux de* bois (n° 189)
*Chute libre* (n° 211)
William Irish
*Manhattan Love Song* (n° 15)
*Valse dans les ténèbres* (n° 50)
Bill James
*Retour après la nuit* (n° 310)
William Kotzwinkle
*Midnight Examiner* (n° 118)
*Le Jeu des Trente* (n° 301)
Jonathan Latimer
*Gardénia rouge* (n° 3)
*Noir comme un souvenir* (n° 20)
Michel Lebrun
*Autoroute* (n° 165)
*Le Géant* (n° 245)
Christian Lehmann
*Un monde sans crime* (n° 316)
Elmore Leonard
*Zig Zag Movie* (n° 220)
*Maximum Bob* (n° 234)
*Punch Créole* (n° 294)
Bob Leuci
*Captain Butterfly* (n° 149)
*Odessa Beach* (n° 290)
Ted Lewis
*Le Retour de Jack* (n° 119)
*Sévices* (n° 152)
*Jack Carter et la loi* (n° 232)
*Plender* (n° 258)

Richard Lortz
*Les Enfants de Dracula* (n° 146)
*Deuil après deuil* (n° 182)
*L'Amour mort ou vif* (n° 206)
John D. MacDonald
*Réponse mortelle* (n° 21)
*Un temps pour mourir* (n° 29)
*Un cadavre dans ses rêves* (n° 45)
*Le Combat pour l'île* (n° 51)
*L'Héritage de la haine* (n° 74)
John P. Marquand
*Merci Mr Moto* (n° 7)
*Bien joué, Mr Moto* (n° 8)
*Mr Moto est désolé* (n° 18)
*Rira bien, Mr Moto* (n° 87)
Richard Matheson
*Échos* (n° 217)
Helen McCloy
*La Somnambule* (n° 105)
William McIlvanney
*Les Papiers de Tony Veitch* (n° 23)
*Laidlaw* (n° 24)
*Big Man* (n° 90)
*Étranges Loyautés* (n° 139)
Marc Menonville
*Jeux de paumes* (n° 222)
*Walkyrie vendredi* (n° 250)
*Dies Irae en rouge* (n° 279)
Ronald Munson
*Courrier de fan* (n° 226)
Tobie Nathan
*Saraka bô* (n° 186)
*Dieu-Dope* (n° 271)
Jim Nisbet
*Les damnés ne meurent jamais* (n° 84)
*Injection mortelle* (n° 103)
*Le Démon dans ma tête* (n° 137)
*Le Chien d'Ulysse* (n° 161)
*Sous le signe du rasoir* (n° 273)

Kyotaro Nishimura
*Petits crimes japonais* (n° 218)
Jack O'Connell
*B.P. 9* (n° 209)
Liam O'Flaherty
*L'Assassin* (n° 247)
Jean-Hugues Oppel
*Brocéliande-sur-Marne* (n° 183)
*Ambernave* (n° 204)
*Six-Pack* (n° 246)
*Ténèbre* (n° 285)
Abigail Padgett
*L'Enfant du silence* (n° 207)
*Le Visage de paille* (n° 265)
Hugues Pagan
*Les Eaux mortes* (n° 17)
*La Mort dans une voiture solitaire* (n° 133)
*L'Étage des morts* (n° 179)
*Boulevard des allongés* (n° 216)
*Last Affair* (n° 270)
*L'Eau du bocal* (n° 295)
Andrea G. Pinketts
*Le Sens de la formule* (n° 288)
Bill Pronzini
*Hidden Valley* (n° 48)
Bill Pronzini / Barry N. Malzberg
*La nuit hurle* (n° 78)
Michel Quint
*Billard à l'étage* (n° 162)
*La Belle Ombre* (n° 215)
*Le Bélier noir* (n° 263)
Diana Ramsay
*Approche des ténèbres* (n° 25)
*Est-ce un meurtre ?* (n° 38)
Louis Sanders
*Février* (n° 315)
Philippe Setbon
*Fou-de-coudre* (n° 187)
*Desolata* (n° 219)

Roger Simon
*Le Clown blanc* (n° 71)
*Génération Armageddon* (n° 199)
*La Côte perdue* (n° 305)
Pierre Siniac
*Les mal lunés* (n° 208)
*Sous l'aile noire des rapaces* (n° 223)
*Démago Story* (n° 242)
*Le Tourbillon* (n° 256)
*Femmes blafardes* (n° 274)
*L'Orchestre d'acier* (n° 303)
Les Standiford
*Pandémonium* (n° 136)
*Johnny Deal* (n° 259)
Richard Stark
*La Demoiselle* (n° 41)
*La Dame* (n° 170)
Richard Stratton
*L'Idole des camés* (n° 257)
Vidar Svensson
*Retour à L.A.* (n° 181)
Paco Ignacio Taibo II
*Ombre de l'ombre* (n° 124)
*La Vie même* (n° 142)
*Cosa fácil* (n° 173)
*Quelques nuages* (n° 198)
*À quatre mains* (n° 227)
*Pas de fin heureuse* (n° 268)
*Même ville sous la pluie* (n° 297)
*La Bicyclette de Leonard* (n° 298)
Ross Thomas
*Les Faisans des îles* (n° 125)
*La Quatrième Durango* (n° 171)
*Crépuscule chez Mac* (n° 276)
*Traîtrise !* (n° 317)
*Voodoo, Ltd* (n° 318)
Jim Thompson
*Liberté sous condition* (n° 1)
*Un nid de crotales* (n° 12)

*Sang mêlé* (n° 22)
*Nuit de fureur* (n° 32)
*À deux pas du ciel* (n° 39)
*Rage noire* (n° 47)
*La mort viendra, petite* (n° 52)
*Les Alcooliques* (n° 55)
*Les Arnaqueurs* (n° 58)
*Vaurien* (n° 63)
*Une combine en or* (n° 77)
*Le Texas par la queue* (n° 83)
*écrits perdus* (1929-1967) (n° 158)
*Le Criminel* (n° 167)
*Après nous, le grabuge* (Écrits perdus - 1968-1977) (n° 177)
*Hallali* (n° 195)
*L'Homme de fer* (n° 196)
*Ici et maintenant* (n° 129)
*Avant l'orage* (n° 300)

Masako Togawa
*Le Baiser de feu* (n° 91)

Armitage Trail
*Scarface* (n° 126)

Marc Villard
*Démons ordinaires (n*° 130)
*La Vie d'artiste* (n° 150)
*Dans les rayons de* la *mort* (n° 178)
*Rouge est ma couleur* (n° 239)
*Cœur sombre* (n° 281)
*Du béton dans la tête* (n° 284)

Donald Westlake
*Drôles de frères* (n° 19)
*Levine* (n° 26)
*Un jumeau singulier* (n° 168)
*Ordo* (n° 221)
*Aztèques dansants* (n° 266)
*Kahawa* (n° 277)
*Faites-moi confiance* (n° 309)

Janwillem Van De Wetering
*Comme un rat mort* (n° 5)
*Sale Temps* (n° 30)

*L'Autre Fils de Dieu* (n° 33)
*Le Babouin blond* (n° 34)
*Inspecteur Saito* (n° 42)
*Le Massacre du Maine* (n° 43)
*Un vautour dans la ville* (n° 53)
*Mort d'un colporteur* (n° 59)
*Le Chat du sergent* (n° 69)
*Cash-cash millions* (n° 81)
*Le Chasseur de papillons* (n° 101)
*Retour au Maine* (n° 286)
*Le Papou d'Amsterdam* (n° 313)
Harry Whittington
*Des feux qui détruisent* (n° 13)
*Le diable a des ailes* (n° 28)
Charles Willeford
*Une fille facile* (n° 86)
*Hérésie* (n° 99)
*Miami Blues* (n° 115)
*Une seconde chance pour les morts* (n° 123)
*Dérapages* (n° 192)
*Ainsi va la mort* (n° 213)
Charles Williams
*La Fille des collines* (n° 2)
*Go Home, Stranger* (n° 73)
*Et la mer profonde et bleue* (n° 82)
Timothy Williams
*Le Montreur d'ombres* (n° 157)
*Persona non grata (n*° 203)
Daniel Woodrell
*Sous la lumière cruelle* (n° 117)
*Battement d'aile* (n° 121)
*Les Ombres du passé* (n° 194)
*Faites-nous la bise* (n° 296)

# Rivages/Mystère

Charlotte Armstrong
*Le Jour des Parques* (n° 13)
*L'Inconnu aux yeux noirs* (n° 15)
*Une dose de poison* (n° 21)

Francis Beeding
*La Maison du Dr Edwardes* (n° 9)
*La mort qui rôde* (n° 12)
*Un dîner d'anniversaire* (n° 18)

Algernon Blackwood
*John Silence* (n° 8)

Fortuné du Boisgobey
*Le Coup d'œil de M. Piédouche* (n°32)

Jypé Carraud
*Tim-Tim Bois-Sec* (n° 22)
*Le Squelette cuit* (n° 25)
*Les Poulets du Cristobal* (n° 31)

Collectif
*La Griffe du chat* (n° 28)

E. W. Crofts
*Le Tonneau* (n° 24)

Amanda Cross
*En dernière analyse* (n° 23)
*Insidieusement vôtre* (n° 26)
*Justice poétique* (n° 27)
*Une mort si douce* (n° 30)

Mildred Davis
*Crime et chuchotements* (n° 14)
*Passé décomposé* (n° 16)
*Un homme est mort* (n° 20)

Michael Dibdin
*L'Ultime Défi de Sherlock Holmes* (n° 17)

John Dickson Carr
*En dépit du tonnerre* (n° 5)

Jacques Futrelle
*Treize enquêtes de la machine à penser* (n° 29)

William Kotzwinkle
*Fata Morgana* (n° 2)
Alexis Lecaye
*Einstein et Sherlock Holmes* (n° 19)
John P. Marquand
*À votre tour, Mister Moto* (n° 4)
Kai Meyer
*La Conjuration des visionnaires* (n° 33)
Anthony Shaffer
*Absolution* (n° 10)
J. Storer-Clouston
*La Mémorable et Tragique Aventure de Mr Irwin Molyneux* (n° 11)
Rex Stout
*Le Secret de la bande élastique* (n° 1)
*La Cassette rouge* (n° 3)
*Meurtre au vestiaire* (n° 6)
Josephine Tey
*Le plus beau des anges* (n° 7)

Achevé d'imprimer
par Maury-Eurolivres
45300 Manchecourt